新潮文庫

手のひらの音符

藤岡陽子著

手のひらの音符

1

立体ボディに一枚の布を巻きつけ、ピンで次々に留めていく。瀬尾《せお》水樹《みずき》は服を作る過程の中で、ドレーピングと言われるこの作業が一番好きだ。紙に書きつけた平面のデッサンを、立体的なものにする。自分の思い通りの形になるかならないかは、センスしだいだ。

一時期はこのセンスというのは、生まれ持った才能だと思っていた。でも迷いながらもデザイナーの仕事を続けてきて、三十代半ばを過ぎた頃からは、才能だけでは限界があることもわかってきた。センスは努力で磨かれる。もともと自分に天性の才能を感じていたわけではないから、その発見は嬉《うれ》しかった。

「こんな感じかな」

光沢のある白い布を、柔らかなトレンチコートのフォルムに変えていく。今年の秋物は月の光をテーマにしている。季節はようやく冬を終えたばかりだが、ファッションの世界に季節感などない。花冷えを秋風に仮想し、新しい服を作る。

「瀬尾さぁん」

入り口の扉が開き、同僚の藤川麻里子《ふじかわまりこ》が顔を出した。

「ああ麻里ちゃん」

ピンを打つ手を止めないまま、水樹は肩越しに振り返った。

「部長が呼んでますよ」

「え、なんだろう。あとで行くって言っておいて」

「いますぐって言ってましたけど」

「だっていますごく大事なとこなのよね。ねえどう思う？　この丈なんだけど、もうちょっと短いほうがいいかな」

「社長と専務が来てるんですって。それで部長が呼ばれて、瀬尾さんも一緒にって」

「え。そうなの？」

指先でピンをつまみ、麻里子と顔を見合わせる。社長に呼び出されるなんて何事だろう。大きな発注ミスでもしただろうか。

水樹の勤める服飾メーカーは大手ではない。社員は生産から販売まで一連の過程に関わっている。なので水樹も本業のデザインの仕事以外にもいくつかの業務を掛け持ちしている。生産企画はもちろん、販路拡大のことやプロモーションまで。日々追われるように作業をこなす中で、時には行き届かないこともある。

「ミスでもあった?」

このまえ工場に送った作業指示書とサンプルに、何か重大な間違いでもあったのだろうか。弱気な表情で麻里子に訊《き》くと「私は何も聞いてないですよぉ」と首を傾《かし》げられた。

「うちの会社が……撤退、ですか?」

水樹は社長の顔を見つめながら、言葉を繰り返した。第一会議室に入ると、社長と専務はすでに窓際《まどぎわ》の椅子《いす》に座っていた。挨拶《あいさつ》をすませて社長から聞かされたのは、自社が服飾業界から撤退するという話だった。

「瀬尾くんは、入社何年目だったかな?」

水樹の呟《つぶや》きは聞こえなかったのか、社長は水樹と専務の顔を、交互に見くらべる。

「今年で十六年目になります。二十九歳の時に中途で採用してもらいました」

水樹が答えると、社長は微《かす》かに笑みを浮かべた顔で頷《うなず》く。

「デザイナーとしての活躍、聞いてるよ」

社長が言うので、素直に頭を下げる。俯《うつむ》くと、手首に針山を巻きつけたままであることに気がつく。待針の頭についているガラス玉のカラフルな彩りが、目の前でチカチカと揺れる。

「この数年間の業績が芳《かんば》しくないことは、きみや他の社員も知るところだと思う。国内工場での生産にこだわった私の方針が間違っていたと言い切るのは残念だが、やはり無理があったのだと言わざるを得ないだろう。このまま業績の悪化が続けば、船が沈むように、最後には何も残らない。その前に、服飾業からいったん手を引こうと考えているんだ」

社長の言葉に、隣に座る専務が大きく頷いた。富田《とみた》部長はすでに知っているのだろう、表情を変えずに聞き入っている。

「いったん、ということはいつか再開するのですか？」

「うちの会社は、私で四代も続いた服飾の専門だからね。本音をいえば撤退することに未練はある。でもこのままでは屋号すら守れなくなるだろう。別の事業を展開しないといけない時期にきたことを理解してもらいたい。自前の工場や店舗を売却することが、今できる最善の資金繰りだと決断したんだよ」

訊きたいことはたくさんあったけれど、水樹は口をつぐんだ。社長の目には断固とした決意が感じられて、自分がこれ以上何を言ってもしかたのないことだとわかったからだ。それに、いま口を開いてしまうと涙声になりそうだった。

「カジュアロウ社から引き抜くような形で来てもらったのに、こんなことになってしまって申し訳ないと思っている」

来年の春をめどに完全撤退すると、途中で席を立った社長の代わりに専務が説明した。富田部長は閉鎖業務の中心として動くように指示される。他の社員には改めて告知するからその際の混乱をできるだけまとめるようにと専務は水樹に言った。

ひと通りの話が終わり、椅子から立とうとしたら、膝《ひざ》に力が入らなかった。前に体が傾いて転びそうになったので慌《あわ》ててもう一度座り直すと、涙が溢《あふ》れてくる。水樹は頬を手の甲で拭《ぬぐ》うと椅子の背を支えにして立ち上がり、まだ話しこんでいる専務と部長を残して部屋を出た。

数日後、水樹は篠田《しのだ》昌美《まさみ》に連絡を取った。しばらくは何をする気にもなれず、でもまだ他の社員には知らされていなかったので誰にこの思いを話せばいいのかわからなかったからだ。昌美は水樹が以前勤めていたカジュアロウ社の同期で、当時は競い合うように仕事をし、でも一番仲が良くて、水樹が「会社をやめる」と打ち明けた時は泣いて止めてくれた。水樹がどんな想《おも》いで会社を移ったのかを誰よりも知っているから、今の自分の気持ちを彼女に聞いてもらいたい。もう十五年以上顔を合わせていないけれど、連絡をすれば快く返事をくれる気がした。会社の人間ではないだけに何でも話せるし、同業者の彼女になら、今後のことについて相談に乗ってもらえるだろうという気持ちもあった。

「ミズ、久しぶり」

東京駅近くのワインバーに昌美が現れた時、懐《なつ》かしくて歳月が一瞬にして巻き戻った。一番気の合う同僚だったのに、水樹が会社を移ってからはいつしか疎遠《そえん》になっていった。目の前に立つ昌美は当時よりスリムになって、俊敏そうな印象がさらに際立っている。

「ごめんね、突然」

「ううん、嬉しい嬉しい。それより連絡先がお互いに変わってなかったことがびっくりだよね」

別会社の携帯に買い換えようと思っていた矢先の水樹からの連絡だった、運命的だね、と昌美は笑う。

「相変わらず大げさだよ、昌美は」

会わずに過ごしてきた歳月に驚き、ここまでの互いの健闘を称《たた》えつつメニューを開く。

「ミズ、なんかあったの？」

注文をすませると昌美が訊いてくる。

「わかる？」

「そりゃそうでしょ。十六年ぶりに連絡きたら」

数回のメールのやりとりはあったけれど、顔を合わせるのは水樹の送別会以来だ。基本的に日曜は休みを取れる水樹に比べ、昌美の週末は仕事で埋まることが多く、そんな単純なすれ違いが二人を疎遠にしてしまった。

「実はね。廃業が決まったのよ、うちの会社」

なにげなさを装《よそお》ったつもりが、えらく深刻な声になってしまう。昌美は片手で口を塞《ふさ》ぐようにして目を見開いたまま声も出さない。

「それで、何をって言うんじゃないけど昌美に話を聞いてもらいたくて」

「なによ、それ。びっくりするじゃない。いやだ、本当の話なの？」

「うん」

「倒産ってこと？」

「倒産というか、服飾業界からは撤退をするという感じかな。社長は別の事業を起こすつもりみたい。よく知らないけど」

たとえ会社自体が残っても、服飾デザイナーとしてのキャリアしかない自分は必要とされないだろう。

「それでどうすんの、ミズ」

「どうしよっかな、と思って」

声が震えるのを、ワインを飲んでごまかした。

「四十過ぎて突然の失業かあ。それって酷だよね」

「ああ、まさか自分にこんなことが起こるんだ、って。誰に何を話せばいいのか、ほんとわからなくなって……だから昌美に連絡したの」

言いながら体の芯《しん》から力が抜けていく気がする。ワインのせいだけではない。

「やめなきゃよかったのかな、カジュアロウを。あの時、昌美が止めてくれたのにね」

泣き言なんて好きじゃないのに、昌美の顔を見ると弱音を吐いてしまう。

「服のマクドナルドを作る」

カジュアロウ社の社長は、社員に向かってそう宣言していた。誰でも手にとれるように全国至るところに店舗を出し、誰にでも手に入れられる安価な価格を提示する。それが会社のモットーだった。いまでは誰もが知るそのカジュアルファッションの大手メーカーも、二十二歳の水樹が入社した頃はまだそれほどの大企業ではなかった。安価で、大量に売る——。カジュアロウ社の経営方針は、入社した後に知った。時代に合った方針だったのだろう。水樹が入社した四年後の一九九四年に上場を果たし、その五年後にはフリースブームで会社の知名度は全国区になる。赤ちゃんからお年寄りまで——。幅広い層が気軽に足を運べるカジュアルファッション店を、見事に展開している。商品開発の努力も怠らず、最近では保温力の高いアンダーウェアで再度ブームを起こし、その商法が正解であることは同じ業界にいる者として認めざるを得ない。

でも水樹は二十九歳の時に、この会社をやめたのだ。ちょうどフリースブームが起こり、それから二年後の八百万枚突破のピークを迎えようとしていた頃だ。なのに自分は売れ行きが伸びるほどに冷静になっていき、「極限までコストを抑え、かつ大量に売れるもの」を作り続けることに疲弊していた。

振り返ってみれば、完全に時流に逆らった転職だったと思う。海外での工場生産をメインにして、コストの低い商品を生み出すことが時流だとすれば、転職先の会社はその逆をいっていた。国内での生産にこだわり、品質も落とさない。良いものを創れば必ずお客さまに伝わる――そう信念を持ってやってきた経営は、しかしここへきて限界をきたした。

「うちの社長がよく言ってたの。辛抱しようって。今は不景気で、みんなできるだけ安い物にしか目がいかなくなっているけれど、景気が回復すれば品質を重視する時代が必ずくるって。その時まで信念を持って頑張ってみようって。だから社長が撤退するって言ったのが信じられないというか、現実感がないというか……」

水樹は昌美を相手に胸のうちを吐き出す。業績が下がっていたのは事実だけれど、うちの服を評価してくれる店舗も多くあったし、個人の顧客もたくさんついていた。あと数年耐えれば必ずまた経営は上向きになっていくに違いないのにと、悔しさがこみあげる。

「でもね水樹、もう国内では染め粉だって希薄な状態だっていうじゃない。どこも服を作って儲《もう》けが出るような状態ではないわ。個人経営の知り合いは次々に店を畳んでいるし、大手だってこの先どうなるかわからない。うちは水樹も知っているとおり、早くに国外に工場を移してやってきたからなんとか生き残ってるけれど、引き際も大事よ。社長さんの選択はしかたがないわよ」

昌美は「きついこと言ってごめんね。どこも厳しいね」とため息をつく。

「私のほうこそ、ごめん。暗い話になって。昌美のほうは、どうなの、最近？」

空になっていた二つのグラスにワインをつぎ足すと、水樹は笑顔を作る。

「そうねえ。干支《えと》は一周したけれど、私生活にさほど変わりはありませんってとこね」

「ほんとに？」

「ないない。何もない。結婚する気ももうないし」

煩《わずら》わしいことが何もないというのもいいもんだわ、と昌美は言う。

「水樹こそどうなの？　岡山の人と別れた後、ずっと一人だったの？」

「うん、まあ付き合うようなことはあったけどね。ちゃんと好きになれる人はできなかったかな」

「そういえばあの彼には会いに行ったの？　ずっと気になってる人がいるって言ってたでしょ？　たしか同じ団地に住んでた……」

「私、そんな話したっけ？」

水樹は不意を打たれて戸惑った。昌美にそんなことまで打ち明けていたのかと、過去の記憶を手繰りよせる。

「でもミズがいまも独身でいるということは、結局会いに行かなかったってことか。いやいや、会いに行ったけどうまくいかなかったのか」

耳たぶに光る大振りのピアスを指先で弄《もてあそ》びながら、昌美がのぞきこむように水樹を見る。

「忘れちゃったよ、そんな昔のこと」

その視線を逸《そ》らすようにして水樹は俯く。

「四十歳を過ぎたんだもんね、私たち。過去の恋心はもう、すっかり思い出に変わってましたってね。飲むか。明日は日曜だし」と昌美は笑い、店員を呼び止めてワインを一本頼んだ。仕事は相変わらず忙しい。忙しすぎて何をやっているのかわからなくなる時もある。それでも、仕事がなかったらそれこそ何をすればいいのかわからない。これまで一生懸命やってきたことだから、これから先もやっていくしかないねと昌美は頷くと、

「ミズ、へこむなよ」

と胸の前で拳《こぶし》を作った。

昌美を東京駅で見送った後、水樹はしばらく駅のホームで電車を眺めていた。ベンチに座り、背もたれに体をあずける。ホームは青白く光り、電車の窓には場内信号機の緑色が反射していた。

これまでどんなふうにして、自分は立ち直ってきたのだろう。辛《つら》いことや悲しいことが起こった時、どんなふうに？

小学生の時、動物園で写生大会があって羊を描いた。一日中、太陽がまったく見えない曇り空の下、水樹は羊の毛を濃い紫色に塗った。母がその後担任の先生に呼び出され、水樹は眼科で色覚異常の有無を調べるための検査を受けることになる。検査結果は正常で、母は安堵《あんど》していたが、水樹はこんな検査に何千円も使わせてしまったことが申し訳なかった。

それからは、図工の時間でも他の授業でも、なるべく周りと同じ色を使うようにした。

「瀬尾さんの目に映った色、それがあなたの世界なのよ。好きな色を自由に使いなさい」

高校の美術教師にそう言われるまで、水樹は自分の色を人には見せないようにしてきた。太陽に照らされたリンゴが金色だったり、雨に濡《ぬ》れた昆虫が銀色だったり。そういう世界を自由に持っていいのだと思えた時、水樹は初めて自分が持った夢に飛び込むことを決めたのだ。自分の色が誰かの大切な色になるような、そんな仕事がしたい。その気持ちが服作りという表現の形と合わさった時、自分の住む窮屈な箱の蓋《ふた》が開いた気がした。

喉《のど》から息が大きく漏れたと思ったら、泣き出しそうになっていて、遠くを見るふりをして慌てて息を吸い込む。服を作ること以外取り柄のない自分が、その場所を失ったらどうやって生きていけばいいのだろうか。目の前を何本もの電車が行き交い、帰宅を急ぐ人々が乗り降りをしている。自分が走り続けてきたこの線路はもう、どこにも繋《つな》がっていないのだろうか。

2

水樹は今自分がベッドで眠っていて、そろそろ目を醒《さ》まさないといけないこともわかっていたけれど、なかなか起き出せないでいる。さっきから夢を見ていて、夢の中の信也《しんや》が楽しそうに笑っていたからだ。教室の真ん中で、森嶋《もりしま》信也が楽しそうに話をしていた。信也の夢を見るなんて何年ぶりのことだろうか。昨夜、昌美があんな話をしたせいだ。

「キュウリにハチミツをかけると？……なんと、メロン味。じゃあバニラアイスに醤油《しょうゆ》は？　惜しいなあ、みたらし団子の味になるんや」

牛乳とたくあんならコーンスープ。ヨーグルトと豆腐でレアチーズケーキ。信也は同じような背格好の男子たちの輪の中にいて、得意気に知識を披露している。まだ小学校の低学年くらいだろうか。まったく屈託のない笑顔を見せているので、あの事故が起こる前の信也だ。もう写真でしか見ることができない、憂《うれ》いのない笑顔を久しぶりに見られたことが嬉しくて、夢から醒めないでほしいと願った。他の子たちはそんな食べ合わせを研究しなくても、食べたいと思ったら本物のメロンでもみたらし団子でも、お母さんにねだればたいていは食べられるということに、幼い信也は気づいていない――。

携帯電話の着信音が意識のむこう側で聞こえてきた。まだこのまま夢の中でまどろんでいたいと思ったが、ベッドを這《は》い出て電話に出る。

「瀬尾水樹さんですか？　ぼく堂林《どうばやし》といいます」

かしこまった男性の声に、聞き覚えはない。

「堂林……さん？」

かすれた声を出すと、頭の左側に鈍痛を感じる。

「向日東《むこうひがし》高校、三年一組で一緒だった堂林憲吾《けんご》です。憶《おぼ》えてないかもしれないけど、おれは学級委員をやってて」

そこまで説明を受け、水樹は完全に目を醒ます。

「堂林くん？　よく憶えてます」

水樹が慌てて答えると、

「よかった。卒業以来だね、元気にしてた？」

急に親しみのある声が返ってきた。

もうずいぶん遠ざかっていた過去の記憶が、憲吾の声とともにふわりと立ちあがる。懐かしさがこみ上げてきて、思わず高い声を出していた。

だが水樹の心が浮き立ったのはほんの数秒のことだった。憲吾が深刻な話を始めたからだ。

水樹は携帯を耳に押し当てたままカーテンを開き、部屋に光を入れ、床に座りベッドに背をもたせかけて憲吾の話を聞く。

一組の担任をしていた上田遠子《うえだとおこ》先生が体を悪くして入院をしているということ。回復する可能性は無いにひとしく、もしかすると来年までもたないかもしれないということ――二十数年ぶりに聞く声が伝えてくる内容は、電話を持つ手を震えさせるようなことばかりだった。

突然の電話でこんな話して悪いね、と電話の向こう側にいる憲吾が謝ってくる。かつての三年一組のクラスメイト全員に、こうして事情を説明しているのだと憲吾は言い、

「よかった。瀬尾に連絡がついて」

と小さくため息をつく。

「全員に連絡してるの？　大変じゃない？」

「まあね。もはや過去の名簿なんて役に立たないからね。地元に残っている同級生に協力してもらって、なんとか探し当ててるって感じだな。瀬尾もそうだけど、ＳＮＳで探しても見つからないことって、けっこうあるんだ。同窓会もたまに開いてるけど、瀬尾は音信不通で困ったよ」

「ごめんね……でも連絡してもらってよかった」

「うん。伝えるだけ伝えておきたいなと思って。何も知らない間に先生と一生会えないことになっていたというんじゃあまりに寂しいだろ？」

記憶の中では若々しい遠子先生が、五十八歳になっていることを知って驚いた。狭い箱の中で蹲《うずくま》っていた十八歳の自分を、広い場所へと押し出してくれた人だった。

「ありがとう。お見舞いに行く、絶対に」

「そうだね。そうしたらきっと先生も喜ぶと思う」

二人でいくつかの近況報告をした後、

「あと一人なんだ」

と憲吾の声のトーンが少し変わった。

「あと一人?」

「うん。あと一人で一組全員に連絡が回るんだけど、信也の連絡先がまったくわからないんだ。信也……森嶋信也が今どこにいるか、瀬尾なら知ってるかと思って」

不意打ちのようにその名前を聞かされて、水樹の頭から一瞬血の気が引く。何か口にすると声がうわずりそうだったので無言でいると、

「……じゃあまた連絡する」

と憲吾が呟くのが聞こえ、電話が切れた。

携帯の画面を見つめたまま、水樹はしばらくその場から動けなかった。ほとんど無意識にテレビのリモコンを手にしてスイッチを入れる。日曜日の朝のバラエティー番

組。タレントの大げさな笑い声で、ようやくいつもの時間が戻ってきた。

水樹はクローゼットの奥にしまっていた高校の卒業アルバムを取り出す。母の君子《きみこ》が亡《な》くなり、実家に置きっぱなしだった自分のものを整理した時に持ち出したものだ。

「うわ、若い」

高校のアルバムを開くなんて、もう何年ぶりのことだろう。若いということはエネルギッシュで眩《まぶ》しくて、生きているだけで楽しい。それは年齢を重ねてから思うことだ。写真の中の十八歳たちは不安げで、虚《うつ》ろにも見える緊張した目をカメラに向けている。クラスの集合写真の一番後ろの列の左端に、不機嫌な表情をした信也を見つける。そうだった。彼はいつもこんな目をしていた。一番後ろの右端には、水樹が写っている。こうしてみると自分もずいぶんと不機嫌な顔だと思った。あの頃はただ自分に自信がなかっただけなのに。自信のなさは、不機嫌な表情として人の目に映るのかもしれない。

知らない間に一生会えないことになっていたというんじゃ、寂しい。

いま憲吾が口にした言葉を胸の中で繰り返す。

さようなら。またね。

これで一生会えなくなると確信している別れは、この世にどれくらいあるのだろう。

人はいつだって、知らない間に一生のさよならをしている。毎日毎日、朝から夕方まで、うんざりするくらい同じ時間を過ごしていたこの旧友たちとだって、もう二度と会うことはないのかもしれない。この頃は一生会わなくなる日がくるなんて考えもしなかったのに。

集合写真の次のページにはクラスメイトのスナップ写真が並んでいて、水樹はその中に信也を探してみる。教室で弁当を食べている女子生徒、窓から上半身を乗り出してピースをしている男子生徒。廊下でふと笑い合っている瞬間を捉《とら》えたもの、体育館でダンスを踊っているものもある。みんな屈託なく笑っていて、その過去にも未来にも辛いことなどひとつも存在しないみたいに楽しそうだった。集合写真の息の詰まった雰囲気とは正反対の青春に、水樹は口元を緩める。気楽なのに不安で、不安だけど楽しくて、この頃ってほんとおかしかったな。アルバム委員の情熱に感心しながら一枚一枚を目で追って、思わず視線を止める。

「あ、私だ」

生い茂る夏の葉みたいな何十枚もの笑顔の中に、水樹は自分を見つけた。

水樹が信也と憲吾と一緒に写っていて、はしゃいだ声が今にも写真から飛び出してきそうなほどに嬉しそうな顔をしている。水樹のすぐ隣ではにかんでいる女子生徒はたしか黒岡さんといった気がする。

「体育祭のリレーの時のだ。懐かしいな」

体育祭のクラス対抗リレーが終わった後に、アルバム委員が撮ってくれた一枚だった。

三年生のある時期、水樹はささいなことを理由にクラスの女子たちの輪から外されていた。たしか体育祭は、そんな時期に行われたのだ。そういえば黒岡さんも、いつも一人きりで教室の片隅にいた。そうだ、私たちは決してこんなふうに笑えるような状況なんかじゃなかった——。

＊

「女子のリレー選手は、瀬尾さんと黒岡さんがいいと思いまぁす」

リレーメンバーを決める女子たちの話し合いでそう手を挙げたのは、クラスを仕切っている派手な生徒だった。

「そんな……私無理です。だってほんと遅いし」

自分がリレーの選手に推薦されるなんて、その瞬間までまったく考えもしなかった。

「無理です。陸上部の人たちが出たほうが……」

水樹が運動音痴なことは、みんな知っているはずなのに……。

「もう決まり。ね、決定でいいよね。瀬尾さんと黒岡さぁん」

もう一人のリーダー格の生徒が声を張り上げ含み笑いすると嫌な空気が教室中に充満し、誰も何も言えなくなった。水樹は半泣きになりながら必死に抵抗したけれど、黒岡さんは俯いたまま黙っていた。黒岡さんは日光アレルギーがあるという理由で夏は体育を見学し、それ以外の季節も長袖《そで》長ズボンで授業を受けている。水樹同様にお世辞にも運動神経がいいとは言えなかった。

「体育祭、私休むわ。そしたら速い人が代役で出てくれると思うし」

放課後に行われたリレーの練習中、水樹は信也と憲吾に向かって何度かそう口にした。クラス対抗リレーは男女混合で四人。男子は信也と憲吾が選手になっていて、百メートルのタイムで速い順から二人を選んでいる。

「楽しめばいいんだよ。フェスティバルなんだから」

憲吾は明るく励ましてくれたけれど、水樹や黒岡さんの表情が晴れることはなかった。

走る順番が昨年とは入れ替わり、男、女、男、女になったこともプレッシャーだった。トップで戻ってくる憲吾のリードを黒岡さんが使い果たし、ビリでバトンを受け取った信也がまた二位近くまで挽回《ばんかい》したところから水樹が一気に最下位に落とす。何度練習してもこのパターンは変わらなくて、他の組のメンバーからは「当日のお笑い担当は一組だな」と変な注目をされていた。

「パスエリアの一番奥で待っとけ。バトン受け取る時も、前だけ見て助走したらええから」

後ろを見ずに全力で走ったらいい——慰めや励ましの代わりに、信也は水樹と黒岡さんにそうアドバイスをくれた。パスエリアのラインの手前で手を出したら、自分と堂林がそこに必ずバトンを乗せるから。黒岡と水樹は後ろを振り返らずに走り出せ。それだけで五秒は速くスタートを切れる。

学生生活最後の体育祭の朝、暖かな光に満ちた秋空は、きれいに澄み渡っていた。力と心を持て余した生徒たちは思いきり声を出し、高校生がここまで純粋になれるのかというくらいに笑い、走り、踊って動き回った。

そしてプログラムの最終種目、クラス対抗リレー。一組の女子たちも意地の悪い策略で選手を決めたことなど忘れたみたいに盛り上がっている。

「リレーはクライマックスだからね。結果は気にせず楽しんでいこう」

憲吾が赤色のバトンをトントンと自分の手のひらに打ちつけながら笑っていた。百七十センチに届きそうな水樹の長身は、アンカーの赤いたすきを斜め掛けにするといかにも俊足に見える。それが何より恥ずかしい。黒岡さんの顎《あご》の震えが水樹の膝にも伝わってきて、立っていられないくらいだった。ここにいる全員が、黒岡さんと自分が無残にゴボウ抜きにされる姿を笑うのだろうと想像すると、逃げ出したい気持ちで涙が浮かんできた。

「こわい……」

選手入場の時、誰に話しかけるでもなく呟くと、

「全力でいけ。人の全力を笑うやつは最低や。そんなやつらはほっといたらいい」

後ろにいた信也が真面目《まじめ》な顔をして頷く。そうだった。信也は水樹のことを絶対に笑ったりしない。そう思うと膝の震えがおさまってくる。

ピストルの音が高らかに鳴り、弾かれるようにして第一走者の男子六人がスタートを切る。砂埃《すなぼこり》と白線の白い粉が立ち込めるグラウンドを、とてつもないスピードで一気に駆け抜けていく。憲吾が一着で黒岡さんにバトンを渡すと、どよめきと歓声が小さな楕円形《だえんけい》の空間を包みこんだ。

「だめだ」

でもやっぱり奇跡は起こらない。小さく丸い黒岡さんが短い手足を動かし必死に走

る。それでもガーターラインを転がるボウリング球のように勢いはなく、運動部に所属する日に焼けた少女たちにおもしろいように抜かれていく。でも水樹にはわかる。黒岡さんが全力を出しきっていると。長袖長ズボン姿の彼女が喘《あえ》ぎながら走る姿に失笑が起こる。きゃはは、という尖《とが》った笑い声が水樹の胸に迫ってきて、また膝の震えが強くなった。

「黒岡さん、あと少し」

水樹の声に重ねて、パスエリアの一番手前で待っていた信也が「黒岡、負けんなっ」と叫ぶ。ふらふらになった黒岡さんは、信也の伸ばしきった腕の先の手のひらだけを見て、最後の力を振り絞る。

信也にバトンが渡ると、ビデオの早送りでもしたかのような速さで、目の前の景色が流れていった。

土を穿《うが》つ力強さで、信也の足が地面を蹴《け》る。風を起こすほどの速さで、二百メートルという距離を走り抜ける。体の質感を感じさせない滑るような動きに見とれているうちに、信也は物凄《ものすご》い勢いで水樹の待つ場所に戻ってきた。三人を抜き、前を走る二人とほとんど同時に縺《もつ》れるようにしてパスエリアに突入してきた信也は、熱の塊みたいだった。

「水樹、出ろっ」

信也はパスエリアの中に入ってなお疾走し、水樹は何度も練習したように後ろを見ずに全力で助走をする。でもいくらここで差をつけても、二百メートルの途中で捉えられ、順位を下げていくことはわかっている。それでも、勝つことを諦《あきら》めていない信也の気持ちになんとか応《こた》えたくて前だけを向いた。

水樹の出した手に、信也からのバトンが繋がれた。いくら手足を動かしてもスピードは上がらず「その場で跳んでいるみたい」と揶揄《やゆ》される自分の走り方は直らないけれど、ハッハッという自分の息を耳の奥に感じながら必死に走る。いつもならいくつもの後方からの足音に捉えられてしまう辺りにさしかかる。後ろを振り返りたい衝動を抑えながら、水樹は足を動かす。

おかしいなと思ったのは、最後の直線に入り、ゴールの白テープが目前に見えた瞬間だ。息が苦しくて、足を前に出すのがやっとだったけれど、まだ自分がトップにいる。

「瀬尾、あとちょっとだ」

憲吾がそう叫ぶのが聞こえた。

「瀬尾さんっ。頑張ってえっ」

悲鳴のような黒岡さんの声も聞こえた。

「水樹、勝てるぞ」

信也の声が耳に届いた時、水樹は胸でテープを切っていた。嘘《うそ》、でしょう？　思わずその場に倒れこむようにして蹲り、トラックの土埃に目をやった。

「ミサイルみたいな信也の勢いに、パスエリアにいた他の選手が吹っ飛んだんだ」

と後になって憲吾が笑って教えてくれた。「凄かったんだ。竜巻とか暴風とかそういうのに近かったよ。体に触れずとも人をなぎ倒すことができるということを、おれは初めて知ったよ」

パスエリアでバトンを落としてしまった組が他の組と縺れ合っている隙《すき》に、水樹はひたすら距離を伸ばしたのだ。決して速く走れるわけではなかったけれど、そのスピードはゴールの瞬間まで一度も緩まることはなかった。そんな水樹に、誰も追いつけなかったのだと、黒岡さんが興奮気味に話す。クラスの女子たちから疎《うと》まれ、できるだけ目立たないように、いつも無表情で教室にいる黒岡さん。彼女じゃないみたいな明るい涙顔だった。

「記念写真撮るから並んで」

アルバム委員の男の子が、リレーメンバーを並ばせた。

「優勝したんだから、思いきり笑おう」

憲吾の声かけにみんなが応じていたことを知ったのは、卒業式の日。このアルバムを開いた時だった――。


「懐かしいなぁ」

もう三十年近く前の出来事なのに、今でも胸が高鳴るくらいはっきり憶えていることが不思議だった。一生忘れないことってあるんだな。アルバムを閉じると、体温が上がっているのを感じる。みんなどうしてるのかな。黒岡さん、元気かな。信也は今、何をしているのだろう。

高校を卒業し、水樹が東京の専門学校に通い始めてしばらくすると信也とは連絡が途絶えた。何も知らされないままいつの間にか引越しをしていたようで、その後の消息はわからなかった。

初めのうちは必死になって手がかりを探したが、そのうちに自分は切り捨てられたんだと気がついた。彼の人生に、自分はもう必要ないのだと。

小さな頃からずいぶんと長い時間一緒にいたから、離れたことが実感できずにいた。

だから信也との別れはあの頃からずっと、あまりにもぼんやりとしたままだ。

＊

頭の中に残っている遠い昔の記憶をたどる時、そこにはいつも信也の姿がある。信也との出逢《であ》いは保育園の三歳児クラスで、さすがにその頃のことははっきり覚えていないけれど、四歳くらいの記憶には登場する。最も古い記憶が家族のものではなく、信也だというのはそれだけ水樹が保育園に長く預けられていたということだ。

「大丈夫や。たぶんぼくのお母ちゃんの方が遅いと思うで」

信也と水樹には共通点が二つあり、一つは保育園の迎えが誰よりも遅いということ。もう一つが団地の同じ棟に住んでいるということだった。競輪場の裏にあるその団地は一九六六年に建設されたもので、瀬尾家は建てられたすぐ後に入居し、その数年後に信也たちの一家が引越してきた。

「信也のお母さんが、うちのお母さんより早かったらどうするん？」

園児が残らず帰路につき、居残りの先生と三人で迎えを待っている時、ほとんど毎日この会話をしていたような気がする。

「ぼくのお母ちゃんは、悠人《ゆうと》を病院に連れて行ってから来るんや。だから水樹の方が絶対に早いって」

信也は前の日も、その前の日も言った同じ言葉で、水樹を安心させる。信也がこう言ってくれないと、自分が最後の一人になるのではないかという不安に打ち勝てず、だから決まって、この言葉を言わせた。悠人は信也の三歳違いの弟で、生まれつき体が弱く、てんかんの持病があった。

そして信也の言う通り、水樹の母親の君子は最後から二番目に保育園にやって来た。

「じゃあね信ちゃん、またあした」

君子に手を繋がれるとものすごくほっとして、水樹は笑顔で信也に手を振ることができた。そんな時の信也は、自分の小さな予言が的中したことに安堵するような表情で、

「うん、またあした」

と手を振り返してくれるのだった。

水樹は、父の洋二《ようじ》、母の君子、兄の徹《とおる》の四人家族で暮らしていた。競輪が開催されている期間、団地の周辺はいつも騒然としていて、当時タクシーの運転手をしていた洋二は、自分の空いている時間にはスーパーにでも立ち寄る気軽さで競輪場にふらりと出かけ、時には水樹や徹を連れて、車券を買っていた。君子は団地から自転車で十

分ほど走った場所にある「春田屋」という食品会社の加工工場で、パート勤めをしていた。春は筍《たけのこ》をメインに惣菜を作り、秋は松茸《まつたけ》を調理する。筍は地元の特産品ではあったけれど、「うちで佃煮《つくだに》にする筍、あれな、実は中国産なんやで。お客さん、知ってるんやろか」と春になるときまって君子は、そう言って笑った。洋二の煙草《たばこ》の臭《にお》いと君子から立ち上る醬油とみりんの香りが、四畳半ほどの部屋が四つ並んだだけの家全体に、いつも混ざり合い漂っていた。

「信ちゃんも、おばちゃんと帰るで」

君子が水樹と一緒に信也も連れ帰るようになったのは、年長クラスに上がった頃だ。信也の父親は、彼らが団地に引越してくる前から長く入院しており、水樹たちが五歳になった頃、病状が次第に悪化していった。君子は、手一杯になってしまった母親の千鶴《ちづる》に代わり兄弟の世話を引き受けた。

悠人は少し変わった子供で、人の言うことをまったく受けつけないところや強すぎるこだわりをもっていた。例えば「今どうしても砂遊びがしたい」と思ってしまうと、砂遊びをさせてやるまで泣き続ける。たとえお昼寝の時間であっても、悠人がひとりで砂遊びしているような光景は珍しくなかった。てんかんを抑える薬のせいで、ジャングルジムの上や散歩道の途中で意識を失うみたいに眠りこんでしまうこともあった。そのうちに悠人ひとりだけのために先生がつくようになり、その女の先生はみんなから「悠ちゃんの先生」と呼ばれた。

千鶴はそんな悠人を預けることに恐縮していたが、「そんなん、全然大丈夫やで。ええ子にしてるよ」と君子は笑いとばし、信也と一緒にうちに連れ帰った。

「おばちゃん、ぼくそろそろ家に帰るわ。お兄ちゃんが学童から帰って来てると思うし。悠人、帰るぞ」

テレビアニメを見ながらおやつを食べ、エンディングテーマが流れる夕方の六時頃になると、信也は決まってそう切り出した。信也には二つ上に正浩《まさひろ》という兄もいた。

「お母ちゃんが帰って来はるまでうちにいたらええやん。お兄ちゃんが気になるんやったら、正浩ちゃんもここへ連れて来よし」

正浩のことを気にする信也を、君子がこう説得するのも決まりごとのようになった。でも信也は必ず家に戻って行く。正浩と遊びたいのか、一人きりにしておくのが悪いと思っていたのか、引き止めても悠人を連れて頑《かたく》なに帰っていく。ならば正浩がうちに来ればいいのだろうが、正浩はそれを固辞した。

小さい弟たちはともかく、二年生にもなる自分が夕食時のよそ様のうちに上がり込むわけにはいかない。そんなことを、君子に向かって言い、「弟たちがいつもお世話になっています」と深々と頭を下げる。

「正浩ちゃんはきっと偉い坊さんの生まれ変わりやで。徹と同い年とはとうてい思えへんなあ。それにしても、森嶋さんとこも大変やなあ。旦那《だんな》さんは入院してて、息子が三人もいはって。悠ちゃんはちょっと難しい子ぉやしなあ」

信也と悠人を送り出すと、君子は口癖になった台詞《せりふ》をため息にのせて呟《つぶや》く。

「信也のお父さんって、なんの病気なん？」

夕食の支度を手伝いながら、ある日水樹は訊《き》いた。

「さあ……はっきりとは聞いてないけど、肝臓が悪いって言うてはったなあ。前に一回お見舞い行ったことあるねんで。信ちゃんらのお父さん、病気になる前は競輪選手したはったんやって。良さそうな人やったけどなあ。なかなか良うならはらへんなあ」

あんな真面目そうな人が肝臓を悪くして、なんでうちのアル中のおっさんは健康体なんやろ、と君子は呆《あき》れながら答えた。

水樹の家も信也の家も、冗談でも裕福とは言えない暮らしだったけれど、それが当たり前だった。保育園にいる子供たちのほとんどが、誰かのお下がりのそのまたお下がりの服を着、サイズの合わない靴を履いていた。「せんせい、おようふくが大きすぎる」と唇を尖らせれば、襟ぐりをつまんで輪ゴムで結んでもらえ、「くつがおっきくてぬげる」と涙ぐめば、靴の先に柔らかい布を詰めてもらえた。

だから小学校に上がった時、軽い衝撃を受けたのだ。同じクラスに「ええとこの子」が何人もいて、その子供たちがどうも自分とは違う色彩を放っているように感じた。実際に、着ている服の生地の材質だとか、ランドセルの光沢だとか、手提げカバンについているレースだとかそういう物の質感や色が微妙に違い、それが印象として目に入っていたのだろう。そのことを一度君子に言ったら、

「いろいろわかるようになってきたんやな」

と困ったような笑顔を浮かべ、テーブルの上に転がっていたボールペンを手に、チラシの裏の白い部分に○を二つ描きその間に一本の線を引いた。

「西国街道から手前側はうちらみたいな人が住んでて、ほんでこっちからはお金持ちの人らが住んでるんや。ほら、新しいうちがぎょうさん建ってきたやろ」

「いっこいっこが離れているおうち?」

「そうそう。あの人らはよそから引越して来はったんや」

それまでの水樹は家の中に階段があったり、門扉《もんぴ》を開けてアプローチを歩いてから

入り口のドアにたどり着くような家の構造など知らなかった。だから小学校に入って新たに友達になったクラスメイトの家に遊びに行った時、正直とても驚いた。

「でもあんなうちゃったら、警泥やってもおもしろないやん。外に階段がいっぱいある、うちみたいな団地のほうがええわ」

水樹がそう言うと、君子はおかしそうに「そうかあ」と笑った。

水樹は、君子に気を遣ったわけではない。仲の良い友達が同じ敷地内に住む、競輪場の裏側にあるから通称「うら」と呼ばれるこの一角を、水樹はとても気に入っていた。

3

瀬尾兄妹、森嶋三兄弟の五人で、向日《むこう》神社の夏祭りに行くのは、一年を通して最も楽しく心待ちにしているイベントだった。まだ小さかった頃はどちらかの親が付き添っていたのだが、年長の徹と正浩がそこそこ大きくなってからは、子供たちだけで出かけることを許してくれた。子供っぽくて頼りない徹はともかく、正浩はその辺のだらしない大人よりもずっとしっかりしていて、自分の欲望は抑えて親の言いつけをちゃんと守れる、男子としては稀《まれ》な性質を持ち合わせていたからだ。

「正浩ちゃん、徹が『当てもん』ばっかりしたら止めてやってな。お小遣いには夜ごはんのぶんも入ってるんやし。たこ焼きとか焼きそばとか、ちゃんと食べ物に使うように言うたってな」

隣で口を開けて鼻くそをほじくっている徹を尻目《しりめ》に、君子は正浩に手を合わす。

「わかりました。お腹《なか》の膨れるもんをみんなで食べます」

祭りの小遣いはきまって、一人四百円。百円の当てもんを一回。五十円のガムの絵型抜きを一回。残りの二百五十円でお好み焼きか焼きそばを買う。六時から九時くらいまでの三時間、きちんと計算して使わないと、お金はすぐになくなってしまう。以前の祭りで、徹が当てもんを四回連続してやってしまい小遣いが瞬《また》く間に底をついたことがあった。正浩は自分の小遣いの中から百五十円を徹に渡してやり、徹はそのお金で焼きとうもろこしを買ったのだが、水樹からその話を聞いた君子は、

「ほんまに情けないっ。当てもんなんてカスしか当たらへんようになってるって言うてるやろ」

と徹の頭を平手で何度も叩《たた》いた。

「でも一等の超合金ロボ、当てた子供がいるんやておっさん言うてたもん。ほんまに

マジンガーZの超合金、当てもんのコーナーに飾ってあったんやで」

泣きながら徹が言い返すと、君子はさらに頭を叩く。

「あんたにはギャンブル好きの血が流れてるんやなあ。ほんま誰に似たんかっ」

君子に叱《しか》られた後で徹は、告げ口した水樹の尻や太腿《ふともも》に二、三発の蹴りを入れにくるのだが、水樹がアッカンベーをして「またお母さんに言うで」とすごむと、すぐにしょんぼりするのだった。

その年は、五人が揃《そろ》った最後の夏祭りになったから、水樹はよく憶えている。

正浩と徹が五年生、信也と水樹が三年生、悠人はまだ保育園に通っていた。

水樹は浴衣《ゆかた》を着せてもらっていた。白地に赤やピンクや水色のチューリップが咲いた浴衣。去年までの浴衣が小さくなったので、君子が近所にあるニチイで買ってくれたものだ。君子が値札を見ながら逡巡《しゅんじゅん》している姿をこっそり見ていたので、余計に大切に思っていた。

「お姉さんになったから」と浴衣に合わせて赤い緒の下駄《げた》も買ってくれた。歩くたびに初めて履いた下駄からカランコロンとくぐもった軽い音がすると、自分が一人前の娘になったように思えた。

悠人を真ん中にして、正浩と水樹は手を繋いで祭りに向かう。境内へは、団地の奥から神社の裏に繋がる山道——裏参道と呼ばれる道を抜けていく方が早い。でも今日は祭りなので、表参道を五人で歩く。春は桜、秋はもみじ。参道の並木は季節ごとに色を変える。夏は生い茂る樹木が参道の石畳を陽と陰のまだら模様にし、風で葉が揺れると石畳の上の光が揺れた。水樹たちのすぐ前を、徹と信也がゆらゆらと歩いていた。長い長い参道は、水樹が体育の授業で走る五十メートルよりずっと長い。正浩や徹や信也なら一気に駆け上がってしまうけれど、水樹と悠人にはちょっときつい。

「まず当てもん行こけ」

徹が振り返り、興奮を隠せない様子で叫んだ。財布を持っていけとあれほど君子に言われたくせに、結局ジーパンのポケットに百円玉四つをねじ込んでいる。ポケットに手を突っ込み百円玉をじゃらじゃらさせながら、徹が上気した顔を正浩に向ける。

「当てもんは最後にしよ。初めになんか食べて、その残ったお金で行こう。そうせんと、徹ちゃんも信也も熱くなって小遣い全部使ってしまうやろ」

正浩がもっともなことを言い、水樹は大きく頷《うなず》く。六時を少し回ったところだったが、辺りはまだまだ昼間のように明るく、境内もそれほど混雑はしていない。人通りの少ない今のうちならゆっくり買い食いができる。悠人はめまぐるしく首を動かし、赤地に黒い太字で「たこ焼き」と書かれた暖簾《のれん》や、豆電球の下で気持ち良さそうに泳ぐ金魚に目を奪われていた。

「悠ちゃん、あれ欲しぃぃ」

繋いでいた手がぐいと引っ張られ、悠人が走り出そうとした。水樹の手は振り払われ、正浩が反射的に悠人を止める。

「あそこ行くぅ。欲しい欲しい。ピンクのヒヨコが欲しぃぃ」

振り返った信也が、しまったという表情で正浩を見つめた。去年と全く同じ展開になったことに、悠人以外の四人は焦《あせ》った表情で顔を見合わせる。

「悠ちゃん、あかんねん。ピンクのヒヨコはすぐ死んでしまうんや。前に来た時、悠ちゃんピンクのヒヨコ、家に連れて帰ったん憶えてるか？　悠ちゃんのお母ちゃん、飼ってもいいよって言ってくれたけど、すぐ死んだやんか。悠ちゃん、泣いてたやろ」

水樹はその場でしゃがみこみ、悠人と目線を合わせた。ピンク、ブルー、イエロー……鮮やかなスプレーで彩られたヒヨコたちは、ラムネ菓子を包んでいるセロファンみたいに愛らしい。透明のプラスチックケースの中で活発に走り回るカラフルなヒヨコの可愛《かわい》らしい姿を見ていると、悠人が欲しくなるのも仕方がない。でも、ヒヨコがちょこちょこと動き回っているのは元気だからではなく、パニックになっているからで、一羽だけ家に連れ帰るとその動きはどんどん緩慢になっていくことを悠人以外のみんなはしっかりと憶えていた。呼吸を止めた後のヒヨコの硬さと冷たさも、忘れてはいない。

一度へそを曲げてしまうと、何時間もひきずってしまう悠人が、一年に一度の祭りの、この段階でぐずってしまったことに、水樹たちは落胆する。最悪、このまま家に引き返すはめになるかもしれない。

「あかんもんは、あかんのや。わがまま言うな、悠人」

頭の上から叩きつけるように信也が叱る。信也の隣に立つ徹は、心ここにあらずな感じで、人だかりのできている当てもん屋に視線を集中させている。

「いやや、いやや。悠ちゃん絶対ピンクのヒヨコ欲しいんやあ」

信也にきつく言われたことが引き金となったのか、悠人がついに大泣きを始め、行き交う人がじろじろとこちらを見てきた。

「そっかあ。悠ちゃんはヒヨコが好きなんやなあ。ヒヨコ、可愛いもんなあ。抱っこしたことあるもんなあ」

泣きやむ気配のない悠人を、正浩が抱き上げる。突然体がふわりと浮いたことで、一瞬だけ悠人の泣き声が止《や》んだ。体格のいい信也に比べて、正浩は華奢《きやしや》な体つきをしていたが、それでも軽々と悠人を抱えると、背中をとんとんと叩きながらゆっくりと歩き始める。

「悠ちゃん、前に飼ったヒヨコ、大事にしてたもんなあ。タマちゃんって名前つけたもんなあ。卵から生まれてきたからタマちゃんやったっけ？」

耳元で語り続ける穏やかな口調に、悠人が頷く。しゃくり上げてはいたが、わめきちらすことはもうない。タマちゃんの記憶がよみがえったのか、何かを思い出すような表情で、悠人が正浩の声に耳を傾けている。

「お墓、作ったなあ、タマちゃんの」

「……うん」

「悲しかったなあ。死んだ時にはピンクの色、はげてなくなってて。お母ちゃんが、悲しむのはもう嫌やから、ヒヨコは飼うのやめよって言わはったやろ？」

「……うん」

「悠ちゃんもそうしようって思ったやろ」

「うん」

正浩に前抱きにされた悠人は落ち着きを取り戻し、頬を兄の肩先にぴたりとくっつけている。

やれやれという表情で、信也が二人を見ている。水樹は悠人と目が合うと笑い、おどけた表情を作った。のんびりと歩く正浩の歩調に合わせて、水樹も下駄を鳴らす。カラン、コロン、カラン、コロン。

「なあ悠人。水樹の下駄の音、ゲゲゲの鬼太郎のと一緒やなあ」

さっき強い口調で悠人を咎《とが》めたことを反省しているのか、信也がなだめる口調で語りかける。

「もお、はよう行かへんかったら、一等賞が出てまうやんけ。おれは今日こそ超合金を手に入れると決めとんのやあ。できたらマジンガーZのが欲しぃぃ」

徹が焦《じ》れたように叫ぶと、

「そしたらみんなでなんか食べよか」

と正浩がゆっくりと、悠人を地面に立たせた。

五人で広島焼きを買って、境内の手前にあるベンチに座って食べた。小麦粉を薄くのばして焼いた中に、キャベツと卵が入っている広島焼きは、君子が家で作るお好み焼きとは違い、濃いソースの味つけが美味《おい》しかった。ベンチには信也と悠人と水樹が腰かけ、年長の二人は立ったままで食べた。正浩は自分の分をさっさと食べ終えると、長すぎる割《わ》り箸《ばし》を不器用に動かしている悠人を手伝う。

「なあお兄ちゃん、ついでやし、お参りもして行こ」

悠人の前に跪《ひざまず》くようにしている正浩の耳元で、信也が囁《ささや》く。

「お参り？」

発泡スチロールの皿に残っているソースを舌で舐《な》めながら、徹が訊き返す。

「お父ちゃんの病気が良くなるように……」

信也が聞こえるか聞こえないかくらいの小さい声で呟く。口の端からキャベツの千切りがはみ出している。

「まだ治らへんのけ？　おまえんとこのお父ちゃん。えらい長いこと入院してはるなあ」

徹が言うと、

「そうやなあ。お参りしとこ。悠ちゃんも一緒に神さまにお願いごとしよっか」

と正浩が明るく悠人に声をかけた。

「これ、五人分のお賽銭《さいせん》や」

正浩が賽銭箱に自分の財布から百円玉を投げ入れてくれて、五人で拍手《かしわで》を打った。

正浩や信也はもちろん、悠人も神妙な面持ちで目を閉じ手を合わせる。水樹も、兄弟のお父さんの病気が一刻も早く良くなり、一緒に暮らせますように、と願った。目を閉じている間、虫の声が聞こえた。暑さを奏《かな》でる蟬《せみ》の声ではなく、線香花火みたいに静かに空気を震わせる声だった。

「おれな、今神さまに頼んどいたんや。当てもんで一等賞、それがあかんかったらせめて二等賞のラジコンがもらえますようにって。なんかここまでしたら当たるような気がしてきたわ」

願い事を終え、切実な表情で佇《たたず》む森嶋兄弟に向かって、徹が興奮して話し出す。正浩と信也は力の抜けた笑顔を見せ、

「ほな行こか」

とずいぶん混雑してきた道を、迷子にならないように、五人で固まって歩いた。当てもんの結果は、正浩が昆虫採集セット。信也が手品グッズと知恵の輪。悠人が発光するきみどり色の腕輪。そして水樹がみずいろのシュシュ。一休さんのキーホルダーが当たった徹以外は、みんなそこそこ満足した様子だった。

「ちえっ。ちえっ。誰かおれのと取り替えてくれよぉ」

情けない徹の声が、夜に響いていた。

夏が去り、秋が過ぎて冬になろうという頃に、信也の父親が亡くなった。信也や悠

人がうちに長く預けられるようになったので、病状が悪化していることは、うすうす感じていた。信也の父親は肝硬変という病気だったと亡くなってから知ったが、病名を聞いても、それがどんな病気なのか、死に至るほどの深刻なものなのかは全くわからなかった。

「じゃあ後で迎えに来るから。悠ちゃん、水樹お姉ちゃんと一緒にいい子にしといてな」

葬式は団地内にある集会所で執り行なわれ、君子が忙しそうにその手伝いをしていた。正浩と信也は先に式場に入り、水樹は悠人を預かって、式が始まるまでうちで待機していた。

「お父ちゃん、死なはったん？」

何度も同じことを繰り返して訊く悠人に、

「うん。残念なことや……」

と水樹も同じ受け答えをする。

「なんで？」

「病気やってん。悠ちゃんも知ってるやろ、お父さんが入院したはったん」

「うん、知ってる。……死んだらどうするん？」

「どうって？　悠ちゃんたちがどうするかってこと？」

「ううん、ちゃう。お父ちゃん、いつ死ぬの終わるんかってこと」

トミカの消防車を小さな手に握り締め、灰色の梯子《はしご》を伸ばしたり縮めたりしている様子を見て、悠人も混乱しているのだ、と胸が痛んだ。

式の開始まであと十五分くらいになった頃、君子が迎えに来た。水樹は喪服を持っていなかったので白いブラウスに、紺色のスカートをはいていた。悠人は信也が小学校の入学式で着ていた正装を、身につけていた。君子は「式場に悠ちゃんを連れて来て」と言うと、すぐにきびすを返して走って行ってしまったので、水樹は悠人の手を引いて、ゆっくりと玄関を出た。ドアを閉め、鍵《かぎ》をスカートのポケットにしまうと、団地の中の階段を降りていく。水樹の家は二階にあり、森嶋家はそのすぐ真下、一階なのだが、当たり前だけれどひっそりとしていた。

「お兄ちゃんたちは？」

不安そうな声で、悠人が訊いてくる。寒いからか、肩をすくめるようにして悠人は歩き、ブラウス姿の水樹の手もかじかんでいる。

「もう先に式場に行ったはるよ」

「式場ってどこ？」

「集会所。公園の横の。昨日のお通夜《つや》で行ったやろ？」

水樹たちは、競輪場へ向かう数名の男たちとすれ違った。どの男たちも灰色や深緑色など煤《すす》けた色のジャンパーを着て寒そうに歩いている。見慣れた光景だ。競輪開催日、こうしてどこからかやって来る男たちの顔つきがいつもより不機嫌そうに見えた。自分の意志でやって来るのならもっと楽しそうにすればいいのに。もっとにこにこすればいいのに。

でも今日の自分は、そんな男たちと変らぬ顔をしているだろう。葬式に出ないで、ずっと家の中にいたいと思った。正浩や信也が悲しんでいる姿を見たくない。

集会所に着くと、大勢の大人が集まっていた。お通夜の時以上の人出に、水樹と悠人の足が止まる。

「水樹ちゃん、ぼく怖い……」

泣き出しそうな声で、悠人が言うので、「抱っこしてあげよ」と体を抱き上げる。まだ小さい体なのにずっしりと重く、歩くと少しよろけた。

集会所の入り口は一つしかないので、人の間をすり抜けるようにして中に入っていく。視界が真っ黒で、喪服で埋め尽くされた中、置物のように物言わず座っている正浩と信也の姿を見つけた。

「お兄ちゃん、信ちゃあんっ」

悠人が突然大きな声を上げて、水樹の体から滑り落ちるようにして床に降り立ち、そのまま制止する間もなく駆け出す。正浩がすぐに気づいて立ち上がり、勢いよく走り寄ってくる悠人の体を受け止めた。正浩に任せたらもう大丈夫だとほっとしていると、肩を叩かれ、振り向くと君子が立っていた。

「あ、お母さん。いま悠ちゃん連れて来たとこやねん」

「水樹、お父さん知らんか」

険しい表情で、水樹の言葉を遮るようにして君子が訊いてくる。

「さあ……。家にはいいひんかったけど」

水樹がそう言うと、心底落胆したような表情を浮かべ、「あんた探してきて」と小声で呟く。

「探すって、どこを」

「きっと競輪場やろ。まさかこんな日にまで行くとは思ってなかったけど、たぶんそのまさかや」

「競輪行ってんの？」

「あの人はほんま……情けない。こんな大事な日に、お悔やみも言わんと」

涙ぐむ君子を見上げ、水樹は、

「探してくるわっ」

と人込みをかき分けるように進み、集会所を飛び出した。

いつも暢気《のんき》な徹でさえ沈鬱《ちんうつ》な表情で朝食も全部食べることができなかったのだ。君子も水樹も同じで、これまで一番親しくしてきた森嶋家の不幸を、家族のことのように受け止めているというのに。あのおっさんは、人の心いうもんがないんかっ。博《ば》打《ち》狂い、ギャンブラー、ヤクザ、極道、ちんぴら――九歳の自分が知り得る限りの言葉で父を罵《のの》りながら、競輪場まで走った。

入り口の門の近くまでくると、見知らぬおじいさんに寄り添い、孫のようなふりをして場内に入り込んだ。大きな公園のように広い競輪場の中で、水樹は、バンクに臨む観客席を中心に洋二を探した。朝、無理やり君子に喪服を着せられていたから、どこかよれっとしたジャンパー姿の男たちの中で、目立つはずだと思って見回したが、洋二の姿はなかった。

「お父さん、お父さんっ」

仕方なく、大声を張り上げた。周囲に子供は水樹だけだったので、洋二を見つけられなくても、洋二が自分を見つけることはたやすいはずだ。甲高い声を上げて叫んでみても、周囲の男たちはちらりとこちらを見るだけで、また手に持つ紙に視線を戻す。

「瀬尾さん、いますかあ。瀬尾洋二、瀬尾洋二、瀬尾洋二さあん」

それならと今度は名指しで呼んでみた。周囲の喧騒《けんそう》にかき消されないように、のどが痛くなるほどの大声を出す。叫んでいるうちに、洋二への怒りが増幅してくるようだった。

「ぼけっ」

突然、後頭部を叩かれた。

「さっきから何叫んどるんじゃ。うっさいわ」

洋二の舌打ちが頭上で響いた。喪服は着ていたが、黒いネクタイは外し、だらしなく着崩している。見上げた洋二の顎《あご》に、無精ひげが伸びているのが見えた。水樹はひるまず、

「何やってんねんな。お葬式始まってるんやで」

と低い声を出して怒鳴った。でもドスのきいた声にはならない。

「わかってるがな。誰も行かへんなんて言うてへんやろ。次のレースが終わったら行くつもりやったんや」

途端ににやけた顔を洋二は作った。喪服には似つかわしくない赤のサインペンで、

水樹の頭を小突く。

「今すぐや。今すぐ来てえや」

洋二の手を摑《つか》み、水樹はぐいと引っ張るが、びくともしない。向う脛《むこずね》を靴のつま先で蹴飛ばした。

「痛っ。何すんねん、このガキ」

「ちゃんとしてえや。今日ぐらい、水樹のお父さんとして、ちゃんとして。恥ずかしいやん。水樹とお兄ちゃんの大事な友達の家族が死なはってんで。こんな日に、なんでうちのお父さんはこんなとこにいてんのよっ」

惨《みじ》めで悔しくて、水樹は大声を上げて泣いた。周囲の視線が集まっていることはわかっていたけれど、泣き止むことができなかった。バンクではレースが始まっており、感情を押し殺したうめきに似たどよめきと、いくつかの大声が黒い波のように客席に漂っている。信也たちが、とてつもなく悲しい思いをしているのに、なんでここにいる大人たちは自転車が走ることにこんなに興奮しているのだろう。水樹は空を仰ぐようにして、ひときわ大きな声で泣いた。そんな姿に呆《あき》れたのか、周囲の視線に耐えられなくなったのか、

「わかった、わかった。行くで」

と洋二が歩き出す。

洋二は、式場に入ってからは神妙な顔つきになり、水樹をほっとさせた。ネクタイもきちんと結び直し、丁寧な仕草でお焼香し、合掌をした。お焼香をするのは初めてだったので、隣の洋二の所作を真似《まね》た。棺に横たわる信也の父親の顔は、知らない人みたいだ。

初めて会ったのは、森嶋家がこの団地に引越しをして来た日だった。洗剤の箱を手に、家族五人で水樹の家に挨拶《あいさつ》に来た。その時すでに入院していて、思えば一日だけ外泊したのだろう。

「入院したはるんやって。大柄で丈夫そうな人やのに、どこが悪いんやろうな。奥さん大変なことやなあ」

洗剤を受け取った君子は、森嶋家の人たちが階段を下りていくのを廊下で見送った後、家の中に入るなり大きなため息をついた。その時も痩《や》せていたけれど、棺に横たわる土気色の顔は、その比ではないくらいに痩せこけている。

正浩と信也は弔問客のひとりひとりに、頭を下げていた。水樹と洋二が並んだ時も、兄弟は頭を下げてくれたが、水樹は彼らの方に顔を向けることができなかった。悲しむ姿を見たくはなかったし、大切な人を失った経験のない自分のことを、後ろめたく感じていた。
やがて棺の蓋《ふた》が閉じられる時、悠人が棺に走り寄り、
「あかん、あかん。やめて、やめて」
とすがりついて泣き出した。誰もが無言で緊張感の漂う中、癇癪《かんしゃく》を起こしたような
訴えは高く響いた。
「やめて。閉めんとって。いやや、いややあ……」
その叫び声に重なるようにして、いくつかの嗚咽《おえつ》が聞こえてくる。母親である千鶴
は、両手に顔を伏せてしまい、暴れる悠人を止めることができなかった。
「こらっ。やめとけ。悠人っ」
信也が悠人の腕をひっぱり、引きずるようにして棺から離し、
「あかん。邪魔やろっ」
と厳しい口調で弟を叱りつけ、力ずくで押さえつける。君子をはじめ、側《そば》にいた女
たちはハンカチを口や鼻に当て、必死に拘束から逃れようとあがく悠人の姿を見つめ
ていた。
「信ちゃん、離せ、離せ。お父ちゃんの顔、見えんようになるん、いやや。なあ、離
してっ」

やみくもに振り回す悠人の拳《こぶし》が、羽交い締めにする信也の顔に当たり、静まり返った会場に肉を打つ重い音がした。

「ええよ、悠人。もっとお父ちゃんのこと、触ってき」

誰も止めに入らなかった二人の間に、正浩が入っていく。いつも通りの穏やかな口調と優しい目で、弟たちを見据える。正浩は、悠人を押さえつける信也もろとも細い腕で抱き締め、

「ええやん、信也。悠人にもっとお父ちゃんのこと触らしてやろ。悠人は五年間しかお父ちゃんとおられへんかったんや。元気やった頃のこと、あんまり憶《おぼ》えてへんのんや。せやからもうちょっと、一緒におらしてやろ」

正浩が言うと、今度は信也が大きな声を出して泣いた。本当はずっと泣きたかったのを我慢していた、そんな絞り出すように切ない泣き声だった。悠人は信也が耳元で大泣きするのに驚いたのか、しゃっくりを繰り返した。そしてしゃっくりをしたまま、正浩に手を引かれて棺の側までくると、つま先立ちになって触れようとした。正浩は、背が足りず棺に届かない悠人を抱き上げ、もう一度顔を見せてもらえないかと頭を下げる。正浩に抱かれたまま悠人は、目一杯腕を伸ばして父親の手を握り、

「お父ちゃんの手やなあ。おっきいなあ」

と、涙と鼻水にまみれた顔で笑って見せた。

「お兄ちゃん……おれも、いい？」

泣きやんだ信也も父親の手に触れると、正浩は感情を押さえ込むような表情でうなずき、にっこりと笑った。

「偉い子やなあ……正浩ちゃんは」

いつの間にか水樹の後ろに立っていた君子が、ハンカチを目に押しつけた。

「式が終わんのが五分や十分遅れたところでなんの問題もない。ゆっくりお別れしたらええんや」

洋二までもが、真面目《まじめ》な顔をしていた。

てっぺんに船のような木の飾りのついた黒塗りの車に、森嶋の兄弟と千鶴が乗り込んでいくのを、水樹は見送った。私たちが見送れるのはここまでだと君子が言うのを聞き、それを少し残念に思いながらもどこかでほっとしている自分がいた。悲しげなクラクションが長く響き、霊柩車《れいきゅうしゃ》が走り去ると、静止画のようだった光景が一斉に動き出す。

水樹には、正浩も信也も悠人も、そして千鶴も、この日はいつもより小さく見えた。大切な人を失うと、人は小さくなってしまう。その人を内から大きく膨らませていたものが、萎《しぼ》んでしまう――。

後片付けの手伝いがある君子を残し、洋二と徹、水樹の三人で先に家まで帰った。いつもはうるさいくらい喋《しゃべ》る徹も黙り込んでいる。

「大丈夫かな？」

競輪場の外壁に沿って歩きながら、徹がぼそりと呟く。

「大丈夫って、何がやねん」

洋二が訊くと、

「正浩たち」と徹が答える。

「大丈夫に決まってるやんけ。正浩がおるんや。あんな賢い長男がおったら、あの家は絶対大丈夫や、ぼけ」

ぼけ、のところで、洋二が膝《ひざ》で徹の尻に蹴りを入れた。不意を突かれた徹が前のめりに揺らぐ。

「しっかりせいやあ、うちの長男は、ほんま」

外壁の向こうから、大きな歓声が地響きのように聞こえてくる。「痛いなあ」と尻をさする徹の口元に、いつものにんまりが浮かんでいる。

「いま何レースやってるんやろな」

洋二が塀の上に目線を向けた。もしかして、家に戻って礼服を脱いだらまた競輪場に行くのではないかと、水樹は軽蔑《けいべつ》の思いで父を見上げる。こんな時によく、遊ぶ気になれるものだ。

「森嶋の親父《おやじ》さん、病気する前は競輪選手やったんや。京都の森嶋いうたらそこそこの有名選手やったんやで」

「お父さん知ってんの」

「知ってるもなにも何回も勝たせてもろた。大柄やし脚力もあった。先行屋いうて、先頭走ってレースを引っ張っていくタイプの選手やった。おれなりの別れをしとったんや、さっき競輪場で。悔しかったやろうなと思ってなぁ。もっと走りたかったやろ。ガキを三人も残して逝《い》くのは辛《つら》いやろう、ってな」

父は珍しく寂し気な表情をしていた。「森嶋の兄弟と、これからも仲良うせいや」

水樹たちの住む団地が見えてきて、普段だと洋二はそこからふらりとどこかへ消えてしまうのだが、その日はそのまま家へ戻った。そしてテレビもつけずに、煙草《たばこ》を何本も吸った後、「腹減ったなあ、ラーメンでも作るか」と、鍋《なべ》をコンロにかけた。洋二が料理をするところを見たことがなかった水樹は驚いて、喪服を着たままの後姿を眺めていた。インスタントラーメンがどこにあるのか徹に訊くと、慣れない手つきで、三人前のラーメンを作ってくれた。

「おいひい」

熱い麺《めん》を勢いよく啜《すす》った後、徹が嬉《うれ》しそうに頷《うなず》いた。「うん、意外においしい」と水樹も呟くと、

「意外には余計やろ」

と洋二が機嫌良く笑う。普段は乱暴な物言いで命令ばかりする父が、この日は嘘《うそ》みたいに優しかった。ラーメンの湯気で顔を熱くしながら、信也たちはもう、優しいお父さんが死んでしまったのだなと思うと、鼻水と涙がいっぺんに出る。「鼻かめよ」と洋二がティッシュを渡してくれた。

この日は、水樹が人生の中で一番父親を好きだった瞬間かもしれない。その後、いろんなことが起こり、水樹を含めた周囲は変わっていった。歳月にすれば十年に満たない中でさまざまな変化があり、いつしか水樹の心は父親から離れていく。だからこの記憶は、今ではとても貴重なものになっている。

4

新幹線で名古屋を過ぎた辺りから、ようやく携帯が鳴りやんだ。それまでは会社の同僚からひっきりなしにメールが入り、富士山もうっかり見逃してしまったほどだ。

〈どうしたの急に有給なんかとって。大丈夫？〉

〈瀬尾さんはもう新しい会社決まったんですか？　どこですか、教えてください〉

心配メールから、探りを入れるものまで人それぞれで、麻里子からは、

〈瀬尾さあん、戻ってきますよね、ね、ね。私を見捨てないでくださあい！〉

と、ちょっと笑えるものが届いた。

六月に入ってすぐに、社長が社員全員に向けて「服飾業界から撤退する」という通達をした。内容は水樹が直接聞いたものとほぼ同じだ。反応はさまざまで、感情的に会社への不服を言う人もいれば、翌日から出社してこない人も少数とはいえいた。閉鎖するのは来年の春なのでそれまでは業務を続けることになったけれど、当然ながら社員たちのやる気は目に見えてなくなっている。それでも年内いっぱい契約している店舗への納品や、在庫を処分するためのセールの企画などやるべきことは山積みで、

「とにかく目の前の仕事はきちんとやろう。こんな状況だからっていいかげんに放り出すようなことはしないでおこうよ。工場に発注してる新しい商品だってあるんだし」

と落ち込む同僚に声をかけてきた。そんな水樹自身が有給休暇をとったものだから、驚いたのだろう。

「遠子先生のお見舞いに行こうと思うんだけど」と憲吾に電話をかけたのは五月の末のことだ。思った以上に喜んでくれて、来る日を教えてくれたら、自分も一緒に行くと言った。休みの日でももちろんいいし、平日も仕事は休めるから大丈夫だと。憲吾はいまも地元にいて、市役所に勤めているらしい。

窓の向こう側の新緑を、水樹は眺める。目に染《し》みるような田んぼの緑が息をのむくらいに美しい。新幹線は滋賀を通過したところだ。東京を出てからまだ二時間も経《た》っていないのに、光を帯びた瑞々《みずみず》しい田や畑が果てしなく続いていて、それをぼんやり眺めているだけで固く張っていた心が緩んでいく。

最後に京都へ帰ったのは五年前、母が亡《な》くなった時だ。もう余命がいくらもないことがわかってからは、休みのたびに京都市内の病院へ通った。

「お母さんのそばにいよっかな。仕事やめて」

母の生命《いのち》の残量が目に見えて減っていくのに耐え切れず、泣いてしまったことがある。病室で「じゃあまた次の休みに来るね」と別れるたびに、これが最後になったらどうしよう、次などあるのだろうか――そう思うことが苦しくなったのだ。「お母さんのために仕事やめるなんて、あかんよ」と母は仕事をやめることを許してくれなかったが、最期《さいご》の時を水樹と過ごしてくれた。水樹が病室にいる時に息を引き取り、その瞬間自分を一番愛してくれた人がこの世からいなくなったのだと深い孤独に襲われた。これからは泣きつく場所はどこにもないのだ、と。

故郷というのは、大切な人がいるから戻りたくなるものだ。だから母がいなくなってからは、京都に帰ろうという気持ちが起こらないでいた。むしろ新幹線に乗ると、体を壊してからの母のことを思い出すので、避けるような気持ちもあった。実家には徹がいたが、兄妹の真ん中にいた母という存在をなくしてからは疎遠《そえん》になってしまっている。

電話で言われた通り、近鉄八条口のタクシー乗り場に行くと、憲吾が待っていてくれた。背は高いのに線の細い印象を与える体型や、目鼻立ちの整った小さな顔は昔と全然変わっていない。いつも長めだった髪は短く切り揃えられていたが、遠目にもすぐ彼だとわかった。近くのコインパーキングに車を止めているのだと、水樹の手荷物を持ってくれる。サーモンピンクのポロシャツに、黒と白の千鳥格子《ちどりごうし》のハーフパンツという姿は外国の観光客よりも目立っていた。

「すっかり東京の人になったな。なんだか話し方も変わっちゃったし」

憲吾がクーラーの送風口を手で上向きにする。高校生までの彼しか知らないので、ハンドルを握る姿が新鮮だ。

「だってもう二十年以上も向こうにいるから。そういう堂林くんだって、中学の時と同じような話し方してるじゃない。イントネーションも全然変わってない」

水樹が言い返すと、「いやいやおれも、仕事場ではちゃんと京都の言葉を使ってるから」と憲吾は愉快そうに笑う。

昔から水樹にとって、憲吾はとても不思議な人だった。不思議というより、こちらの想像のつかないところに生きている人、というべきかもしれない。彼の内側には水樹たちが見聞きしたこともない世界が溢《あふ》れるばかりに詰まっていて、彼は言葉によってその広大な景色を自分達に見せてくれた。

――はじめまして堂林憲吾です。一週間ほど前に京都に越してきました。憧《あこが》れの日本に住むことができて、感激しています。

中学一年の初夏に転入してきた日の憲吾の自己紹介は、今でも忘れられない。地元の小学校から上がってきた生徒ばかりの中で、彼の英語まじりの標準語は事件だった。

——ぼくは生まれて間もなく父の仕事の関係で外国へ行ったので、日本で暮らしたことはほとんどありません。でもいつもこの国のことは誇りに思ってました。戦後からのこの経済成長は、海外では東洋の奇跡、「Japanese miracle」として知られていて、ぼくは何度かこの時代について問われたことがあります。日本には勤勉で優秀な人たちがたくさんいるのだと、小さい頃から周りの大人に聞かされてきました。だからこうして日本の学校に学ぶことになって、本当に嬉しくて仕方ありません。ぼくはこの京都という日本最大の異界都市を訪ね歩きながら、日本人としての spirit を取り戻したいと思います。みんな、よろしく。

周りの反応などまったく気にせず、憲吾は思うままに話すと、すっきりとした顔で席についたのだ。

「よく憶えてるね。そんな大昔のこと」

「だって強烈だったのよ。堂林くんみたいな人、生まれてから一度も見たことなかった」

「今から思えば石投げられていてもおかしくない奇妙な転校生だったんだろうね。でもおれなりに緊張してたんだ。自己紹介も、事前にかなり練った記憶がある」

彼が楽しそうに言うので、

「でも人気あったよ、堂林くん。誰にでも優しかったから」

と、水樹も笑顔を返す。

初めて見た時は、その完璧《かんぺき》な容姿にまず衝撃を受けた。繊細な造りのきれいな顔立ちは、彼の柔らかい雰囲気とあいまって女子たちを虜《とりこ》にした。新しい制服ができるまで、転校生はそれまで通っていた学校の制服を着るのだが、イギリスの中学からやって来た憲吾の制服は格別に洒落《しゃれ》ていた。緑がかった深い青色——シアンとしかいいようのない色目のブレザーに臙脂《えんじ》のタイを結び、グレーの細身のズボン。学生服姿の男子たちに混じると、カラスの中に孔雀《くじゃく》が紛れているようだった。憲吾に新しい学生服が出来上がると、眩《まばゆ》い孔雀を遠巻きに見つめていた女子たちはあからさまにがっかりした。

でも憲吾は話を始めると、その口から出てくるのは妖怪《ようかい》だとか異界だとか、そういうことばかりで、虜にされた女子たちは、少し距離を置く感じになっていった。そのうちに、憲吾の父親が妖怪研究の権威で、世界各国の大学や研究所を転々として働いているという噂《うわさ》が広まると、今度はそんな奇妙なところで人気に火をつけた。

水樹は妖怪について研究するということが今ひとつわからなかったし、そんなことを職業としている人がいるということを初めて知った。仕事というのは、自分の父親のようにタクシーを運転したり、母親のように工場で惣菜《そうざい》を作ったりするものだと思っていたから。

「お昼用のパンも女子に先に選ばせてくれたし」

「パン？　ああ。食べてたなあ、中学の時でしょ？　おれは弁当じゃなかったから飽きもせず、毎日食べてた」

必要な生徒だけが頼む昼食用のパンは種類などおかまいなしにクラスに配給され、そのパンを憲吾は女子から先に選ばせてくれた。配給場所まで容器を取りに行くのを「男の役目にしよう」と決めたのも彼だ。文句を言う男子も何人かいたけれど、憲吾は「重いものを男が運ぶのは当たり前のことだよ。それにきみは四個も注文してるじゃないか。女子の注文数は少ないんだから好きなのを食べさせてあげないと」などさらりと言ったのだ。

少しずれていたにもかかわらず、苛《いじ》められたり仲間はずれにされたりしなかったのは、根っから優しいのだとみんなが理解していたからだと水樹は思う。憲吾の薦めで、クラスの男子全員が小泉八雲にはまってしまったこともあった。ラフカディオ・ハーンという八雲のややこしい本名を、あの時のクラスメイトなら、今も滑らかに言えるだろう。

「瀬尾が来てくれてよかった」

「えっ？」

「遠子先生、瀬尾に会うとすごく喜ぶと思う。瀬尾さんは元気かしらねって、たまにおれに訊《き》いてきてね」

嬉しそうに憲吾が言うので、水樹は頷き自分の手元を見つめる。こんな形で会いに行くのではなく、元気な先生を訪ねていくのならどれほどよかったか。感謝してもしきれない人なのに、二十年以上もの間、一度も顔を見せに行っていない。もし憲吾が連絡をくれなかったら、何も伝えられないままだった。

黙ってしまった水樹を気遣うように、

「年々暑くなるよな、夏」

と憲吾が言う。

「ほんと。小さい頃、私の家にはクーラーがなかったの。でも今はクーラーをつけずに部屋の中で過ごすのってありえないことだよね」

「そうだよなあ。なんか危機感を感じる暑さだよな、これは」

とりとめのない話をしながら河原町通りを北に向かって進んでいく。

「京都に戻ってくる気は、全然ないの？」

憲吾が訊いてくる。

「今のところないかなあ。勤め先が向こうだし、もう東京に住んで長いから、生活の基盤みたいなものが、もうこっちにはないからね」

「でもお兄さんが地元にいるんだろ」

「うん、でも兄じゃねえ。姉妹だったらまだしも」

水樹が答えると、「そっか」と憲吾は頷く。

「堂林くんは転勤とかないの？」

「おれは市の職員だからここを離れることはまずないよ。まあ離れる気持ちもないからね」

この土地が心底好きなのだと、憲吾は胸を張った。中学生の時に移り住んでからずっと、ここを終《つい》の棲家《すみか》にしたいと思っていた。公務員の試験を受けたのも、そのためだと。

「遠子先生もたしかそんなこと言ってたね。旅行で一度来てから虜になって、東京からわざわざこっちに出て来て就職したって。ひょっとすると堂林くんみたいに異界オタクだったりしてね」

　水樹が笑うと、憲吾は「そういえばさ」とにやりと笑い、

「この前さ、六道珍皇寺《ろくどうちんのうじ》に行って来た。東山にある」

　と嬉しそうに話し始める。

「通称『六道さん』。六道ってのは、仏教でいう天道、人間道、修羅道、畜生道、餓鬼道、地獄道……つまりこの六種類の冥界《めいかい》を、人は死んだら流転するんだ。六道珍皇寺にはこの冥界への入り口があると伝えられてるんだけど、確かに何か感じるものがあったね」

「感じるもの？」

「そう。平安時代に小野篁《おののたかむら》という官僚がいたんだ。で、この官僚、昼は朝廷の役人なんだけど、夜になると閻魔庁《えんまちょう》の冥官をしていてね。つまりこの世とあの世を自在に行き来してた。その冥土への出入り口の古井戸が、まだこの寺に残ってて。久々に、胸が高鳴るスポットだったよ。小野篁ってね、今昔物語集にも冥官説話が載ってんだよ。信憑性《しんぴょうせい》があるだろう。ってなにかな、その顔は」

「いやあ、本当に変わらないなあと思って。こういう話をしてる時の堂林くんの顔って、昔と全然変わらない」

「なに、成長してない？」

「マイペースっていうか。転校してきた日の挨拶から、堂林ワールドの位置づけは私の中でずっと同じままだよ」

いつも心のどこかに憂鬱《ゆううつ》を抱えて毎日を生きていた十代の自分を、憲吾のこうした話は日常ではないどこかへ飛ばしてくれた。重い荷物を背負ったままで学校に通うのだけれど、憲吾はその荷物をひょいとどこかに置いてくれるような。ちぢこまり、顔を伏せる自分を広野に連れ出してくれるような。そんな存在だったことが静かによみがえってくる。

＊

母親に頼まれて、出来上がった内職を業者に届けに行ったことがある。水樹はその時高校三年生で、大きな段ボール箱を自転車の荷台にくくりつけていた。箱の中には人形の服が、空気すら入らないほどぎっしりと詰め込まれている。左手で箱を押さえ、右手でハンドルを持ち、水樹は車道のわきを自転車を押して歩いていた。一瞬のことだった。通り過ぎた車が起こした風圧で自転車が傾いた。「きゃああっ」と叫んだが、どうすることもできず、段ボールがひっくり返り、中身が車道にぶちまけられた。母と二人で早朝までかかって仕上げたドレスだった。

その場から動けず呆然《ぼうぜん》と立ち尽くしていたところ、

「拾わなきゃ」

と、偶然通りがかった憲吾に肩を叩《たた》かれ、我に返ってドレスをかき集めた。

「轢《ひ》かれるよ」

車道に飛び散ったドレスを拾おうとした水樹の手を、憲吾が引っ張って止める。ビーズをいくつもちりばめて作ったピンクのドレスが、タイヤに踏まれている。

「大丈夫、一人でできるから。大丈夫、平気。全部拾ってたらすごい時間かかるし」

服の数は八百着。自分で数えたから間違いない。しゃがみこみ、花びらを扱うように丁寧に拾い集める憲吾の背中に叫ぶ。

「平気だから。堂林くんはもう行って」

他の家に比べて、うちが貧しいことはその時もう充分にわかっていた。母が休むことなくパートや内職をしないと暮らしていけないことも。だから内職を手伝ったり、こんなふうに用事を言いつけられたりすることは少しも嫌ではなかった。でも、知り合いに、ましてや同級生には、絶対に見られたくなかった。

「一緒に拾おうよ。その方が早く終わる」

「ありがとう。でも自分でやれるから」

鮮やかなドレスの色彩に比べて、自分の穿《は》いているスカートはずいぶんと色褪《いろあ》せている。ブラウスも靴下も靴も。

「恥ずかしいから」

「恥ずかしい？」

きびきびと手伝ってくれる憲吾に悪くて、でもこれ以上この場にいてほしくなくて、本当のことを言った。

「こういうの運んでいるの、恥ずかしいから」

「そうかな。家の仕事を手伝ってるんだろう？　おれは全然恥ずかしいことだと思わないけどな」

それから憲吾は何も言わず、一緒にドレスを拾い集め続けてくれた。段ボールにきれいに詰め直してからも、「また落ちるといけないから」と憲吾は水樹の隣を歩く。そして彼は、その日自分が失恋したことを突然話し始めた。

とてつもなく好きな人がいるんだ。あまりに素敵だから黙っていられなくてね。思いきって告白したら、「今は受験でそれどころじゃないでしょ」ってあっさりふられたよ。

でもさ、本気で好きになれる人なんて、そうそう現れるもんじゃないだろう？　瀬尾だったらどうする？　おれはまた機会をみて再度チャレンジするつもりでいるんだ。

それほど親しくもないのにそんな話をされたことに戸惑い、水樹は静かに話を聞いた。憲吾みたいな人でもふられるのだという事実に驚きながら。

ああそうか……憲吾は、自分の秘密を打ち明けてくれたんだ。恥ずかしい、と口にした水樹のために。そう気づいたのはそれからずっと後のことだ。

病室の入り口で「失礼します」と声をかけ、憲吾が中に入っていくと、窓際《まどぎわ》のベッドで体を半分起こして座っている懐《なつ》かしい顔がこちらを向いた。光の加減か、遠子先生の肌は白く艶《つや》やかで、歳月の流れなんて感じさせないくらいに若々しく見える。病人だなんてとても思えないその表情に、水樹は思わず息を呑《の》む。首に巻かれたきみどり色のスカーフが、白い病室に映えている。

「瀬尾さん」

遠子先生の表情に、嬉しくてたまらないというような笑顔が浮かぶ。水樹は思わず涙ぐみ、右の手のひらを鼻と口に押し当てる。こんなに長い期間、よく会わないでいられたものだと思うくらいに、懐かしい気持ちで胸がいっぱいになる。

「遠子先生」

大人らしい挨拶よりも先に、遠子先生の肩に触れていた。とうていパジャマには見えないタンポポの花の色をした上着が、先生の顔色をいっそう明るく見せる。その黄色はクロムイエローと呼ばれるもので、先生が一番好きな色だと昔教えてもらったことを思い出した。

「先生、相変わらずお洒落ですね」

何を話せばいいのかわからず、痩せた首筋を見つめていると、

「瀬尾さんこそ。きれいになって」

と遠子先生が笑う。

窓からの陽射《ひざ》しが水樹たちを照らしていたので、ここが病室であることも、お見舞いに来たことも忘れてしまいそうだった。細く高いけれどよく通るその声も、少し顔を斜めにして微笑《ほほえ》む仕草も、何も変わらない。

「すいません。ご無沙汰《ぶさた》してしまって」

人生を変えるきっかけをくれた人なのに、東京へ出てから一度も連絡を取らなかった。そんな自分を責めていると、さらに罪悪感が募って気持ちが臆《おく》してしまい、その

悪循環によって知らぬ間に二十数年という月日が経ってしまったように感じる。なんて恩知らずな人間だったのだろうと水樹は悔やみ、素直にその思いを口にすると、

「生徒はたいてい恩知らずなものよ。元気で楽しくやってくれてれば、それでいいの」

と先生らしい口調で返してくれた。

「おれちょっと、主治医の先生と話できるか訊いてくるね。あっそうだ。ここからの眺めはなかなかのもんだよ」

傍らで静かに立っていた憲吾が、ガラス窓にかかるレースのカーテンを全開にすると、太陽光が個室いっぱいに満ちる。窓越しに鴨川《かもがわ》と、その川沿いの土手を行き交う人たちの姿が、水彩画の淡さで視界に入ってきた。

「本当に良くしてくれるの。近くに頼れる親戚《しんせき》もいないから、入院の手続きなんかも全《すべ》て引き受けてくれて……。学級委員だったから同窓会も開いてくれたりね。はたから見たらまるで息子ね」

「それもかなりよくできた息子ですね」

「だとしたら、十三で産んだ計算になるわね。それもいいわね」

先生はおかしそうに笑うと、目を細めて水樹を見つめる。

病室ではなんだからと、先生は水樹をラウンジに連れ出した。鮮やかなクロムイエローのシャツに合わせて、生成りの麻のパンツを穿き、足元は大きな花飾りの付いたスケルトンのサンダル。美術教師らしい洗練された恰好《かっこう》で颯爽《さっそう》と歩くその後を、水樹はついていく。

「やっと会えた、瀬尾さんと」

ラウンジのソファに腰を下ろすと、向かい側に座った水樹に向かって、遠子先生は微笑んだ。

「いろいろお世話になったのに不義理しまして」

「なに、さっきから謝ってばかりじゃない。いいの、いいの。瀬尾さんが東京で頑張ってるっていうのは人づてに聞いてたから、それだけで嬉しいの。教師っていうのはみんなが思っているよりもよほど純粋に、教え子のことを想《おも》ってるもんよ。そこは一方通行でいいのよ」

遠子先生は言い聞かせるようにして言うと、また笑った。

「なんかこの座り方、高三の時の進路相談を思い出します」

肩をすくめ、水樹はソファに座り直す。あの日も、こんなふうににっこり笑う遠子先生の前に、所在なく座っていた自分がいた。

＊

「やりたいことは何もありません。特に好きなこともありません。どこでもいいんで、雇ってもらえるところに就職するつもりです」

高校三年生の夏休み前、初めて受けた進路相談で、自分の希望を伝えた。すねていたわけでもなんでもなく、本心からの言葉だった。父親が見知らぬ女のもとに行って帰ってこなくなったのは高校二年生の時で、生活は以前にも増してきつくなっていた。だから、「将来」なんて言葉は耳障《みみざわ》りなだけで、そんなことを口にする目の前の先生がえらく間抜けに思えた。

「やりたいことも好きなことも何もない、なんてことはないでしょう？　瀬尾さんは十八歳なんだから」

肘《ひじ》を机につき、手のひらに顎《あご》を乗せ、遠子先生が身を乗り出す。窓の外からは野球部員が金属バットで球を打つ音が、聞こえてきていた。

「本当に……何もないんです。兄も高校を出て就職していますし、母親もそれを望んでいます」

水樹は淡々とした口調で説明する。

通っている高校は進学校でもなく、クラスの半分以上は就職していく。だからまさかこんなふうに進路相談で担任が食い下がってくるとは考えてもみなかった。徹がスーパーに就職する時も、「就職希望」と伝えると担任が手際よく求人のある会社をいくつか提示してくれて、結局はアルバイトをして慣れた所だからという理由であっさり決まったと聞いていたからだ。

「まあ、就職をしようという瀬尾さんの思いはきちんと受け止めます。とりあえず、そのことは横に置いて。瀬尾さんって、休日は何をしてるの？　部活は特にやってないんだっけ？」

いつものおっとりとした口調で、遠子先生は質問を続ける。進路相談というより、電車でたまたま隣の席になったから、なんとなく話しかけているというような感じだ。

「部活は何も入ってません。休日も別に変わったことは何も。たまに、バイトとか」

「アルバイトしてるんだ。何の？」

「バイトっていうか、母親の内職を手伝ったり」

「へえ、そうなんだ。どんな手伝いするの？」

「人形の服作りです。母が人形服の仕上げをしているんで、それを半分くらいは私がやったり」

正確に言えば半分ではなく、そのほとんどが水樹の仕事になっていた。注文を取ってくるのは君子だが、小さな洋服の胸にビーズを縫いつけたり、リボンを付けたり、手作業でしかできない根気のいる作業は、目が悪くなってきた君子の代わりに全て引き受けていた。

水樹がこの話をすると、遠子先生はさらに身を乗り出してくる。

「なるほど。前から瀬尾さんの服のセンス、気になってたのよ。ファッション雑誌から出てきたみたいなオリーブ少女はたくさんいるけど、瀬尾さんみたいに独自の感性を表現している子はなかなかいないなって。先生ね、ずっと気になってたの」

他に褒めるところがないからそんなことを言い出したのだと思い、水樹は先生のことが気の毒に思えた。そんなに気を遣わなくったっていいのに。雑誌の格好をしていないのは、ＤＣブランドの服を買う金がないだけだ。本当は自分もピンクハウスやATSUKI ONISHIの服を着たいし、いつも可愛《かわい》い服を着ている友達が羨《うらや》ましくてたまらない。公立なのに制服がないこの高校の規則を、どれほど恨んだことだろう。

「自分の服はたいてい自分で作っているんです、既製のものは高いから。私は背も百七十近くあるし、合うものもなかなかなくって。それに……」

「それに？」

「服を作るのが……好きなんです」

ファッション誌から気に入った洋服のデザインをノートに写し取って、それをこっそり真似て作っていることを、水樹は俯《うつむ》いたまま話した。失敗もするけれど、時には本物そっくりに作れることがある。配色を変えることで、本物よりも素敵になることも。「その服どこで買ったん？　めっちゃカワイイ」と友達が褒めてくれると胸が熱くなって、人を羨んだり妬《ねた》んだりする気持ちが嘘みたいに消えていくのだと打ち明ける。

「そっか。ありがとう、瀬尾さんの好きなこと教えてくれて」

話し終えた水樹が再び口を閉ざすと先生は小さく頷《うなず》き、嬉しそうな顔をした。

そしてそれから先生は、仲の良かった友達に、オリジナルのスカートを縫ってもらったという話を二十分近く一人で話した。布地を一緒に買いに行ったところから始まり、採寸の時のこと、自分の描いた絵の通りの服が仕上がった時どれほど嬉しかったかなど、話は延々と続き、進路相談はいつしか雑談に変わり、最後は遠子先生の学生時代の思い出話を聞いたという印象だけが残った。だから、この雑談が、いずれ水樹の人生そのものを変えるきっかけとなるなんて、その時はまったく思いもしなかった。

あの日、先生と洋服の話をしていなければ、水樹は自分に何が向くのか、何がやりたいのかなんて考えもせず、今もどこかで機械みたいに働いていただろう。そのことを目の前にいる遠子先生に伝える。

「ありがとう。でもね、高校教師にできることはそう多くはないのよ。この頃はいつも反省ばかりしているの。瀬尾さんはそんなふうに言ってくれるけど、私が教師としてやってきたことなんて、本当にささいなことだったなって。もっともっと、必死で生徒に関わればよかったかな、とか……」

先生は腕を胸の前で組み「後悔先に立たずとはよく言ったものね」と、茶化す。

「生徒っていっても、高校生の時点ではもう、ずいぶん出来上がってるのよね。小学校、中学校の九年間で、生徒たちは既に自分の立ち位置みたいなものを築いてしまっているの。例えば小学校の教師だったら、その教師の一言で子供の性格を好転させたりすることも可能なのかなって思うし、中学校の教師なら捩《よじ》れたものに力をかけて、まだまっすぐに戻すチャンスがあるかもしれない。でもね、高校教師にできることは思った以上に少ないの」

「そう……かもしれないですね」

「でもね、だからこそ高校教師は重要だなって。自分はこの子に関わる最後の教師かもしれないって、いつも心に強く留めながら仕事をしてきたんだけど」

遠子先生は自分の言葉に納得しているふうに何度も頷く。

「私は運が良かったんだと思います。先生に自分の好きなことを気づかせてもらえたから」

「運も実力のうちよ」

先生は気楽な口調で微笑むと、「遅いわね、堂林くん」と思い出したように廊下の先に目をやった。

「今日ね、堂林くんから瀬尾さんもお見舞いに来てくれるって聞いてね、すごい楽しみだったの。もしかして森嶋くんも来てくれるのかなって」

唐突に信也の名前が出て、肩に力が入ってしまう。

「森嶋くんは元気なのかな？」

水樹が何も答えないので、遠子先生が顔をのぞきこむようにして訊いてくる。「さあ」と軽く答え、首を傾《かし》げた。

「瀬尾さん、会ってないの？」

屈託のない遠子先生の言葉に思わず構えた。

「会ってません。卒業してから一度も会ってないです」

「えっ。そうなの？　瀬尾さんと森嶋くんってつき合ってなかったっけ」

「いえいえ、そういうのでは……」

答えた声が思った以上に大きくなり、水樹は周囲をうかがった。

「ほんとはずっと、気になっていたのでしょう？」

遠子先生は自信に満ちた表情で、教壇の上に立つと生徒たちのことがすごくよく見えるものなのだと言った。みんな、自分の気持ちを周囲に悟られることなく机の前に座っている、と思っているかもしれない。でも、毎日同じ顔を見ている教師には、いろんなことが分かってしまうものなのだ、と。

「瀬尾さんが森嶋くんのことをすごく好きだったこと、私には伝わってたわよ」

遠子先生が囁《ささや》くような声で、耳打ちする。

先生の言葉に、水樹は黙ったまま何も返せない。

「ここにいたの？」

声に振り返ると、憲吾が立っていた。下げていた白い袋から「はい、ジュース」と言って渡してくれる。

「ありがとう」

ジュースの缶はよく冷えていた。憲吾は水樹の隣に腰を下ろすと、自分は袋から缶コーヒーを取り出して、飲み始めた。

「何かおっしゃってた？　石渡《いしわたり》先生」

「前に聞いた説明と同じですね、だいたい」

「ありがとう」

遠子先生が、小さく頭を下げる。そういえば、文化祭でも、体育祭でも、率先してなんでも引き受けてやっていた憲吾に、先生はいつもこんなふうに頭を下げていたっけ。

「栄養のあるものをしっかり食べて、体力を落とさないことです」

憲吾は遠子先生の耳元でそう伝えると、

「で、二人で何話してたんですか？　向こうから見ると、瀬尾の顔がすごく深刻そうで興味深かった」

と、水樹の顔を窺《うかが》う。

「ただの昔話よ。ねえ、瀬尾さん」

「はい……まあ。高校の時の話」

「なんだ、ぼくには秘密ですか。寂しいなあ」

水樹がジュースを飲み終えると、

「じゃあそろそろ帰ろうか」

憲吾が立ち上がったので、水樹も「それじゃあ」と席を立つ。あまり長居しては、先生も疲れるだろう。

「瀬尾さん、今日は久しぶりに会えてほんとに嬉しかった。ありがとう、来てくれて」

先生はそう言って右手を伸ばし、水樹の右手をつかんだ。

「あのおとなしかった瀬尾さんが、こんなにしっかりした女性になって。歳月に感謝しないと」

力の込もった右手の、肉の薄い湿った手のひらの感触にたまらない気持ちになったが、

「また来ます」

と、水樹は明るく、その手を同じくらい強く握り返した。

「瀬尾さん、東京でしょ。今日来てくれただけで充分よ」

笑いながら片手を上げると、遠子先生は「じゃあここで」と背を向けて病室へ続く廊下を歩いて行く。痩せてはいたがその背中はしゃんと張っていて、高校時代、ホー

ムルームが終わり「じゃあまた明日」と教室を出ていく先生をくっきりと思い出させてくれた。

「わざわざ出て来てくれてありがとう」

赤信号で車が停まると、憲吾は水樹に視線を向けた。

「そんな……お礼なんかやめて。私も遠子先生に会いたかったし、一人じゃ気後れして行けなかっただろうから、連絡もらえて本当によかった。こちらこそありがとうございます」

水樹が頭を下げると同時に、信号が青に変わる。

「これまで瀬尾と音信不通だったこと、後悔してるよ。一度くらいは同窓会に出席してほしかったな。でも……意外に元気そうだろ、先生」

「うん。病室に入る前は、すごく緊張してたんだけど……もし衰弱した姿だったら辛《つら》いなあとか」

「そう。あの人はたぶんずっと、弱々しくはならないな。でも、主治医の話だといつ急変してもおかしくない状態らしい」

「そうなの？　元気そうに見えるのに」

「だから瀬尾には会わせておきたかった」

憲吾の言葉が胸の中にぽつりと落ちた。

だがすぐにいつもの明るい口調に戻ると、憲吾は最近の京都について話し始めた。変わったこと、変わらないこと。憲吾の話は当たり障りのないことだけではなく、専門書のような緻密《ちみつ》な情報にも満ちていて、相変わらず引きこまれる。

「さすが市の職員。京都を知り尽くしての意見だね」

と思わず感嘆の声を上げると、「仕事ですから」と調子良く、水樹の賞賛に応《こた》えた。

「まさか堂林くんが本当に京都市の職員になるなんて、しかもこんなに真面目《まじめ》に勤めるなんて高校の頃は想像もつかなかった」

「そう？　でも昔っから公言してたと思うけど。おれは地元の公務員になるって」

「それはそうだけど、冗談なのかなって。堂林くんってほんと欲がないよね。高校だってもっと偏差値のいいとこいけるはずなのに、近場の公立高校選んでるし」

憲吾は中学生の頃から「将来の目標は定時に帰れて出張がほとんど無い仕事に就くこと」だと言っていた。でも模試では学年で一番のレベルどころではなく、京都で一番、全国で何番というほどの頭脳を持ち、現役で京都大学に合格してしまった彼が、百万都市とはいえ地方公務員で満足するとは誰も思っていなかった。国内なんかに留まらず、もっと広い大きな場所で能力を発揮する人だとなかば思い込んでいたのかもしれない。

「たしかにあの頃は景気が良かったから、就職は今よりずっと簡単だった」

「そんな時代があったね」

「おれは安定志向で公務員を選んだわけではないよ。あまのじゃくだから、もし当時が今みたいな時勢だったら、業績が落ち込んでいるような会社を選んだかもしれないなぁ。上に乗っかって働くより、下から這《は》い上がってく方が、ずっとおもしろい。公務員を選んだのはやむを得ない家庭の事情ってやつだね」

「そうなの？　堂林くんでも家庭の事情なんてあるんだ」

「誰にでもあるよ」

「ふうん。そういえば、あまのじゃくって人の心を読んで、その心を口真似《まね》する……煩悩《ぼんのう》や悪心の権化《ごんげ》なんだよね」

「よく知ってるね。瀬尾に話したことあったっけ？　そう、あまのじゃくは妖怪の中でも一等正直な奴《やつ》なんだ。おれにとって心の友だよ」

車は国道九号線を西へ亀岡方面に向かって走り、その途中で左に折れ向日《むこう》市内に入っていく。道路が竹林の中を走る間は車中も陰になり、涼しく感じる。嵐山《あらしやま》のように手入れの行き届いた竹林も美しいけれど、地元のこの竹林、春になると大量の筍《たけのこ》を芽吹かせる、生命力に溢れたこの地元の竹林が、水樹は好きだった。それでも以前に比べると、竹やぶもずいぶんと、減ってしまったようだった。

「どこまで送ろっか」

竹やぶの暗がりに視線をやっていると、憲吾が訊いてきた。水樹は少し考えた後、前方の看板を見て、

「あ……もしよかったらその先のホームセンターで降ろしてくれる？　買いたい物があるの」

と言った。

「ホームセンター？　買い物だったらおれもつきあおっか」

「ううん、大丈夫。あ、ここで止めてください」

水樹は礼を言って車から降りた。

外に出ると、六月とは思えない日差しと蒸し暑さに、めまいをおぼえる。買いたい物など本当は何もなかった。ただ、この場所から数分歩けば、かつて水樹たち家族が暮らしていた団地があり、久しぶりに訪れてみたくなったのだ。

憲吾の車が走り出すのを見送ると、水樹は交通量の多い道路のわきをゆっくりと歩

き始める。日傘を持ってくればよかった。汗が急に出てきたので、バッグの中を探ってタオル地のハンカチを手に持つ。

足を止めたのは、憲吾の車がハザードランプを点滅させながら数メートル先で停まったからだった。運転席のドアが開き、憲吾が降りて来る。左右を確認して道路を横切り、水樹の側《そば》に走り寄ると、日差しの強さに眉《まゆ》をひそめるようにして、

「明日帰るんだよね。帰る前に、飯食いに行こうよ」

と言った。慌《あわ》てて頷《うなず》くと、

「じゃあ後でメールする」

と背を向けて、憲吾はまた車に向かって走って行った。

憲吾の車が視界から消えていくのを見届けた後、水樹は緩やかな坂道を見上げる。この坂道の途中に、昔家族で暮らしていた団地があるはずだ。徹が中古マンションを買って引越す十五年前まで、水樹の実家はこの場所だった。

大型パチンコ店を右手に、左手に小高い山を見ながら坂を上っていくと、団地が見えてきた。驚くほどに、昔と変わらぬ景色で目の前に建っている。変化といえばもともと他の団地よりも濃かった壁の土色が、さらに濃くなっていることくらいだろうか。

垂れた水滴の跡のような汚れが、外壁のあちらこちらに目立っていた。

坂道を右に折れ、団地の敷地内に入ると、懐かしい光景が記憶を揺り起こす。

東京へ出てもう二十年以上が経《た》っていた。水樹が暮らすマンションはオートロックになっており、小さいけれどエントランスもある。管理人が常駐しているので掃除も行き届いていて、ゴミが落ちているということもなく、白を基調にした内装は清潔で明るく、描いていた理想の都会暮らしを充分に実現させてくれた。

今の自分の暮らしに特別な不満はなかった。けれど、高校を卒業するまで過ごしてきたこの場所に立ってみると、やはり本当の自分はまだここにいるのではないかと思ってしまう。広い場所に出て行きたい気持ちを燻《くすぶ》らせながら、狭い空間で、共に暮らす家族を労《いた》わるようにして過ごしてきた子供時代。家族だけでなく、同じ棟の人のことなら、誰がどんな大変さを抱えて生活しているのか、たいてい知っていた。一階の端の部屋には足の悪いおばあさんが一人で暮らしていて、雨の日が続くと出掛けられなくなるから、買い物に行く時には声をかけた方がいいとか、三階には高齢の父とそう若くない息子が暮らす部屋があり、何度か心中未遂を起こしている、とか。

今ではきっと当時とは別の人たちが住んでいるはずだ。でもドアの向こうではかつてと同じように、家族たちがさまざまな事情を抱えながら暮らしているのだろう。

「いいなあ、瀬尾さん。京都出身だなんてうらやましい」

東京に出てから何度も、そう言われたことがある。名立たる神社仏閣が密集した京都は魅力的な観光地だし、国内外からたくさんの人が訪れる特別な場所だということは、わかっている。職場や得意先にも京都ファンは多くて、「この前の休みも行って来ましたよ、京都」なんて言われることも度々あった。でもそんな時、水樹は少しだけ皮肉めいたことを心の中で呟《つぶや》いてしまう。京都であっても、東京であっても、ニューヨークであってもパリであっても、貧しい者の暮らしはそう変わらないわよ、と。貧しい人たちはいつだって小さな箱の中でひしめきながら暮らしているし、一番の関心事は生活費のことだったりする。少なくとも自分自身でいえば、実家での暮らしは、どうすれば今の状況から脱け出せるのかと悩み続けた日々だった。貧しさの中にいることは、真夏の車中に閉じこめられるのに似ている。息苦しくて、とてつもなく恐い。五山の送り火は浴衣《ゆかた》を着て見にいくお祭りではなく、団地の五階に住む人の部屋から見る遠い光だった。金閣寺も家族で訪れることはなく、学校の遠足で一度行っただけだ。保津川下りも、八瀬の遊園地も、東映の映画村も……。お金のたくさんかかりそうな場所には、父も母も連れて行ってくれなかった。連れて行きたくても、そんな余裕などなかったのだ。

バス通りに面した十五号棟から、奥に進むほどに若い号数の棟が並んでいて、水樹が暮らしていた四号棟は、敷地内にある児童公園のすぐ隣に建っている。

水樹はかつて歩き慣れた風景をゆっくりとした足取りで辿《たど》る。敷地の隅には小さな菜園が作られ、いずれ大型ゴミに出すつもりなのか壊れた自転車や家電が乱雑に積み重なり、以前とそう変わらない景色があった。誰か知っている人にばったり会ってしまうのではと心配していたけれど、まだまだ暑さの残る時間帯に、外でうろうろしている人はいない。ベランダを眺めると、作業着と乳児の服を並べて干している部屋があり、山積みになったゴミがベランダから崩れ落ちそうな部屋があり、それぞれの住人の輪郭を想像できる。いつも遊んでいた児童公園は、両手にすっぽりと収まりそうなくらい小さく感じられ、遊んでも遊んでも満足することのなかった当時の膨らんだ気持ちを、この公園が包みきっていたことが信じられない。公園を囲う金網が、人型に破られている。

「ブランコ、なくなったんだ」

水色のペンキが剝《は》げたブランコは、鎖と座板が外されていて、もはやブランコの形をしていなかった。悠人が大好きだったブランコだ。「乗りたい」と言い出したら、雨が降っていようと、夏の日盛りの中であろうと、雷が鳴っていようと乗るまで泣き続け、正浩や信也がしぶしぶ乗せに来たっけ。そのくせスピードが出てブランコが高く上がると、大きな声で泣き叫ぶのだった。

5

森嶋家の三兄弟は、父親がいない初めての冬を越し、春を迎える頃、活発さを取り戻していった。葬式の日、ひと回り小さくなって見えていた彼らが、元のように元気になってそれぞれの春を迎えたことに、水樹は心底ほっとした。

正浩は聡明で、それまで以上にしっかりとした六年生になり、信也は正浩の金魚のフンなのはそのまま、それでも背が正浩と並ぶくらいまで伸び、腕力だけは誰にも負けない大きな四年生となった。そして、末っ子の悠人が新一年生として、水樹たちの小学校に入学してきた。

「悠人、はよせいよっ」

朝になると、階下から信也が悠人を急《せ》かす声が毎日聞こえるようになり、徹や水樹も、にぎやかな登校を歓迎した。同じ団地なので登校班ももちろん一緒で、列の先頭に立つ班長は当然正浩だった。副班長として列の最後尾を任された徹は張り切っていたが、登校班に六年生は二人しかいなかったので、副班長といってもさほど威張れるものではない。

春になって変わったことといえば、悠人が小学校に入ったことと、もうひとつ、正浩が進学塾に通い始めたことだった。正浩は、東向日駅から阪急電車に乗り、隣町の長岡天神駅で降り、進学塾に週に二回、通っていた。

「お兄ちゃんの担任の先生に、お母ちゃんが言われたんや。お兄ちゃんは勉強させた方がええって。今から本格的に勉強したら、どこの中学でも受かるくらいの頭の良さがあるって」

水樹の家に遊びに来た時、信也は自慢げに正浩の塾通いの理由を説明してくれた。君子は初めのうちは好奇心で聞いていたのだが、そのうちに何度も深く頷き、

「ほんまやな。おばちゃんも、そんな気ぃがするわ。正浩ちゃんは、他の子とは違う気がする。とびきり出来がええもんな。それは正解やな」

と熱心な言葉を返していた。すごいなあ、正浩ちゃん。水樹も、自分のことのように誇らしい気持ちがした。その進学塾へは特別な、選ばれた子供しか通えないと思っていたからだ。中学受験を前提にしたその塾に行くのは、お医者さんの子供とか大学の先生の子供だとか、そういう人たちだと。

「お兄ちゃんの担任の先生な、森嶋くんやったらナダチュウでも狙《ねら》えるって、お母ちゃんに言うたんやって」

「灘中？　ほんまかいな」

いちいち驚愕《きょうがく》の声をあげる君子の反応に、信也が嬉《うれ》しそうに頷く。

「ナダチュウってどこやねん？　向日中より遠いんけ？」

徹が話によってこようとすると、

「恥ずかしいから、あんたは黙っとき」

と君子は大げさに眉をひそめる。入塾試験のＩＱテストで、正浩が史上最高点をマークして、塾の教師から「すぐに入塾してほしい」と電話がかかってきたことや、塾に入って一番上のクラスに振り分けられたことなどを、信也はこの上なく幸せそうに話した。

「そうかあ、だからやなあ、あんたらのお母ちゃん、最近ようきばってはるもんなあ」

君子はしきりに感心しながら、信也の話をしみじみ聞いていた。君子に母親として優れた所があるとすれば、他人の子供とわが子を比べて落胆や嫉妬《しっと》をしないところだ。「すごいな。すごいな」と心底嬉しそうに言い、「頑張ってほしいなあ」と手を合わさんばかりに、正浩の成功を祈る。

夫を亡《な》くした後、千鶴は知り合いの織物会社に勤め始めた。朝の八時過ぎ、兄弟を学校に送り出した後、バイクに乗って勤務先に向かい、午後六時、学童保育で預かってもらっている悠人を迎えに行った。忙しくなった千鶴と水樹が顔を合わせることは少なくなったけれど、君子とは、日曜の夜など、競輪場の掃除をするアルバイトを一緒にしていて、変わらず仲良くしている様子だった。

悠人の顔や体の痣《あざ》に君子が気づいたのは、五月に入ってすぐの頃だと記憶している。

「……どうしたん、悠ちゃん、この打ち身。あっちこっちにあるやん」

たまたまうちに遊びに来ていた悠人がキリンレモンを服にこぼし、君子が着替えさせていたら、いくつかの濃い赤紫色をした痣を見つけた。

「誰かに叩かれたりしたんか？」

君子は柔らかい口調で、まっすぐに悠人の目を見た。だが悠人は頭を振るだけで何も答えず、それから千鶴が迎えに来るまで、一言も発しなかった。君子は、夜の七時を過ぎて千鶴が来た時に痣のことをそっと耳打ちしていたが、

「そういえば正浩もえらい心配してたわ。兄弟だけでお風呂《ふろ》入ってるから私はまだ見

てないけど、どっかでこけたんかなあ。悠人はほんまどんくさいから」と笑っただけでさほど深刻にもなっておらず、「今日も遅くまでありがとうございました」と頭を下げて帰って行った。人の出入りの多い西陣で働いているせいか、その頃の千鶴は活動的で、水樹の目にも以前よりはるかに美しく見えた。

「いくら正社員やからって、日曜日も仕事やって。まだ子供も小さいのに……」

君子にしては珍しく批判を含んだ口調で、水樹に言う。

「悠ちゃんの打ち身のこと、ちゃんと見てやってるんかな」

君子の言うように、千鶴は日曜日もたいてい出勤していたので、休日、兄弟は子供たちだけで家にいることが多かった。兄弟だけでいることに飽きてくると、水樹の家に遊びに来たり団地の公園で遊んだりしながら、千鶴の帰りを待つ。君子は、休日は親が家にいて子供の面倒をみてやるものと思っているらしく、水樹はこれまでも何度か君子の批判めいた言葉を聞いていた。

「しゃあないんちゃうけ、母子家庭やねんから」

いつもは君子の言葉などまったく無視する洋二が、時おり口を挟むことがあった。

「せやけど……母子家庭やったら福祉も助けてくれるやろ。休日まで働かんでもええんやない？」

「そんだけ千鶴さんが偉いってことやろ、しんどがりのおまえと違って」

「何言うてんの。うちかて、あんたみたいな稼ぎの悪いのといるより、母子家庭で国から手当てもらってるほうがましな暮らしできるわ」

洋二と君子が会話を始めると、最後はいつも口喧嘩《げんか》になり、そのたびに微か水樹が、

「はい。ジャンが鳴ったで。あと一周で勝負つけてやあ」

と競輪を真似て、二人の間を取り持つのだった。

五月半ばの、ある放課後のことだ。学校から帰る時には保育園からの幼い癖で、信也の姿を探してしまう。その日も教室の隅で友達とじゃれあっている信也を目の端で捉《とら》えてから一人で帰ろうとした。信也は希望者だけ入部するバスケットボール部に入っていて、月、水、金曜日の放課後は練習がある。背だけは百五十センチを越え、クラスの女子の中で一番高かったけれど、運動が苦手な水樹には縁のないクラブだ。

「バイバイ」

水樹が教室を出ようとすると、信也が笑顔で手を振ってくる。

「バイバイ、また明日」

水樹は他の男子に見られているのではと、気恥ずかしさに目を伏せながら小さく手

を振り返す。信也は幼いのか、ただ何も考えていないのか、四年生になっても、それまでと変わらず話しかけてくる。

校舎を出て、観察池のわきをのんびりと歩いていると、校庭が見渡せた。走ることは得意じゃなくても、歩くのは好きだったので、水樹はわざとゆっくり、新緑の景色を楽しむように歩いた。この季節はなぜこんなにたくさんの色で溢《あふ》れているのだろう。世界には、どうしてこれほど美しい色が、自然に散らばっているのだろうかと、一枚一枚で微妙に色彩が違う木の葉や、濃いピンク色をした花を見ながら胸をときめかせた。団地の外壁は日焼けした老人の肌みたいな土色だったし、家の中に入れば物が溢れ、ごちゃごちゃと暗い色をしている。それに比べると、外の色彩は格段に明るかった。放課後は夏時間では五時、冬時間では四時までなら自由に校庭で遊んでいいことになっているので、たくさんの子供が声を上げながら動き回っている。子供たちの声それぞれにも色があり、黄色やオレンジ色に聞こえてくる。

「あれ……？」

水樹は、思わず声を上げて立ち止まる。

「あれ、何や？」

誰に言うわけでもなくそう声に出すと、観察池の横にあるコンクリートの長い階段を一気に駆け下りた。校庭の端っこに見える、白い小さな塊から水樹は目が離せない。

息を上げながら二百メートルほどの距離を全力で走り、白い塊に近づいていくと、嫌な予感が的中する。塊の中に悠人がいる。ダンゴ虫みたいに悠人が小さく白く丸まっている。白く見えたのは、悠人を含めた子供たちが、白の体操服に白い帽子という格好をしていたからだった。

白く丸まる悠人に、他の子供たちが次々にボールを投げ当てていた。五、六人の男子と二人の女子が、はしゃいだ様子で遊んでいる。

「あんたら、何してるん?!」

水樹が怒りの形相で近づいてくるのを見ると、ボールをぶつけていた子供たちは「うわあ」とさほど恐がっていない様子で面白半分に叫びながら、走って逃げていった。

「悠ちゃん、大丈夫?」

丸く縮こまった悠人を、腕の中に抱えるようにして水樹は抱き締めた。悠人の体操服のあちこちに土がつき、小さなその体の上に何度もボールが当たったことを物語っている。

「水樹ちゃん」

蹲《うずくま》っていた悠人がゆっくりと上体を起こし、涙で濡《ぬ》れた顔を水樹に向けた。

「何してるん?」

「ドッジボール」

掠《かす》れた、囁くような声で悠人が答える。

「ドッジボールって、悠ちゃん当てられてただけやんか」

「だって……ボール受けられへんのやもん、ぼく」

誰が見てもドッジボールなんかではなかった。悠人の顔をよく見ると、鼻の穴に血の塊がへばりついている。右だけではなく左にも。

「鼻血、出たん?」

「……うん、顔にボール当たった時に」

悠人は水樹と目を合わせようとしない。水樹に見られたことを、恥じているようだった。

「なんや、いっつもあんなことされてんの? 先生に言わなあかんやん。悠ちゃん、あんなひどいことされたら、先生に言わなあかんよ。保育園と違って、先生がいつも側にいてくれるわけやないんやから」

水樹が優しく言い聞かせると、悠人は涙を拭《ふ》いて頷く。驚くくらいマイペースで、自分の思いが強く、動作が遅い悠人。保育園の間はそうした性格をよく理解している先生たちが守ってくれた。だが小学校ではそうはいかない。一学年二百五十人近くいる中で、七歳なりの強さを持って生きていかなくてはいけないのだが、悠人はそれを持ち合わせてはいなかった。

この出来事があってから、信也は毎日のように団地の前の小さなスペースで、悠人にドッジボールの練習をさせるようになった。

「だからあ、逃げんと捕れ、言うたやろっ」

短くなって、先生がゴミ箱に捨てたチョークで信也が描いたコートは、悠人がひとり入るのにちょうどいい大きさだ。その中に立たせて、信也が線の外からボールを投げる。水樹の目から見ても、決して全力で投げているとは思えない緩いボールなのに、頭を抱えるようにしてやみくもにコートの中を逃げ回る悠人がうまくキャッチできることはない。

「おまえなあ、顔隠して逃げとったら、ボール受けられるわけないやろっ。おまえがそうやってこわがって走るから、みんなおもしろがっておちょくってくるんや。捕れよ、ちゃんと顔上げて受けろって」

水樹は二人の練習に、毎日つき合った。短気な信也が悠人を泣かせてしまうのではないかと心配でもあったのだが、ただ単純に、他に遊ぶ友達がいなかったから。水樹が仲良くしている女友達はたいてい、放課後はピアノやバレエ、習字にそろばん教室などの習い事に忙しかったのだ。

水樹は一度だけ、君子に「なんでもいいから習い事をしたい」と頼んだことがある。だが君子はふざけるような口調で、「そんなお金、無理、無理」と顔の前で手をひらひらさせた。「ピアノやバレエ習って、それがどないなんの？　あんたはどこのお嬢様か、ちゅう話やで」

それもそうだ。月々のガス代や電気代ですら滞納している我が家の、どこにそんな金があるというのか。

「悠ちゃん、顔上げてみ。ほんでボールをよう見て捕るねん。水樹が緩いボール投げたげるし」

泣きながらコートに立つ悠人を水樹は励まし、君子が食品加工工場のパートから戻るのを待つ。

「何やっとんのや。そんなんやから、苛《いじ》められるんや」

教えている途中で苛立《いらだ》って、結局、悠人を苛めていた男児たちと同じように信也がボールをきつくぶつけることも、一度や二度ではなかった。

悪意の標的になる子供というのは、相手を怒らせるよりも、むしろ苛立たせる要素があるのだろう。

「もうええやん。なあ、今日はこれくらいにしとこ。悠ちゃん、へとへとやんか」

それでも悠人は練習を「嫌だ」とは決して言わず、いつも素直にコートの中に立つ。けれどやっぱり、ボールがまっすぐに飛んでくると顔を隠すようにして逃げてしまう。白線の中でうな垂れ、立ち尽くす悠人のことを、信也が睨《にら》みつけるようにして見ていた。情けない弟を、少しでも強くしてやろうという信也なりの愛情も、その気持ちに応えられない自分を恥じている悠人の悔しさも、水樹にはわかる。だから、

「なあ、何してるんや？」

塾から帰ってきた正浩が、のんびりとした様子でそう声を掛けてきた時は、飛びつくように、

「正浩ちゃんっ」

と走り寄った。

「どうしたん、塾は？　今日は早いやん」

いつもは八時を回ってから帰ってくるのに。

「今日は早く終わったんや。先生の都合で」

背負っていたリュックを、正浩が木の枝に掛けた。リュックの肩紐《ひも》の部分に、一休さんのキーホルダーを見つけ、

「それ、どうしたん？」

と訊《き》いた。

「ああ、これか？　徹ちゃんにもらったんや」

やっぱり、と水樹は顔をしかめる。そのキーホルダーは、祭りの時、徹が当てた景品だ。徹はあからさまに「カスを当てた」という顔をしていたもんな。座禅を組む一休さんのコミカルな顔が、正浩のリュックにあると妙に賢く見える。

「なあ正浩ちゃん、交換したん？　正浩のキーホルダーと、正浩ちゃんが当てた昆虫採集セット、交換してって、お兄ちゃんが言うたんやろ？」

「すごいな、水樹ちゃん。なんでわかったん？　そうそう、徹ちゃんがおれの昆虫採集セットの方がいいって言うたから、換えたんや」

脱力するくらいに人の好《よ》い笑顔で正浩は言うと、視線を信也に戻す。

「ほんで、おまえらは何やってんの？」

「どうしたんや、悠人」と正浩に優しく問われて、悠人はまた泣き出してしまった。

「こいつ、学校でも学童でも苛められとるねん。ボール、受けられへんし、逃げてばっかりいるから、狙われて。それでおれが教えたってるんや」

ふてくされたように言い放つと、信也が手に持っていたボールを思いきり、泣いている悠人に向かって投げた。ボールは半ズボンから出た剝《む》き出しの太腿《ふともも》に当たる。

「そうなんか、悠人？」

その場に蹲る悠人のそばに歩いていくと、正浩はその体を抱えるようにして立ち上がらせた。

「悠人、おまえ苛められてるんか？」

正浩が訊くと、悠人は無言で頷く。

「毎日か？」

「いっつもでは……ない。でもドッジボールする時は、わざとみんなが狙ってきよ……る」

下を向いたまま、悠人はしゃくり上げ始めた。

正浩は困ったなという顔を見せたが、またいつもの微笑を浮かべて、

「ほな、お兄ちゃんも今日は一緒に寄せてくれや、信也との練習。せっかく塾から早く帰れたし、おれもたまには遊びたいわ」

と悠人の頭を何度か撫《な》でた。そして足元に転がっていたボールを信也に蹴《け》り返すと、「信也と水樹ちゃんが外野な。おれと悠人は中で逃げるわ」と勢いよく駆け出した。信也はにこりともせずにボールを手にすると、水樹に「向こう側に回れ」というふうに手で指示を出した。

「よし、お兄ちゃんと一緒にボールに当たらんように逃げるでっ」

はしゃいだように正浩は悠人と手を繋《つな》いで、コートの中をいったりきたり、走り回る。

「な、悠人。一回も当たらへんかったやろ?」

しばらく続けた後、塾用のリュックの中から水筒を取り出すと、それを悠人に手渡してやりながら、正浩が言った。確かに、信也と水樹が二人を挟み込んでボールを投げていたが、手を繋いだ正浩と悠人はそのボールの軌道から上手に外れ、球をかすめることすらなかった。正浩に手を繋いでもらい安心しているせいか、悠人はこれまでの動きがなんだったのかと思わせるくらいに、俊敏に走ることができた。だが信也は、「でも、悠人、一回もボール受けてへんやん。これやったら今までと同じや。こんな練習、意味ない」

と不機嫌な顔をして、怒鳴るようにして声を荒げる。

「こんな練習したって、いつまでたっても悠人はボールを受けられへん」

せっかく悠人がまた、練習を再開しようとやる気を出したのにと、水樹は信也を睨む。正浩の隣で、笑いながらお茶を飲んでいた悠人の顔が硬直し、怯《おび》えたように曇っていく。

「ええんや、信也。ボール、受けられへんかってもええんや」

正浩はゆっくりと立ち上がり地面に転がっているボールを拾った。そして信也に向かって思い切り投げる。ビュンと、ボールが空気を切る音がする。

信也は正浩が投げたボールを難なく受けると、また同じように空気を切り裂く音を強く立てながら、正浩に返球する。ボールが胸に当たるバチンという音だけが、何度も何度も繰り返される。

「なあ信也。悠人、さっきはちゃんと、おまえの顔を見ながら逃げとったと思わへんか」

信也の投げたボールが高く逸《そ》れたのを、ジャンプして両手でつかむと、正浩が穏やかに話し出した。信也は首を傾《かし》げたまま、正浩からのボールをいとも簡単に胸で止める。

「おれの顔見ながら?」

「うん。おれが帰ってきた時は、悠人、頭を抱えこむようにして逃げてたやろ？　そら、あんな逃げ方してたらボールは見えへんし、ましてや受けるなんて絶対無理や。でも、さっきは悠人、おまえや水樹ちゃんの顔見ながら逃げてたんや。すごい上達やで」

全力でボールを投げるのをやめて、正浩はふわりと高いボールを投げた。信也は正浩の話を黙って聞いている。線の細い正浩と、体格のいい信也は、二歳年の差があるとはいっても、こうしていると同級生のようにも見えるし、ボールを投げる速さや、体の使い方だけなら、信也の方が年長に見えるくらいだ。

「なあ信也。これから悠人には、相手の顔を見ながら逃げることだけ、教えてやれよ。ボールは受けられなくてもいいから」

「そんなんじゃ、またやられてしまうやろ」

「そんなことない。頭抱えて目え瞑《つぶ》って逃げるんと、相手の顔を見ながら逃げるんとでは全然違うで」

悠人は思い込みが強い。一度「恐い」と思ってしまうと、どうしようもなく恐くなる。頭で考える前に、体と心がすべてを拒絶してしまう。そんな悠人にただ「立ち向かえ」と教えても、絶対に無理なのだと正浩は信也を諭す。

「今はボールを受けることはせんでいいよ」

正浩が断言すると、信也はやってられない、という顔をしてボールを足元に置いた。そして正浩の胸の辺りに向かって強く蹴り出すと、

「そしたらお兄ちゃんが教えてやって」

と言い残し、そっぽを向いて家とは反対の方向に歩いて行ってしまった。

やれやれ、という表情で正浩は足元に転がったボールを拾うと、

「悠人、あとちょっとだけ続きやろっか」

と優しく声をかける。「水樹ちゃんも付き合ってくれる？　コートの中に、悠人と一緒に入ってやって」

水樹が悠人の手を引いてコートの中に立つと、

「悠人、お兄ちゃんの顔見ろよ。投げるぞ」

と正浩がボールを投げてくる。緩やかな放物線を描くボールは、虫捕り網でも捕えられそうなくらいゆっくりと投げられ、水樹と悠人は余裕の横走りでその球をよけた。

正浩は、ボールを投げると反対側に走り、自分でそのボールを拾い、また投げては反対側に走る。肩で息をしながら何度も何度も、その動作を繰り返した。

そのうちに、正浩が「投げるぞ」と声をかけないでも、悠人の体は自らボールをよけるようになり、視線もボールが飛んでくる方向に向けられるようになった。

「すごいな悠ちゃん、ちゃんと目、開けてられるようになったやん」

水樹は、笑みさえ浮かべながら楽しそうにコートの中を走る悠人に向かって拍手した。いつもの萎縮《いしゅく》した感じも、怯えた感じもなく、悠人は次に自分に向かってくるだろう球筋を読みながら、体を翻《ひるがえ》せるようになった。

どれくらい、練習を続けただろう。ついに正浩がばててしまった。

「もう……あかん。おれが倒れてしまうわ」

そう言うと、階段の一番下に座りこんで乱れた呼吸を整える。水樹は、呼吸のリズムに合わせて上下する正浩の華奢《きゃしゃ》な肩や薄い胸を見ていた。

「やっぱり正浩ちゃんはすごいわ。悠ちゃん、ちゃんとボールよけられるようになったもんな」

水樹がはしゃぐと、

「ほんまや。こんな短い練習時間やのになあ」

と正浩は立ち上がり、悠人の頭の上に手を置いて撫でる。

「正浩ちゃんは、なんでもわかってるんやなあ。悠ちゃんのことも、なんでも」

水樹は思わず正浩の腕をつかんだ。兄と同じ年のはずなのに、正浩といるとなんだか学校の先生と一緒にいるような錯覚に陥る。

「ボールを投げてくる奴の顔を見ながら逃げる。これが悠人の闘い方や。人によって、闘い方はそれぞれ違うんや。だから、自分の闘い方を探して実行したらええねん」

「自分の闘い方？」

「悠人は悠人なりの。信也は信也の。水樹ちゃんは水樹ちゃん、おれはおれ。自分に合ったやり方を見つけたら、とことんそれをやったらええんや。無理することはないって」

「かっこ悪くない？　逃げてばっかりやったらかっこ悪いって、信ちゃんが言うんや」

悠人が甘えるように正浩の方をまっすぐ見上げた。

「かっこ悪ないよ。悠人、おまえ今お兄ちゃんを睨みつけながら、えらい素早く走ってた。たくさんのこと考えんと、走って走って逃げたらええんや」

正浩が力を込めたぶんだけ、悠人の目に力が漲《みなぎ》っていく。

「ドぉは、どりょくのド。レぇは、れんしゅうのレぇ」

高らかに悠人が歌いだしたので、水樹は思わず吹き出し、

「なにその歌」

と笑う。ドレミの歌のメロディにおかしな歌詞がついている。

「信ちゃんが作ってくれたんや。勇気がなくなったら歌えって。続きあるんやで、聞いててや」

ドはどりょくのド、レはれんしゅうのレ。ミはみずきのミ、ファはファイトのファ……。

「ミは、水樹のミなん？」

「うん。信ちゃんがそうしようって。水樹ちゃんの顔を思い出すと頑張れるから」

悠人は言うと、また最初から歌い出す。調子の外れた歌声に水樹と正浩は目を合わせて笑い、歌い終わるまで静かに聞いた。

「アイスでも買いに行こか」

腰掛けていた階段から、正浩はゆっくりと立ち上がった。今日は塾の帰り道、友達の家の車で送ってもらった。だから、阪急電車の帰りの運賃がそのまま残っている。三十円のソーダアイスなら、二袋買えるはずだ。

「そうやな。ソーダアイス、二つ買ったら四人で食べられるもんな。ぼくと水樹ちゃんとお兄ちゃんと信ちゃんとで食べられるなあ」

悠人がその場でジャンプする。ソーダアイスは、ちょうど真ん中で半分に割れるようになっている。

駄菓子屋からの帰り道、三人でソーダアイスを舐《な》めながら歩いた。二分の一本残っている信也のぶんは、正浩が手に持っている。

「正浩ちゃん、塾楽しい？」

水樹はアイスに唇を押し当て、歯でかじるというよりは、中のシロップを吸い上げるように食べながら訊く。

「楽しくは、ないなあ、正直。勉強やしなあ。そら遊ぶほうがええよ、おれも」

正浩は笑いながら答えた。奥歯でアイスを噛《か》むシャリシャリという音が、聞こえてくる。

「偉いなあって、うちのお母さん、正浩ちゃんのこと」

「偉い？」

「うん。賢い子ばっかの塾でも、一番なんやろ、正浩ちゃんって。家のことも手伝って、勉強も賢くて、ほんま偉いっていつも言うてるよ」

水樹がため息をつくと、

「まあ成り行きや」

と正浩が笑う。「おれができるのは勉強だけやし」

母親が、毎日家計簿をつけているのだと正浩は声を潜めた。

「その中に毎月の食費っていう項目があるんやけどな、その食費の合計よりおれの塾代の方が高いんや。模擬テストの費用とかなあ。水樹ちゃん、知ってるか？　塾っていうのはべらぼうに金がかかるんや」

正浩は水樹が握っていたアイスの棒を手を差し出して受け取り、自分と悠人のぶんと重ねて、通りかかった自動販売機の横に置いてあるゴミ箱に捨てる。信也のために残していたアイスは、溶けかかっていたので「これも食べて」と言って水樹に渡してくれた。

「それでもうちのお母ちゃんは、おれを塾に行かせたいんや。おれたちに体を使って稼ぐ仕事はしてほしくないっていうんや。体を酷使したからお父ちゃんが病気になったって思ってる。おれはそんなことないと思うけど、そう考えてしまう気持ちもわかるんや。だからお母ちゃんが望むようにしてもええかなって。行かせたがってる国立中学に入って、望む大学を出て……。そうしたら、おれは自分のやりたいことやるねん」

正浩は頷《うなず》くと、「ほんまは地元の中学に行きたいんやけどな。徹ちゃんもいるし」とつけ加えた。

「すごいなあ、正浩ちゃんは」

ただただ感心して、正浩を見上げた。「すごい」という言葉以外、何を言えばいいかわからない。

「すごくないよ、全然すごくない」

正浩が微笑《ほほえ》むと、リュックにぶらさがっている一休さんが揺れた。

「なあ水樹ちゃん、信也が何になりたいんか知ってる?」

「え、そういえば聞いたことないな」

「あいつは、競輪選手になりたいんや。おれらのお父ちゃんみたいに」

「でも、正浩ちゃんのお母さん、競輪は嫌いなんやろ?」

「うん。今言っても絶対に許してくれへんやろなあ。でも、おれがお母ちゃんの望みを叶《かな》えたら、信也が競輪選手になることも許してもらえるんちゃうかって思うんや。だからその時まではお母ちゃんには内緒にしとくっておれと信也で約束してるんや」

生真面目《きまじめ》な顔で頷くと、正浩は、

「水樹ちゃんは大人になったら何になりたい?」

と訊いてくる。

「えっ、私？　さあ……考えたこともない」

水樹は情けない想《おも》いで小さく応《こた》えた。

「考えたらいいよ。まだたっぷり時間はあるから、ちゃんと考えとき。大人はさ、あっという間に歳《とし》取った、ってよく言うやろ？　でもそれは違うと思う。人は急に歳を取るわけやないんや。おれら子供はゆっくりと、歳を取っていくんや」

正浩は優しい声で言うと、なぜかくすりと笑った。その笑顔を見ているだけで幸せな気持ちになって、このままずっと話していたいと思った。尊敬していたし、憧《あこが》れていたし、初めて好きになった人だったかもしれない。その日、三人で食べたソーダアイスの味は今も忘れられない。大人になってからも、水樹はソーダアイスを食べるとこの日の会話を必ず思い出す。大人になれなかった正浩の変わらぬ笑顔とともに。

三人で団地に戻り、信也がまだ帰って来ていないのがわかると、正浩は悠人を連れて再び外に出た。水樹はそれなら自分も探しに行きたいと、結局また三人で向日神社へ向かった。団地の奥から続いている裏参道と呼ばれる山道を上っていくと、神社の裏の出入り口にたどりつく。どうせ行くあてなどないのだから、きっと神社にいるだろうと正浩は言い、しょうがないなあという感じで三人でゆっくりと山道を上った。

山道の途中で、車椅子《くるまいす》を押す近所のおばあさんを見かけ、そのよろよろとした姿に水樹も立ち止まったのだが、正浩が素早い動作で車椅子を押すのを代わってやっていた。

「ありがとう。あんた、森嶋さんちの坊《ぼん》やなあ。あたしはね、隣の棟に住んでるのよ。あんたらが学校行く姿、いっつも見てるよ」

おばあさんは嬉しそうに笑ってくれたが、乗っているおじいさんの方はにこりともせずにむしろ怒っているように見えた。おばあさんの背丈は水樹と同じくらいで、車椅子を押して山道を歩くのは無謀にも思えたけれど、おばあさんの話だとおじいさんが神社まで散歩に行きたがるらしい。

「なんであのおじいさん、あんなに怒ったはるんやろ」

山道を上りきり、神社の入り口に着いて、おばあさんがまた車椅子を押して行ってしまうと、水樹は正浩に訊いた。なにか一言、正浩ちゃんにお礼でも言えばいいのに。

「誰も守れず弱くなってしまった自分を、情けなく思ってるんと違うかな」

正浩は水樹の言葉に対してそう答える。「あのおじいさん、自分が助けてもらう側でいることが恥ずかしいんや。だからあんなふうにむっすりしてるんや」

正浩は頷くと、「うちのお父ちゃんが前にそんなこと言ってたわ」と呟《つぶや》く。

神社の中では、悠人が先頭に立って信也の姿を探した。境内の裏側や池のある小さな林の中を歩き回り「信ちゃあん、信ちゃあん」と悠人は叫ぶ。広い敷地ではなかったけれど、四年生の少年をすっぽりと隠しきるくらいの場所はどこにでもあったので、もしかしたら日が暮れるまでに見つけることはできないかもしれない。

「雅楽堂の前の石段と違うかな。ほら、参道を上りきったところの」

正浩の言葉に、悠人と水樹は駆け足で石段に向かう。

「信ちゃんっ」

悠人の安心した声が、境内に響く。石段の下から三段目に座って足を折り曲げ、膝《ひざ》に顔を埋《うず》めている信也の姿を見て、水樹と正浩も顔を合わせて目だけで笑った。悠人は信也が泣いていると心配したのか、彼の前にしゃがみこみ膝に手をかけると大きな声で歌い出した。「ドぉはどりょくのド、レぇはれんしゅうのレ……。信ちゃん、元気出しやぁ。ミぃはみずきのミ、ファはファイトのファぁー」

「帰ろう、信也」

正浩が声をかけると、信也はゆっくり立ち上がり、涙の跡を素早く服の袖《そで》で拭《ぬぐ》う。四人で手を繋ぎ、参道を下っていく。悠人が足元に敷き詰められた石畳の数を小声で数え始め、「お兄ちゃん、この参道の石畳、全部で二百七十一枚あるでぇ」と、最後の一枚の上にくると両足でジャンプした。「ほんまかいな？　この石畳、一枚一メートル近くあるぞ。長い距離上がってきたな」と信也が悠人の頬を指先でつつき、「この参道の長さは二百七十一メートルや」と悠人が振り返って長い坂を見上げた。

その日は水樹が信也の家に上がり、千鶴が帰ってくるまで一緒にテレビを見たり、正浩が出してくれたゆで卵を食べた。ゆで卵は冷蔵庫に入っていたので冷たかったけれど、とても美味《おい》しかった。


団地の中をゆっくりと歩いていると、あの頃の自分たちのはしゃいだ声が懐《なつ》かしく思い出される。もう何十年も聞いていない声なのに、記憶の中ではきちんと再現できる。大切な人たちだったのに、誰ともきちんとさようならをしていない。

人と人との繋がりは、出逢《であ》いの一点はいつも明確なのに別れの一点はたいてい曖昧《あいまい》で、後から思えば伝えたいことはたくさんあったのに最後にどんな言葉を交わしたのか、思い出せない。あの後やってくる正浩ちゃんとの別れも突然で、あまりにもあっけなくて――。

見上げる団地は記憶と同じままそこに在り、ドッジボールの練習をした小さなスペースも階段も公園の形さえも、変わっていないのに、ここに居た大切な人たちはもうどこかへ行ってしまった。

水樹は徹のマンションに行くため、敷地を出てバス停に向かう。バス停は坂道を上りきったところ、ちょうど競輪場のまん前に昔と変わらずあった。

6

徹が暮らすマンションを訪れるのは、君子が亡くなって以来五年ぶりだ。

「おじゃまします」

競輪場の前から二十分ほどバスに乗って、マンションに着いた時には夕方六時を過ぎていた。

「久しぶり。これ、都内で大人気の店のマカロンやねん」

兄妹なのに、久しぶりに会うと緊張してしまい、水樹は部屋の中に視線をめぐらせたまま落ち着かない。無意識に君子の姿を探してしまうのは、母の使っていた物がそのまま置いてあるからだろう。徹は特に畏《かしこ》まることもなく、部屋を片付けた様子もなく、前に会った時と何も変わっていない。今日はもともと仕事が早番で五時には上がれたのだという。

「マカロン？ あっ、あれか。傷の消毒液に使う」

「それ、マキロンやし。っていうか、お兄ちゃん相変わらずやなぁ」

水樹が言うと、

「おお。元気にしてたか？ 遠子先生の容態、どうやった？」と徹が笑った。首回りに肉がついたようにも思えたが、柔らかい笑みは見慣れたものだ。男の人は年を経るにつれて父親に似てくるともいうが、徹の場合はその人の好い感じが母親に似てきているような気がする。

「元気そうやった。でもあまり病状は良くないみたい」

「そうかあ。まだ若いのに、なんでやろなぁ」

徹がしみじみ言うので、そういえば徹も遠子先生を知っているのだなと思う。

徹は高校を卒業すると、それまでアルバイトをしていたスーパーにそのまま正社員として就職し、今は店長をしている。まだ独身だが、これまで徹の浮いた話を聞いたことがなかったので、この先も結婚はしないんじゃないだろうか。兄妹ともにいい歳をして独り者というのは、まったく親不孝だなと胸が痛まないわけでもないが、君子のことだから案外気にしていなかったかもしれない。

「アイスコーヒーでも飲むか?」

「サンキュ」

徹が不器用な手つきでグラスにアイスコーヒーを注いでくれる。世間の女性はどうしてこの兄の良さに気がついてくれないのだろう。真面目に働いているし、見かけの無愛想な様子より中身はずっと優しいし、隙《すき》だらけともいえる大らかさを持っているし。「スーパーにアルバイトの女の子とかいないの」と前に水樹が訊いた時は、「みんな子持ちの主婦ばっかりや」と苦笑いしてたっけ。

徹の携帯電話に、一休さんのキーホルダーが、ストラップ代わりに付けられていた。顔のペイントが剝《は》げて、ほぼのっぺらぼうになっていて、剃髪《ていはつ》した水色の頭の部分も擦り切れ、いったいなんのフィギュアかわからないほど汚れているし、ボロボロになっているけれど、間違いない。小学六年生の時は黒いランドセルに付け、中学になると通学用バッグのチャックのところにくくり付けていた。高校では原付バイクの鍵《かぎ》にぶら下げていたのを知っている。いろんなところに付け替えながら、正浩のものだったキーホルダーを、徹はずっと大事にしてきた。正浩がそれを見たなら、きっと、「いいかげん外せよ。そんなん付けてるから女の子が近寄ってこおへんのやで」と冷静に、でも親身になって注意してくれるだろう。

「疲れたやろ。お母さんの部屋片付けといたし、荷物置いたらええよ」

「ありがと」

徹の暮らすマンションは、かつては母も一緒に住んだ2DKの間取りだ。風呂場《ふろば》にシャワーがある。浴槽が広い。エレベーターがある。そう言って君子は新居への引越しを子供のように喜んだ。水樹が十七歳の時に家を出た父も、わずか一年間ほどだがここで暮らしたことがある。二十年の歳月を経て家族のもとに戻って来た洋二は、病を患《わずら》っていた。君子も徹も六十歳を過ぎた父を静かに受け入れ、最期《さいご》はこの家から送り出した。

君子の部屋は懐かしい匂《にお》いがした。部屋の片隅にある木製の箪笥《たんす》の上には徹や水樹の子供の頃の写真が所狭しと飾られていて、水樹の初給料で母に贈ったラジオカセットも定位置に置かれたままだ。そんなものを目にすると胸が詰まり息苦しくなってきて、水樹は慌《あわ》てて部屋を出てもう一度リビングに顔を出し、

「堂林くんと一緒にお見舞いに行ったの」

と徹に向かって話しかけた。憲吾のことは徹も憶《おぼ》えていて、

「久しぶりに会うと嬉《うれ》しいもんやろ？　でもまた別れるんが寂しいけどなあ」

と返し、水樹はそうだねと頷く。

徹と並んで座っていると、壁の向こうから君子がミシンをかける音が聞こえてきそうだ。

君子の内職は、家の中をいつもミシンの音でいっぱいにした。何かと母に文句を言う父も、ミシンの音に関しては何も言わなかった。

「お母さんな、結婚する前からバービー人形のお洋服、作ってたんやで。アメリカの会社がなあ、安く作るより、良い材料と高い技術を使った製品作りをしたいって、わざわざ日本の職人さんに洋服作りを頼んできたんや。日本人の仕事は器用で丁寧やからって。お母さんみたいな内職は、職人さんの下請けみたいなことやるんやけどなあ、それでもなんか誇らしかったわ」

生前の母からそう聞いたことがある。

母は人形の服の仕上げを担当し、袖や裾《すそ》にミシンをかけていた。ホックやファスナー付けなど手縫いの部分になると、水樹が手伝えるようなこともあり、二人で向かい合っていろんな話をしながら手を動かした。薄いピンクのシルク、柔らかなベルベット、緻密《ちみつ》な模様に編まれたレース……そうした繊細で鮮やかな彩り《いろど》に囲まれる時間が、水樹の安らぎだった。普段は何かと忙しい母を、ひとり占めできるのも嬉しかった。

バレエを習っている友達に見せてもらったチュチュのようなワンピースも、レースをふんだんに使ったウエディングドレスも、母は本物みたいに仕上げていく。ビーズを手縫いでちらすのは水樹の役目で、金色や真珠色、ブルーやグリーンに光るそれを見ているだけで時を忘れた。

「こんな人形で遊べる子は、幸せやなあ」

深い意味もなく口にしたのに、母は半笑いのような顔をして水樹を見つめていたっけ。そしてその年のクリスマスに、「いつも手伝いをしてくれるご褒美《ほうび》」だと言って母はリカちゃん人形を買ってくれた。デパートに並ぶ人形の服はとても高くて買える値段ではなかったけれど、水樹は嬉しくて、家に残っていたハギレや小さくなった自分の服を使って、たくさんの服を作った。だから友達とリカちゃんで遊ぶ時、水樹のリカちゃんは誰よりもたくさん洋服を持っていたのだ。お手製の洋服は友達に羨《うらや》ましがられ、「私にも作って」とせがまれることもあった。洋服を作ってあげると、お返しにスパンコールやリボンをくれる子もいて、「かわいい」と言ってもらえるたびに胸が熱くなった。何の取り柄もない自分が友達を喜ばせている――ハギレを縫い合わせて作った服は、ほんのひと時でも水樹を特別な女の子に変えてくれるのだった。

リカちゃん人形が一九六七年にタカラから企画開発、販売されてから、そのブームで君子の内職は軌道に乗った。それが中国に生産委託されるようになり国内での仕事が減るまで、君子は内職をやめなかった。

「うちのお母さんは頑張り屋さんだったな」

さっき徹が口にした「別れが寂しい」という言葉を頭に思い浮かべながら、母が亡《な》くなってから、自分にとって寂しい別れなんてないことを考える。毎日通っている道に、突然空き地が現れ、「あれ、前はここに何があったっけ」と特に感慨もなく素通りすることがある。大人になった水樹にとって、人との別れはもはやその程度のものだった。一緒にいる時はそれなりに親しく過ごすけれど、いなくなってしまえばそれはそれで、平気。毎日の生活が忙しいからか、自分が無感動な人間になってしまったからかはわからないけれど。

でもこれから先、自分にどんな別れが訪れても、十歳で味わったあの別れほど辛《つら》く苦しいものは他にないはずだ。父が亡くなった時も、母が亡くなった時ですら、あれほど悲しくはなかったように思える。

7

あの日、朝から降っていたのか、それとも途中から降り出したのか、どちらだったのかは思い出せないけれど、とにかく、雨が降り続けていた。六月のおわりだったから、きっと梅雨の真《ま》っ只中《ただなか》だったのだろう。

「悠人、来てる？」

小学四年生の信也が水樹の家のドアを開けるなり、そう大声で訊いてきた。部屋で棒状のチューチューアイスを食べていた水樹は、ビニールを口にくわえたまま「来てないよお」と答えた。

「どうしたん？」

「また、学童を脱走しよったらしい」

本当に困ったという顔で、信也が言った。

「また？　雨やのにどこへ？」

水樹が声を上げると、信也は答える間もなく走り去って行った。

窓の外に目をやる。雨はどんどん強くなってきているようで、夜のような暗さに胸が締め付けられる不吉な予感がした。

「お母さん、悠ちゃんまた学童を勝手に抜け出したらしい。私、探してくるわ」

台所で夕食の支度をしている君子に向かって声を掛けると、下駄《げた》箱からオレンジ色の長靴を取り出し、足をねじ込む。去年買ってもらったばかりの二十二センチなのに、もうつま先が窮屈だった。それでも運動靴にしなかったのは、悠人の行き先に心当たりがあるからだ。悠人はきっと裏の山の中を歩き回っているのだろうと思い、山歩きできるように長靴を選んだ。一階にある信也の家を訪ねてみて、「悠ちゃん」と念のために玄関のドアをたたいていると、信也がどこからか戻って来た。

「あいつ、また山かな？　団地の公園にはいてへんかった」

捨てられた犬のように濡《ぬ》れそぼり、信也は切羽詰まっているようだった。水樹が頷くと、「雨降ってるやんけ」と舌打ちをしながら駆け出した。

団地の前の大通りを横切り、山に向かって信也と水樹が走っていると、見慣れた背中を見つけた。水樹が声をかける前に、

「お兄ちゃん」

と信也が怒鳴るように大きな声で叫んだ。紺色の傘を差し、背にリュックを背負って姿勢良く歩いていた正浩が足を止めてこっちを振り返った。

「おお、信也。水樹ちゃんも何してんの？　雨降ってるのに傘もささんと」

正浩は自分の傘を前に差し出し、信也と水樹の頭上に被《かぶ》せた。

「悠人、また抜け出しよってん」

「抜け出した？」

「学童や。前もやりよったけど、これで四度目や」

信也が言うと、正浩は笑顔をすうっと引っ込めて深刻な表情になり、

「学童には確認したんか？　信也、おまえちゃんと見に行ったん」

と訊いた。

「うん。悠人が脱走したってお兄ちゃんのクラスの男子から聞いたんや。ひとりで学校の近くの道路を歩いてたって。ほんで学童見に行ったら、ほんまにいいひんかった」

正浩の顔がさらに険しくなる。

「おれのクラスの男子って？」

「藤木くんと、島村くん」

「藤木と島村？　ほんまか？」

「でもほんまに悠人、おらんかった、学童のどの部屋にも」

正浩はしばらく考え込むようにして口をつぐみ首を傾《かし》げていたが、

「そうか。すぐ探しに行こ。さっき天気予報で、京都府南部はこれから雷に気をつけろって言うてたとこや」

と信也の腕をつかむ。

「二手に別れて探そう」

自分が山を探してくると言うと、正浩は手に持っていた傘を水樹に渡してきた。正浩が背に負っていた生成り色の布のリュックが、雨に濡れて黄土色に変わっていく。水樹がそのことを伝え、「塾で使う大事なもんが濡れるよ、正浩ちゃん」と傘を返そうとすると、

「たいしたもんは入ってへんから大丈夫や」

と正浩は笑った。水樹と信也は、悠人が立ち寄りそうな公園や神社の境内を探すことになった。雨が降ってこようが、雷が鳴ろうが、悠人のことだから気がすむまでかまわず遊んでいるだろう。

「じゃあ気をつけて行けよ。おまえら絶対に離れたらあかんぞ」

言い含めるような強い口調で言うと、道路を横切り、走って行った。普段は横断歩道のない場所で道路を渡ったりしない人なのにと、水樹はその姿を見てよほど慌てているのだなと思った。これほど兄二人に大切にされている悠人に嫉妬《しっと》を感じさえもした。でも悠人は誰かが守ってやらなければならない。悠人には注意力というものが皆無で、状況の判断もできず、周囲に合わせるということも、苦手だったから。自分の思いがすべてで、「今すぐ道路を渡りたい」と思ってしまえば、どれほど車が行き交

っている場所でも平然と飛び出してしまう。川の中に落ちたボールを拾いたいと思ってしまえば、川の水深がどうであれ、すぐに飛び込んでしまう。そのことを充分に知っていた水樹たちは、悠人がこの薄暗い大雨の中をたったひとりでふらふらしているという事実に、鳥肌が立つくらいに怯えていた。

だから、それから数時間後、どこからかけたたましく救急車のサイレン音が聞こえてきた時、水樹はすぐさま悠人に何かあったのだと一瞬で血の気がひいた。信也も同じことを考えたようで、哀れなくらいうろたえた表情で、涙を拭いサイレンが聞こえてくる方に向かって駆け出した。

悠人がいなくなった。そしてどこかで救急車がサイレンを鳴らしている。その二つだけでもう、水樹も信也も最悪の事態が訪れたのだということを悟っていた。全力で走る信也の背中を、水樹は涙を流しながら追いかけた。雨をまじえた生ぬるい風が、前方から二人に向かって強く吹きつける。

だから――だから、担架に横たわり、救急車の後部席に乗せられているのが正浩だと分かった時、水樹は膝から力が抜けて、その場で倒れるみたいに転んだ。顎《あご》が地面に溜まった水に浸かり、口の中に石油の臭《にお》いが広がる。這《は》いつくばったまま起き上がることができなくなった水樹の傍らで、信也が呆然《ぼうぜん》と立ち尽くしていた。

「あれ……正浩ちゃん？」

信也を見上げて、水樹は訊いた。救急隊員たちの動きは速く、担架に乗せるまでの動作は、一分もなかったかもしれない。だがその光景はスローモーションのようにくっきりと水樹の目に留まり、正浩の白いポロシャツにもジーンズにもたくさんの泥がついて、薄茶色に汚れているのが遠目にもわかった。それなのに頭から流れる赤黒い血の色だけは鮮明で、担架にも同じような赤黒い血の溜まりができていた。

「子供が車に轢《ひ》かれたらしいで」

人だかりが次第に増えて、水樹と信也の視界を遮り狭くしていく。知らないおばさんが、道路にうずくまっている水樹を「何してんの。こんなとこで遊んでたら危ないで」と、腕を引っ張って起こしてくれた。

「おにいぃちゃんっ」

信也が金切り声で叫んだ。耳をつんざく絶叫に、その場にいた全員が振り返った。その声は救急隊員の耳にも届き、鋭く真剣な目が信也を捉《とら》えた。

「おにいちゃんっ」

担架に向かって声をかけたら、正浩はすぐに起き上がる――そんな大声で、信也は叫ぶ。周りの大人たちの信也を見つめる目が、憐《あわ》れみに満ちていたので、水樹は恐くなって泣いた。救急隊員は三人おり、その中のひとりが信也に駆け寄ってきて、救急車に乗り込むように声をかけた。雨雲に覆《おお》われた暗い空の下で、信也の目が、叫ぶように水樹を探している。「私はここにいる」と伝えようと必死になって声を出したが、泣き声は言葉にならず、信也は抱きかかえられるようにして後部席に乗せられた。ドアが閉まり、サイレンの音が再び鳴り始め、赤いライトが暗い空気をかき回すように明滅するのを水樹は見つめていた。頭では何も考えられなくなっていたけれど、兄弟がとても遠い所に行くのだということだけはわかっていた。

正浩が亡くなったという連絡を受けたのは、翌日の朝だった。居眠り運転をしていた乗用車に、道路の端を慌てた様子で走っていた正浩が、追い込まれるようにして轢かれたのだと、千鶴は疲れ切った様子でうちまでやって来て、君子に伝えた。普段なら後ろからやって来る車の音に気づかないような子ではないのに……。

悠人は学童を脱走などしていなかった。切り絵をしている途中で指を切り、学童の指導員に連れられて近所の医院に手当てに行っていただけだったと、千鶴はくぐもった声で泣いた。水樹は玄関で泣き崩れる千鶴のわきをすり抜けて、外の階段を駆け下りて信也の家まで行くと、片目だけでドアの隙間からのぞくようにして中を窺《うかが》った。

電気のついていない家の中はどんよりと暗くて、正浩の姿を探したけれど水樹が見える場所にはいなかった。信也と悠人が並ぶようにして、ベランダに続くガラス窓にもたれて座っていた。二人ともだらりと力が抜けていて、どこを見ているのか、現実の世界は見えていないのか、ぼんやりとしていた。水樹は息を殺してしばらくそんな二人を見ていた。悠人は時々髪を触ったり膝を立てたりしていたが、信也は身動きひとつしない。死んだのは正浩ではなく信也なのかと錯覚したが、そんなはずはないと首を振り、音を立てないように後ずさった。二人に会いたくて来たのに、声をかけることはできなかった。

正浩が亡くなった直後から森嶋家は留守になり、再び信也に会えたのは、祇園《ぎおん》祭りの山鉾巡行《やまほこじゅんこう》が終わり、梅雨もすっかり明けた七月下旬の頃だった。

「千鶴さんの実家に戻らはるかもしれへんなあ。もう信ちゃんも悠ちゃんもここには帰ってけえへんかもしれんよ」

と君子から聞かされていたので、ある夜、信也たちの家の窓から電気が漏れているのを見て本当に嬉しかった。兄弟はまた小学校に通い始め、水樹も信也と顔を合わすことができた。けれど信也はこれまでとは違い、いつ見てもぼんやりとしていることが多く、言葉もあまり交わさなくなっていた。

「信也？」

水樹が話しかけても虚《うつ》ろな目で見返し、唇を重そうに少し開くだけだ。もちろん笑顔もなく、風が吹いていない時の鯉《こい》のぼりみたいで、部活のバスケにも行かなくなっていた。

近寄りがたく思っていたのは水樹だけではなく、クラスメイトも少しずつ信也と距離を置き、いつもクラスの中心にいた以前の彼は姿を消した。

どうすれば元の信也に戻ってくれるのか――水樹は君子に相談すると、

「そら、まだ難しいわ。仲良かったから……あそこの兄弟は」

母ですら方法がわからないのかと、絶望的な気持ちになる。だから、水樹はミシンの前に座った。自分が何かをしてあげられるとすれば、これしかなかったから。

「お母さん、五百円ちょうだい」

信也のためにシューズバッグを作ると言ったら、いつもはしぶちんな君子がお金をくれた。近所の手芸店で青の刺繍《ししゅう》糸と黒のフエルトを買った。余ったお金で青い紐《ひも》も買い、ミシンに向かった。生成りの布は家にあったものを使った。ミシンでまっすぐな線を縫いながら、信也がまた笑顔になる瞬間を思い浮かべた。

そして夏休みに入る前日、シューズバッグが完成した。

「信也っ」

帰宅しようと下駄箱の前にいた信也の前に、走り寄った。信也は水樹のほうをちらりと見たけれど、何も言わずに下駄箱の中の靴を取ろうとしている。

「これ、作ってん」

水樹は弾む声で言うと、急いでランドセルを背中から下ろし、中から仕上がったシューズバッグを取り出す。

「……なにこれ？」

手元にシューズバッグを押し付けられた信也が、掠《かす》れた声で訊《き》いてくる。

「シューズ入れ。部活の時に使って」

信也はバスケットシューズを持ってなくて、普通の上靴を部活の時にも使っていた。上靴はいつもスーパーの白いレジ袋に入れて持ち歩いている。水樹は自分の作ったシューズバッグに、大きな青い星のマークを刺繍した。信也がコンバースのバッシュを欲しがっているのを知っていたから。青い星の下には楽譜の五線を刺繍し、黒のフエルトを丸く切った音符をくっつけた。我ながら会心の出来栄《できば》えだった。君子も「ええやん。素敵やん。とても十歳の子が作ったとは思えへんで」と褒めてくれたのだ。

シューズバッグを両手でつかみ、じっと見ていた信也が、

「この青い星、なんや」

と訊いてきた。水樹は嬉しくなって、

「コンバースのマークやん。信也の好きなコンバースの青い星」

と胸を張って答える。

「ほんで、これは？」

信也が微《かす》かに笑ったような気がして、ますます嬉しくなってきた水樹は、

「音符。ドレミの歌の音階になってるん。元気でるかな、と思って」

と笑う。その場で跳び上がりたいような気持ちになっていた。信也がシューズバッグを喜んでくれているような気がしたから。

「うちのお母さんがな、もう信也たち、おばさんの実家に帰るんちゃうかって心配したはってん」

こっちへ戻ってきてから、信也が初めて自分の姿を見てくれた気がして、水樹はずっと話したかったことを口にする。前みたいに元気じゃなくても、明るい信也じゃなくても、こうして口をきいてくれるだけで充分だ。

「おれのお母ちゃんとおじさん、仲悪いから。ああ……おじさんっていうのは、お母

ちゃんのお兄さんのことやねんけど。いろいろ相談してたみたいやけど、おれらは今まで通りここで暮らすことになったんや」

信也は水樹を見てそう言うと、また俯《うつむ》くようにして目を逸《そ》らす。

「そっか。親戚《しんせき》もいろいろあるなあ。私のとこはな、お父さんは親戚とゼツエンジョウタイにあって。お母さんは両親にカンドウされてはるねん。ヘビーやろ。だからうちはお盆も、お正月も、どっこも行くとこないんやで」

水樹が明るく返し調子づけにピースをすると、

「不幸自慢かい」

と信也が笑った。

「バスケ……やめようと思ってたけど、続けよっかな……」

信也の言葉を聞いて、水樹は思わず目と唇を硬く閉じる。そして息も止めて自分に栓をしたけれど、どうしても溢《あふ》れてくるものを止められなかった。人は嬉しくても涙が出るのだということを、生まれて初めて知った日だった。

8

信也は信也のやり方で、精一杯自分を立て直そうとしていた。一度抜けてしまった体の芯《しん》を、なんとかまた入れなおそうともがいている。水樹にはよくわかっていた。それなのに周りの大人たちは信也をいじけていると責め、

「なんや変わってしもたなあ……信ちゃん。活発で男らしいええ子やったのに」

君子ですらそんなふうに呟くのを聞いて、人の同情というのは一定期間以上は続かない、年月とともに薄れていくものだと水樹は悟った。いつ元気になるのかなんて信也の勝手だし、周りが何か口を出せることではないじゃないか。千鶴に言われるまま正浩のように進学塾に通い始め、頑張っていることも知っていた。時々、競輪場に行って強い目で遠くを見ていることも。信也がすねているのではなく、闘っていることを大人たちは気づかない。

そして、そんな信也が完全に心を閉ざしてしまう出来事が起こったのは、水樹たちが六年生になった年の夏休み前のことだ。

学校帰りに偶然信也に会った水樹は、距離をとりながら、でも歩調は同じ感じで歩いていた。信也が自分に話しかけることも水樹から話しかけることもしなかった。けれど、同じ空間にいることを互いに感じている。

「なあ。悠ちゃんのお兄ちゃん、悠ちゃん、またいじめられとんで」

団地が見えてきた辺り、緩やかな上り坂の途中で、信也と水樹の間にできた三メートルほどの間に顔を出したのは、同じ団地に住むみっちゃんという男の子だった。みっちゃんは三年生の悠人より二歳年下で、同年代の中では大将のような存在だった。やんちゃな子だが優しいところがあり、団地内の公園では、ひとりぼっちで遊ぶ悠人を仲間に入れてくれたりもした。

「どこでや」

「どこで」

みっちゃんに向かって同時に訊いた。みっちゃんは一瞬、その剣幕が自分に向けられたかのように怯《ひる》んだ表情を見せたけれど、そこはリーダー格らしく、「こっちや」と誘導してくれた。みっちゃんは彼なりの全力の速さで走るのだけれど、そのスピードが信也にはもどかしいらしく、信也は途中からみっちゃんの手を引き、さらに先を急いだ。信号のない道路を横切り、小山に続く坂道を駆け上がり、墓地に向かって走る。墓地の横手にある竹やぶに着く頃には、みっちゃんはヒューヒューと全身で呼吸をし、水樹はその細い背をさすってやった。

「なに、してんねんっ」

竹やぶの中、悠人らしき子が、数人の男子に取り囲まれているのを目にしたとたん、信也が腹の底から搾《しぼ》り出すような大声で叫んだ。変声期前の掠れた声が、笹の葉の匂いでむせかえる夏の夕暮れに響く。水樹も走りすぎて横腹が痛くなるのを、手のひらで押さえるようにして、悠人の元に駆け寄った。信也の勢いにたじろいだ男子たちの、目を見開き硬直した顔が、視界の先に並んでいた。信也を見つけた悠人が、すでに涙で濡れそぼっている顔をさらに歪《ゆが》め、口をおかしな形にしたまま、こちらに向かって手を伸ばしている。

「おまえら、なにしてんねん?」

逃げようとした二人の男子の膝を蹴《け》り飛ばし、土の上に転がした信也が、思いきり低い声で凄《すご》んだ。悠人はおかしな息遣いで肩を上下に動かし、喘《あえ》ぐようにして泣いている。集団の中で一番背の高い男子の首根っこを摑《つか》んだ信也は、

「おまえ。おい鹿田《しかた》、なに、しとんねん」

自分の額を相手の額にくっつけるようにして低い声を出した。信也に凄まれた男子

の胸にはビニール製の名札が下がっていて、名札には黒のマジックで「鹿田」と書かれてあった。名札は学年ごとに色が分かれていて、鹿田の名札はオレンジ色で、悠人と同じものだった。悠人を学校でいつも苛《いじ》めているのはこいつかと、水樹の中で強い怒りが湧《わ》く。

「悠ちゃんな、カメ虫、食べさせられてたんや」

水樹たちのすぐ側《そば》に立っていたみっちゃんが、両手を強く握りしめたまま、あらんかぎりの正義感を押し出しながら叫んだ。

「この人らに無理やり口の中に押し込まれてたん、ぼく見てた」

まっすぐに腕を伸ばし、人差し指を立てたみっちゃんは、集団の中のひとりひとりにその指と視線を向けた。

「カメ……虫？　ほんま？　そんなん、食べたんか」

燃えさかる炎が一度鎮火したような静かな声で、信也が悠人に訊いた。水樹もみっちゃんの顔を見つめる。幼さが残るみっちゃんの、拙《つたな》い表現を疑ったのだ。信也は自分の指で、悠人の口を大きく開けた。悠人はえずきながら、口端からよだれを滴《したた》らせる。悠人のピンク色の舌の上に、枯れた葉が粉々になったみたいな残骸《ざんがい》を見つけた時、水樹は思わず吐き気を催し自分の口を塞《ふさ》いだ。

「おまえらっ。殺したる」

信也が舌を巻きながら吼《ほ》えた。これまで見たどの信也よりも凶暴で、自分にはとうてい止めることはできない、と水樹は震える。

「ちがうちがう。森嶋から最初に殴ってきよったんや」

集団の中の一人が、激しく泣きじゃくりながらそんな言い訳をするのを、信也は睨《にら》みつける。

「ぼくらが、カメ虫を銀玉鉄砲で打って、遊んでてん。そしたら、森嶋が近寄って来たんや。ほんで、やめてやめてって、ぼくら遊んでるとこに飛び込むみたいに入ってきたんや。森嶋がむちゃくちゃに手を振り回すからその手がぼくらの体に当たったんや。ほんで、ほんで」

途中から話せなくなった子供の代わりに、別の子供が話を継ぎ足すと、「虫を殺さんといて」と頼む悠人に、「そんなにカメ虫が好きなんやったら、食べてみろ」と誰かが詰め寄り、悠人は初めは嫌がったけれど最後は食べたのだという話だった。「ぼくらは悪くない」と懸命に主張している。それを聞いていたみっちゃんが、悠人は自分から虫を食べたのではない、無理やり口の中に押し込まれていたと反論するのを、信也は無言で見つめていた。

「なんで、虫なんか、食わすんや」

信也は鹿田に訊いた。

「カメ……虫は、まずくない……と思った」

「まずくない？」

「カメ……虫は、パクチーの臭いするから、食べられるかと思って」

「パクチー？」

「タ……タイ料理とかに入ってるやつ」

「タイ料理？　そんなん、おれは食ったことないわ」

三学年も年上の信也に凄まれて怯《おび》えきった鹿田は、自分でも何を話しているのかわからなくなっている。手も足も見るからに震えていて、他の男子たちも同様だった。

「美味《うま》いんやったら、おまえが食えよ」

信也が言った。足元に落ちているカメ虫を拾い上げると、手のひらに乗せ「ほら」と鹿田の口の前に突き出した。「ひいっ」という泣き声が、ひときわ大きくなる。いやいやをするように、頭を左右に振って鹿田は水樹に助けを求めるような視線をよこした。

「信也もうやめとき」

水樹は鹿田と目を合わせたまま、咎《とが》めるように言った。

「もうせえへんな」

水樹がそう訊くと、安堵《あんど》の色を浮かべた目で鹿田は深く頷《うなず》き、恐怖が頂点に達したのかその場に蹲《うずくま》った。

だが信也はこのまま子供たちを解放する気などないようで、水樹の制止を無視して続けた。

「どっちか選べ。この虫を食うか、おれに殴られるか、どっちか選べ」

「カメ虫なんて……食べられへん」

しゃがみこんでいた鹿田がそう言いながら顔を上げると、信也がその横面を拳《こぶし》で殴った。手加減のない様子は、その烈《はげ》しい音からわかった。信也の拳が当たると同時に鹿田の首から上が、おかしな感じにねじ曲がった。殴られた鹿田はそのまま土の上に倒れこみ、ひんひんと鼻を鳴らした。信也は左の手のひらにカメ虫を乗せたまま、他の子供たちにも同じように訊《たず》ねていき、首を振る彼らの頬を右の拳で殴っていった。拳が頬の肉を打つ時ゴンという鈍い音がしたけれど、今度は信也が力を制御していることがわかったので、その様子を黙って見ていた。水樹は両手で悠人の体を包み込むようにして側にしゃがみこんでいたが、争い事の苦手な悠人は、水樹の腕の中で誰よりも大きな声で、「やめてやめて、信ちゃんやめて」と悲しそうに泣いた。

この時の水樹は、この鉄拳《てっけん》で、日常化していた悠人に対する陰湿で烈しい苛めがなくなるだろうと、安直に考えていた。

団地での騒動があったのは、わずか二時間ほど後のことだった。家で水樹が夕食を食べていると、どこから人の怒鳴る激しい声が聞こえてきて、その声が信也の家の辺りからしてくることに気づいた水樹は慌てて階下に駆け降りた。森嶋家のドアの前に人だかりを見つけ、水樹は言葉を失った。母のつっかけを無造作に履いてきた裸足《はだし》の足先が冷たくなる。

「暴力が許せへんのやっ」

大柄な男が、その体に似つかわしい低い大きな声で怒鳴っていた。一方的に怒鳴り続ける声の中に「警察」という単語が出てきて、水樹は息を止める。人だかりをすり抜けるようにして森嶋家の玄関まで行くと、玄関先に千鶴と信也が立っていて、白い前掛けを腰に巻いた姿の千鶴は、涙を流していた。信也は無表情だったが水樹と目が合うと、腹が痛んだ時のような歪んだ表情を一瞬だけ見せた。

「六年生が三年生を殴ったらどうなるか、そんなこともわからんのかっ」

大柄な男が鹿田の父親であることが、話しぶりからわかってきた。夕方の件で、殴られた子供たちの親が集まって抗議しにきたのだ。水樹は信也の傍らに立つと、どの子かの母親が、

「あんた誰や」

と訊いてきたので、

「私もその場にいたんです。瀬尾水樹といいます」

と答えた。

「あんたもここの団地の子か？」

「そうです」

「その場にいたん？　見てたん？」

「はい」

「それで？　あんたも一緒になって年下の子供を苛めたん？」

女が呆《あき》れた口調で言うので、水樹は思いきり首を振り、

「苛められてたのは、森嶋悠人くんです。苛めてたのは、あなたたちのお子さんの方です」

と両方の目を見開いた。水樹の言葉にその女は冷笑して、他の女たちと目を合わせ

て口を歪めた。

「まあええわ。とにかく警察、行こ。傷害事件としてちゃんと取り調べてもらわなあかんやろ」

別の男が信也の腕を強く摑み、引っ張った。信也は足を踏ん張り、何も言わずに男を上目遣いに睨みつけている。

「こんな危ない子、野放しにしといたらあかん」

女の甲高い声が飛ぶ。

「カメ虫のこと、言うたん？　この人らに説明したん？」

水樹は信也を引っ張る男の腕に手をかけ訊いた。信也は黙っていたが、その顔を見て、何も話していないのだと分かった。

「悠人くんが、鹿田くんという子たちにカメ虫を食べさせられたんです、無理やり。私その場にいたから見ました」

信也の腕を摑んでいた男の手の力が一瞬緩んだのを感じ、

「鹿田くんたち、集団で悠人くんのこと苛めてたんです。それで兄の信也が怒ったんです。理由がちゃんとあるんです」

とさらに大きな声を出した。打ちひしがれて泣いていた千鶴の顔が上がり、水樹と目が合う。水樹の膝《ひざ》は、憤怒《ふんぬ》の形相で自分を見つめている大人たちと対峙《たいじ》することで、震えていた。

「カメ虫？」

それまで黙っていた別の男が素《す》っ頓狂《とんきょう》な声を上げた。

「そんなもん食べられるんかいな。嘘《うそ》言うてるんちゃうんか」

「嘘やないです。子供たちはなんも言うてへんのですか？　悠人くんの口の中に虫が入ってたの、私はこの目で見たんです」

水樹が訴えると、

「ほんまや。鹿田、竹中、島田、駒井《こまい》、あと名札をつけてなかったもうひとり。その五人が悠人にカメ虫を食わしてたんや」

と初めて信也が口を開いた。信也の目に力がこもったように見えた。信也はそれだけ言うと水樹の耳元で「水樹、カメ虫つかまえてきてくれ」と囁《ささや》いた。「えっ……今？」「浜ちゃんの家の玄関の前にいてるやろ。植木鉢の皿のとこに」「でも、私触れへん。捕まえられへん」「大丈夫や、はよ行け」

訳がわからず、水樹は人だかりの隙を抜けて廊下に出ると浜ちゃん宅に向かった。信也の言う通り、植木鉢の皿に積み重なるようにカメ虫が集まっていた。涙が出るくらい気味が悪かったけれど、水樹は絶対にカメ虫を見ないように壁を睨みながら一匹を指でつまみとると、スカートの上に乗せた。そしてスカートの布地にくるんだカメ虫を落とさないよう、前かがみになって走り、森嶋家の玄関先に戻った時にはまた、大人たちが信也につめ寄っていた。

「だからといって殴るのは犯罪や」

と鹿田が凄めば、

「虫を食べてもお腹《なか》をこわすだけですむけど、顔を殴られたら後遺症が残るかもしれんわっ。頭を殴られて死ぬことかってあるんやで」

と別の女が加勢してきた。信也は水樹の顔を見ると黙って手を差し出してきたので、その手に茶色い物体を乗せる。

「これ、カメ虫や。これをあんたらの子供が悠人に食わしてん。おれ警察行くわ。もしなんやったらあんたらがおれをぼこぼこにしてもええわ。でもその前に、あんたらのうちのだれか、このカメ虫食ってください」

怯むこともなく、信也が淡々と言う。手のひらに乗せられたカメ虫が、糸のように細い触角を震わせている。枯葉のように小さな物体から独特の青臭さが放たれていた。

「悠人はこの虫を食わされたんです。お腹をこわすだけですか?」

唇の片端を吊り上げると、さっき腹をこわすだけだと言った女の鼻先に、手のひらを差し出した。女の顔が不快そうに歪む。

「おれは訊いたんや、あんたらの子供に。悠人が食わされたこの虫を食うか、おれに殴られるかどっちがいいかって。そしたら、殴られるほうがいいって言うた。だから殴ったんです」

信也は大人たちの顔をひとりひとり、一瞬も目をそらすことなく見つめた。その力んだ声が、水樹の胸を締めつける。

「でも信也は、強く叩《たた》いたりしてません。ちゃんと手加減して叩いてました。ほんまに……私その場にいてたから。ほんまはもっと強く叩きたかったと思うわ。それくらい、悠ちゃんはひどく苛められてたんです」

いつの間にか涙が流れていた。八人もの大人が、信也を脅すように取り囲んでいることが怖くてたまらなかった。このまま信也が警察に連れて行かれたら可哀相《かわいそう》でたまらなかった。千鶴の目からまた涙があふれてくるのを見たが、泣くばかりではなく、信也を守る言葉をなぜ言わないのかと、胸の鼓動が早くなる。

「そやけど暴力は暴力やんな」

「……どっちにしても、犯罪や。手を出したんは、そちらですから」

「虫を食べるなんて……遊びの延長かもしれんしね」

一度は気勢をそがれた大人たちが、また口々に言い始めるのを見ると、何を思ったのか、信也は指でつかんだカメ虫を口の中に放り込んだ。そしてカサカサという音をさせながら咀嚼《そしゃく》し、また口を開けその残骸を見せた。誰かが「ひゃあ」と叫んだけれど、その場は凍りついたように静かになった。取り囲んでいる大人たちの中には、眉《まゆ》をひそめて露骨に不快そうな表情で目をそむける者もいた。何人かが顔をしかめ、息をひそめて信也の口元、喉元《のどもと》を見ていた。嫌悪《けんお》を通り越し、怯えに近い表情で誰もが立ち尽くす中、信也ひとりだけが平然としていた。鼻を覆いたくなるような臭いが、夜の気配に漂っている。

「殴られるほうがましやと、ぼくは思います。警察に行ってもええです」

そう言いきる信也に反論する人は誰もいなくなり、騒がしかった団地の一階に、また静寂が戻ってきた。

その夜、水樹は団地内にある公園で、ブランコに乗る信也と悠人を見つけた。騒動の最中は悠人は布団《ふとん》の中に隠れていたようだったが、すっかり機嫌を直していた。

「きょうも夜の散歩？」

俯いたまま顔を上げずにブランコに腰掛けている信也に、水樹は声をかける。悠人が「夜の散歩に行きたい」と駄々をこねるのは珍しいことではなく、そんな時は仕事で疲れている千鶴の代わりに、信也が連れ出してやった。行き先はいつも公園か向日神社と決まっている。

「うん」

答えない信也の代わりに、悠人が水樹の手を握ってきた。

「悠ちゃん、ちゃんと歯、磨いた」

悠人の口元に鼻先を寄せて、水樹は訊いた。

「磨いたで。いちご味のハミガキ粉。信ちゃんが三回も磨いてくれはった」

悠人が嬉《うれ》しそうに口を開けて見せた。水樹はポケットに入っていた飴《あめ》を袋から取り出し、悠人の口に入れてやった。

「あ。この飴、さくらんぼの詩《うた》？　ぼく大好きや」

悠人が嬉しそうに声を上げる。

「信也も、ちゃんと歯、磨いた」

優しい声で訊いた。こんな声を信也に向かって出すのは久しぶりのことだった。信也もそう思ったのか、はっとしたように水樹の顔を見て、「磨いた。おれも三回」と今度は素直に答えた。

「あほやなあ。ほんまに信也って、わけわからん」

水樹は笑った。暗がりで互いの顔がはっきりとは見えないせいか、優しい気持ちになっている自分を隠さずにいられる。悠人にしたみたいに、自分の鼻先を信也の口元に持っていき、

「臭い、なくなった」

と訊いた。

「うん」

「どんな味したん？」

「……げろまず」

水樹が大声を上げて笑うと、信也も小さく息を吐いた。水樹はブランコに腰掛ける信也のまん前に立ち、鎖を握っているその手に重ねて自分の手を置いた。

「兄弟でおかしなもの食べて……」

いつもは見ることのない信也の頭のてっぺんを見下ろしていると、ふいにその頭を両手でかき抱きたくなる気持ちが烈しく起こり、そしてそのまま自分の薄い胸に信也の顔を埋めた。抗《あらが》うかなと思ったけれど、信也はされるままになっていた。薄い綿シ

ヤツ越しに信也の息が熱かった。偉かったね、信也、悠ちゃん守ったね……と言いながら、水樹は泣いてしまった。本当は公園に来る前から泣きたかった。家では家族が心配するから出てきたのだ。でも公園に信也がいることもどこかでわかっていて、会いたいと思っていた。いつしか信也も水樹の胸に顔を埋めたまま涙を流していた。いつもそうして泣いているのか、泣き声はまったく聞こえず、ただ水樹の胸が熱く濡《ぬ》れていく。

水樹と信也は側にいる悠人が気づかないくらいに、静かに泣いた。体を折るようにして信也の髪に鼻先を埋めると、まだ風呂《ふろ》に入っていないのか埃《ほこり》と汗の匂《にお》いがした。水樹はそのまま体をずらし下げて、土の上にしゃがみこみ、信也の膝の上に両手を乗せた。信也の泣き顔が見たい。

「カメ虫食べるなんて……」

跪《ひざまず》くような体勢で見上げると、保育園の時と同じ幼い泣き顔がそこにあった。

「正浩ちゃんが言ってたなぁ……人にはそれぞれ闘い方があるって」

水樹が慰めると、信也はもっと泣いた。正浩のことを口にすると悲しくなることはわかっていたけれど、

「正浩ちゃんも褒めてくれると思う」

と水樹は言い、信也の太腿《ふともも》に自分の右の頬を当てた。団地の窓から漏れる灯りはいつものように淡く弱々しくて、電気が消えている部屋もたくさんあって、公園の電灯も点《つ》いたり消えたり頼りなくて、三人の姿は闇《やみ》の中に紛れていた。暗い公園がいつもは怖くて嫌いだったけれど、この日はその暗さに守られて水樹たちは気の済むまでいつまでも泣くことができた。

先に泣き止《や》んだのは信也で、水樹の髪を悠人にするみたいに優しく撫《な》でていた。サンダルをひっかけた素足の足先は冷たいのに、くるぶしから脚のつけ根の辺りまでを甘やかな熱が這い上がってくるのを、水樹は感じていた。「もう帰る」と悠人が言い出さなければ、ずっとその場を動けなかっただろう。悠人の声に水樹が顔を上げると、もういつもの無表情に戻った信也が目を伏せて何か呟《つぶや》いた。「なに?」と顔を寄せると、困ったような表情で、

「おれ、水樹が好きや」

と、今度はちゃんと聞こえるように、水樹の目をまっすぐ見て言った。信也の唇からハミガキ粉の甘い香りがした。

この晩の出来事は結局大事にならずにすんだけれど、それからが問題だった。信也に対する噂《うわさ》が、事件に関わった大人たちが流した噂が、信也をますます、小さな世界

に閉じ込めてしまう。森嶋家の兄弟は頭がおかしいから近づくな、関わるな――。

もともと人との関わりを欲していなかった信也は、むしろありがたいというような風情《ふぜい》で周りとの遮断を受け入れていった。そんな信也に対して、水樹は何をすることもできず、あの夜、信也を自分の胸にかき抱いた熱だけがいつまでも残ったままだった。

9

食事をしながら、水樹は憲吾の背後の朱色に光る京都タワーを見ている。駅ビルにあるイタリアンレストランは眺めが格別で、京都の市街地を一望できた。

「けっこう行ってるの？　遠子先生のお見舞い」

何杯目かの赤ワインを憲吾に注いでもらいながら、水樹は訊いた。

「そうだなあ。一週間に一回くらいかな」

「そんなに？　遠子先生も嬉しいでしょうね。先生独身だし、きっと心強いと思うな」

「まあ。おれも独り身で時間はあるから」

憲吾は水樹が乗る予定の新幹線の時間を確認した後、あと一時間あるからワインを追加しようかと言う。

「堂林くん結婚してないの？」

「してないよ。まあ正確にいうと一度結婚して、離婚したんだ」

「えっそうなの？　離婚してたの？」

彼のような人が誰かとうまくいかないということが、あるのだろうか。

「原因はまあ……いろいろあるんだけどね」

憲吾はもう何年も前の話だと軽い口調で言い、メニューに視線を落とす。

「それにしても意外かも。堂林くんって完璧《かんぺき》だから、どんなことでもそつなくこなしてそうじゃない？　昔から誰に対しても親切で優しくて」

片手を上げ、憲吾がウェイトレスに合図を送る。

「褒めすぎだよ。酔ってんの？」

「私の知る限り、堂林くんほどできた人はいないよ。学生の時だって人の悪口を言ったり怒ったりしてるとこ、見たことないし」

水樹の言葉に、憲吾が笑顔を引っ込め真面目《まじめ》な顔になる。

「人は三つの層で形成されてるって話、聞いたことない？」

「三つの層？」

「うん。まずね、生まれながらに持っている性質。そして、その性質に、環境や経験が影響して性格を作る。まあ学生の頃っていうのは、この性格を剝《む》き出しにして生きてるんだろうな。それが、さらに年を重ねていくと性格を人格で覆《おお》うことができるようになる。人格は、学びながら獲得していく種類のものなんだ。性質、性格、人格。この三層で人は成り立っている」

手元にあるナプキンに、ボールペンで三角形を描くと、憲吾は三角形の中に二本の横線を引く。三角形が、ひな祭りの日に小学校の給食で出る三色ゼリーのように、三層にわかれる。その一番下の層に性質、真ん中に性格、一番上に人格――憲吾はきれいな字で書き込んでいく。

「子供の頃読んだ、何かの本に書いてあったんだ。で、おれはこう思った。できるだけ早くこの人格というやつを習得しよう」

屈託なく笑うと、ナプキンに書いた人格という字を丸で囲む。

「なるほど。たしかに中学生の頃すでに、堂林くんは人格者だった」

水樹は納得して何度も頷く。子供じみた周囲の中で、憲吾だけはいつもどこか違ったのは、彼がそうしようと努力していたからなんだとその謎《なぞ》が解けた。

水樹が「人知れず努力してたんだ」と褒めると、憲吾は自嘲《じちょう》気味に笑い、皿に残っていたパスタを器用な手つきでフォークに絡《から》めとった。

「まあその話はいいとして。実はさ、瀬尾に相談したいことがあるんだ」

憲吾が姿勢を正したので、背後のタワーがその陰に隠れる。

「相談？」

畏《かしこ》まって言われるので何事かと、水樹も背を伸ばす。

「京都で服作りをしたいと思ってる」

意外な内容に、水樹は首を傾《かし》げる。

「服作り？ 堂林くんが？ え、どういうこと？」

問い返す声が大きくなってしまう。

「おれは衰退の一途をたどっている糸へン産業がこのまま終わってしまうのが残念で仕方なくてね。それで何か、自分にできることはないかと考えて」

「糸へン産業……」

「瀬尾が知ってるかはわからないけど、京都の織物関係の仕事は、長いあいだ問屋と呼ばれる人たちが一手に仕切ってきたんだ。問屋が各工程の職人たちをまとめ、守ってきた。たとえば絞り染めひとつにしても、糸を結ぶ人がいて、その糸を染める人がいて。そして糸に風合いを出す整理屋という仕事がある。職人たちの分業によって完成品を作り出すという流れが主流だったんだ。彼らはそれぞれ伝統的な技術を持ち、そうした技術を問屋がとりまとめて一つの完成品を作り出す。京都の織物は問屋というまとめ役のもと、長い期間伝統産業としてやってこられた。でもね、もうずいぶん前から問屋に力がなくなってきている。職人に布地を作らせて、反物を呉服屋に売っていた問屋が勢いを失くし、それと同時に職人たちへの注文も目に見えるように減ってしまったんだ」

「日本人が和装離れしたことがそもそもの原因でしょ？」

「そうだね。日本人が和装をしなくなったことは大きな原因のひとつだし、あとは景気が悪くなって、値の張るものが売れなくなってしまったということもある。まあこれも誰もが知るところだけど」

「よそ者みたいな言い方で申し訳ないんだけれど、でも、それは止められない流れなんじゃないの？　堂林くんがどう関わっていっても」

彼の話を聞いているうちに、水樹は不思議に思う。自分の知る憲吾は冷静で合理的で、どうにもならないことを、労力を使って無理にどうこうしようという人ではないはずだ。

「まあ、そうなんだけどね。でも、十数年ぐらい前からかな、問屋の囲みを解かれた職人たちが、それぞれの業種で横の繋《つな》がりを持ち始めようとしたんだ」

これまで問屋が分業の流れを仕切っていたために顔を合わせることのなかった職人たちが、月に数回、異業種で集まり始めた。自分たちが生き残っていくために、何ができるかを話し合っていかなくてはいけないと考えた上での集まりで、その場に憲吾も市の職員という立場で何度か出席したのだという。初めのうちは会議とよべるものには程遠く、職人たちの腕自慢のような話題ばかりで、京都の織物の未来など一筋の光も垣間《かいま》見《み》えなかった。話は前に進んだり、後戻りしたり。平安時代の話まで持ち出す人なんかもいた。三十を過ぎたばかりの憲吾が、親ほどの年齢の職人たちを相手に、何を話しても無駄だというところもあった。プリント屋、刺繍屋、染め屋——みんな好き勝手を言って、将来の展望が何ひとつ見えないまま会議が終わることも珍しいことではなかった。

「でも、幾度となく重ねてきた話し合いは無駄ではなかったんだ」

「何が強みか」ということを語り合うなかで、自分たちは「何が弱いのか」ということがわかったのだと憲吾は頷く。

「職人たちの多くは、技術はあるけれど、完成品をイメージするという点で、決定的に力が不足しているとおれは思ったんだ」

単発の技術では優れていても、和装が減り、問屋の力がなくなったいま、その技術をどう生かしていけばいいのかがわからない。だから、その部分を強化すれば、また新しいもの作りができるのではないかと考えている。

「京都の地場産業で、これまでの引き出しにないものを創《つく》ればいいんじゃないかと考えていてね。もうすでに京友禅を扱った洋服のブランドはあるんだ、実は。でもたとえ後発でも、また違ったものを創りだせばいいだろう？　それで、瀬尾に何かいいアイデアがないか訊いてみたいと思って」

「……私が思いつくようなこと、あるかな」

「もの作りなんて言っても、そんな簡単なものではないことはわかってるんだよ。物が飽和状態にあるってことも。でもね、日本の伝統技術をみすみす風化させるということが、おれにはどうしても惜しいんだ」

着物をリメイクして洋服にしたり、ウエディングドレスにしてしまったり、そうした試みはすでに実現されている。でも自分はその商品が一般的に出回っているとは思えない。もっと気軽に、若い層にも、もちろん年配の層にも手にしてもらえるようなものが作れないだろうか。十年ほど前から、加工屋といわれる京都の職人とアパレル会社との接点ができ始めた。数年前からは京都府が展示会費や開発費のフォローもしていて、こうした動きにアパレル会社、マーケティング会社が目を向けてくれるようになったところなのだと憲吾は気持ちを込める。

「ただ、職人さんにはプレゼンの技術がないんだ。たとえばね、出来上がった生地をアパレル関係者に展示する時なんかに、会議で使うような長テーブルに並べてしまう。油性の黒マジックで『五万六千円』なんて値段を書いてね。そんなので売れるわけないよって、おれは思うんだ。もっと見せ方に工夫がないと勝負にならない。それでも、そんな見せ方であっても、価値をわかる人が見たら『すごい』って言ってくれることも少なくなくてね。だから、もっともっと販路を工夫すれば、きっと商売に繫がっていくと思うんだ」

話すほどに熱が高まっていく。そんな感じで憲吾は水樹を見つめる。

「そういえば春に開催された東京コレクションで、和をモチーフにして服を作るデザイナーの作品を見たわ。職人さんが手作業で柄を染めた布を使って、ワンピースを作ってた。すごく綺麗《きれい》だった。堂林くんがイメージしてるのはそういう感じなのかな」

色に自然素材ならではの深みがあって、服そのものに奥行きがある。後で調べると、染色は手捺染《てなっせん》という伝統技法が用いられていた。

「どうだろう？　京都の織物の技術を取り入れて、新しい服のブランドを立ち上げることはできないかな」

　憲吾は期待に満ちた目を向ける。

「気持ちはすごくわかるし、応援したいと思うけど……」

　水樹は目を伏せて、「難しいと思うよ」と答える。

　すでに和と洋の融合は発信されているし、結局は流行《はや》らなかった。その理由の一つがコストだ。いまは本当にコストが第一で、例えば生産管理側から「一万円で売りたいから三千円で仕入れさせてほしい」と言われれば、どうにかして三千円以内で作らなくてはならない。売値が安い時代だから、作る側も費用はかけられないのだ。

「京都の職人さんの技術だと、それはもう素晴らしいものができると私も思うけど、でも出来上がってくるものの値段も相応になるはずよ。だとしたら売れない。売れなかったら、どれだけ良いものを作ったとしても意味がないのよ」

　言ってしまってから、自分の胸の奥から苦いものがこみ上げてくる。

「意味、ないかな？」

「だって、儲《もう》けがないと会社は潰《つぶ》れるでしょ」

強い口調になってしまい、水樹は慌《あわ》ててグラスを手にした。公務員の憲吾に、メーカーの、それも中小規模のメーカーの苦しい実状はわからない。

「でも成功している京都発信の事業もあるんだ。竹を材料にした食器とか日用品を販売して成功している会社もある。全国から注文がくるんだ」

「竹、かあ。たしかに一度何かのきっかけで話題になって、本当に品質が良ければ売れるかもしれない。ただ……」

「ただ?」

「何かのきっかけっていうのが難しいのよね。話題作りにはお金がかかるから」

水樹はファッション誌の広告費用について、憲吾に説明した。旬《しゅん》の雑誌だと一ページで約二百万。見開きで四百万から五百万。この前昌美から聞いたところによると、カジュアロウ社なんかは年間四百億円もの広告費を使うのだという。

「四百億?」

憲吾が大げさに眉をひそめる。

「ざっとの数字だけどね。もちろん私が勤めてる小さなメーカーはそんなに使わないよ。雑誌広告に何百万なんて、とても使えない。デパートの販売スペースを拡大してもらえるよう交渉したり、顧客にＤＭ送ったり、地道なことしかできないんだ」

「カジュアロウって服そのものはすごく安いだろ? なのにそんなに広告費を出せる

んだ」

「そのぶん人件費が削られて現場は大変だって、カジュアロウに勤める知り合いが言ってた。離職率も高くて人も育たないとか。もちろんそれなりにそこで働く楽しさや充実感もあるんだと思うけど」

　そう考えると、自分はこの十五年間とてもいい環境で働いてきたと思う。丁寧な仕事をし、適正な給料をもらった。仕事にはやりがいも誇りもあった。けれどその職場はもうなくなってしまう。

「そっか。どこも状況は一様に苦しいね」

　的確な意見をありがとう、と憲吾は頭を下げると「やっぱ蛇《じゃ》の道は蛇《へび》だな。このタイミングで瀬尾に再会したのも、何かの縁だよ」と笑顔で頷く。

「ところで堂林くん」

　水樹は勇気を出して切り出した。新幹線の発車時刻は、あと三十分に迫っていた。

「あの……信也とは連絡取れたの？　ほら、あと一人だけ連絡が取れないって言ってたじゃない。せっかくだからやっぱり全員に連絡取ったほうがいいよね、絶対。一人だけ遠子先生のこと知らせることができないっていうのもどうかと思うし、それに」

「わからないんだ。信也の居場所だけは、どうしてもわからなかったんだ」

きっぱりと言われて、水樹は言葉に詰まる。

「ごめんな」

「どうして堂林くんが謝るの」

「知りたかったんだろ? 東京に電話した時からずっと、瀬尾が信也の居場所を知りたがってるのわかってたよ。だけど、ほんとにあいつ、どこ行ったんだか」

高校を卒業して半年ほど経《た》つと、急に連絡が取れなくなったのだと憲吾は言った。電話をしても通じないし、就職先の印刷工場もいつの間にか退職していた。家の住所はわかっていたから訪ねても行ったけれど、その時はもう誰も住んでなくて。

「おかしな噂もいろいろ立ったけど、真相は結局わからなくてね」

「おかしな噂?」

「どこかで一家心中してるんじゃないか、とか。家具なんかがそのまま残ってたから」

「ひどい……」

印刷工場の工員や、団地に住む人に訊《き》いて回ったけれど行き先まで知る人はおらず、本当に、忽然《こつぜん》という言葉通り、信也とその家族はどこかに消えてしまったのだと憲吾は唇を歪《ゆが》ませる。

「事件にでも巻き込まれたのかと思って警察にも行ったんだ。信也のお母さんの勤め先も訪ねたけど、会社自体がなくなっていてね。当時のぼくにはそれ以上探す手段がなかったんだ」

「堂林くん、そんなに探してくれたのね」

「おれにとって信也は特別だったからね。学校でいつも一緒にいるとか、放課後つるんで遊ぶとか、そういうんじゃなかったけど」

でも自分にとって信也は特別な存在だった、と憲吾は微《かす》かに頰を緩める。

二人が話しているところはたまに見かけたけれど、憲吾が信也のことをそんなふうに思っていたことが意外だった。水樹がそう言うと、憲吾は、

「深泥《みどろ》ヶ池《いけ》って知ってる？　異界のひとつ」

と訊いてきた。

「そこで信也に会ったことがある」

憲吾は信也と初めて口をきいた日のことを話してくれた。水樹の新幹線の時間が迫る直前まで。

初めて知る二人の出逢《であ》いの話だった。

＊

その日憲吾は母親の栞《しおり》と共に、京都の北区にある深泥ヶ池の縁を歩いていたという。一九八一年の六月のことで、中学一年に転入したばかりだった。周りに誰もいなかったので、母親の手を取って歩いていた。深泥ヶ池に来るのは初めてだったが、平安末期から「京の六地蔵巡り」の霊地として恐れられていたこの地のことは、本で調べてよく知っていた。

「この池さあ、賀茂川《かもがわ》が氾濫《はんらん》して、一万年以上も前にできたんだって」

手の中に栞の細く冷たい指の感触を感じながら、憲吾は穏やかに語りかける。風が強く吹いていて、周辺に生い茂る草を揺らしていた。

「そうなの？　池というより沼みたいねえ」

栞が細い声で答える。さっき診察室で見せていた興奮も収まってきているようで、憲吾はほっとする。

「池の周りを歩くと千五百メートルもあるんだよ。面積はおよそ九ヘクタールだってさ。浮島って呼ばれる島があるらしくってね、池の三分の一にあたる大きさなんだけど、季節によって上下するんだって」

「……上下？」

「うん。夏になったら浮かんで、冬になったら冠水するんだって。いまもそういう現象があるのかはわからないけど」

憲吾は自分の知っている知識を、よどみなく話し続けた。栞は憲吾の手に引かれながら、繊細な造りをしたサンダルで、草を踏みながら歩く。

何も言わず、憲吾の話を聞いていた栞が突然大きな声で笑い出したのは、浮島が見えてきた時で、憲吾が「ほらあれが浮島だよ」と耳元で囁《ささや》いた直後だった。

「なによ。あんな島が浮いたり沈んだりするわけないでしょう。いつもいつもそんな子供じみたことばかり言わないでよ。こっちが恥ずかしくなるのよ」

数秒前の声とは全く別人のような刺々《とげとげ》しい口調で、栞が金切り声を上げた。憲吾に繋がれている手をふりほどこうと、肩を強く揺らす。

「泳いでいってみなさいよって。本当にあの島が浮いたり沈んだりするのか、けんちゃんが試してみろってアイツ怒ってるわよ。ほら、けんちゃんが変なこと言い出すからアイツ、怒鳴ってる。もうっ、やめて、やめて、やめてっ」

この数秒の間に神経に触るようなことを言ってしまったのかと、憲吾は憂鬱《ゆううつ》な気持ちになりながら、栞の肩を両手で優しくおさえる。

「お母さん、落ち着いて。大丈夫だから。おれも一緒にアイツに謝るから。大丈夫、大丈夫」

栞の背中をゆっくりとさすりながら、落ち着くのを待つ。拳《こぶし》で自分の耳を叩く母親の手首を握る。

この日、向日市の自宅からだいぶん離れた北区まで来たのは、栞を病院に連れて来たからだった。この辺り、岩倉と呼ばれる場所に、全国でも有名な精神科専門の病院があると、憲吾自身が調べて訪れた。栞が重い精神疾患であることはずいぶん以前から、家族で外国を移り住んでいた頃から判明していたけれど、いくつかの治療をしてみても改善は見られなかった。栞の病気を治してくれるのなら、憲吾はなんでもするつもりでいた。

「うちでも特別な治療はないですね。これまで通われていた病院と同じ効能の薬を出して、経過観察をしていくという感じです。せっかく遠方まで来てくださったけれど」

銀縁のメガネをかけた、気の良さそうな医師は、すまなそうに憲吾に向かってそう告げた。

「そうですか」

母はしばしば、「アイツ」と呼ぶ、彼女しか感じられない人物から恐ろしいことを囁かれるらしい。そのアイツが栞に何かを言うたびにパニックになり、平静を失い、別人のようになってしまうのだ。栞が初めてこの病気を発症したのは、憲吾が五歳の時だった。夜中に突然「ぎゃあ」と叫び、周囲にある物を一方向に向かって投げつけた。枕《まくら》とか布団とか……電気スタンドまで投げつけると、大きな音を立てて電球が割れた。

「お母さんどうしたの？　お母さん、ねえお母さん……」

憲吾は震えて泣きながら、暴れる栞を止めようとした。ある限りの力で栞の体に抱きつこうとした憲吾の頬を、栞はとてつもない力でぶった。母に殴られるのは初めてだった。「離せ、離せぇ」と髪を振り乱す姿は、憲吾が父親の蔵書の中に見る妖怪《ようかい》そのものだった。

憲吾が八歳の時に、スイスの病院で精神疾患だと診断を下されるまで、自分は母に妖怪が乗り移ったのだと信じて疑わなかった。父親がそんな研究ばかりしているからだと、心の中で烈しく責めた。仕事でほとんど家にいない父親は、栞の症状を甘く見ていて、

「体は元気なんだから大丈夫だ」

と自分勝手に納得し、家に帰ってくるのを億劫《おっくう》に感じるようになったのか、それまで以上に研究に精を出すようになった。憲吾が栞と二人きりでいる時間は長く、小学校に上がると少し離れる時間もできたが、それはそれで自分がいない時にアイツが母におかしなことをさせるのではと、気が気でなかった。いくつかの病院に行き治療を受けたが、通りいっぺんの安定剤をもらうだけで、どのドクターも「落ち着いた環境を作ってあげてください」と言うだけだった。父親が病院に付き添うこともあったけれど、憲吾が十歳くらいになると、栞のすべてを息子である憲吾に任せっきりにした。それでもアイツの声が聞こえない時の栞は賢く優しい母のままで自分を愛してくれるので、嫌うようなことはできなかった。

深泥ヶ池のほとり、転入先の教室で見たことのある少年と目が合った時、憲吾はとっさに栞の手を離した。

「おっす」

離した手をそのまま耳の辺りまで上げ、憲吾は軽快に挨拶《あいさつ》をする。いつもの自分を演じた。

目の前の少年も、小学生くらいの男の子と手を繋いでいた。少年は、男の子と手を離すことなく、憲吾たちをじっと見ていた。

「きみ、同じクラスだったよね。一番後ろの席に座ってる」

隣でまだ体を震わせ、ぶつぶつとひとりごとを言い続ける栞を自分の体で隠すようにして、憲吾は笑った。

「おれ、堂林憲吾。きみの名前、なんだっけ？」

「森嶋信也」

少年は答えた。憲吾の背丈も百六十に近かったけれど、彼はさらに大きかった。

「何か部活やってたっけ」

そんなどうでもいいことを、場を取り繕うようにして訊いた。今、信也が目にしたものを記憶に留めさせないように、そんな切実な気持ちだったのかもしれない。

だが信也は、何も答えず、手を繋いでいた男の子を引っ張るようにして背を向けた。まったくフレンドリーではないその姿に、憲吾は舌打ちしそうになった。

「なんだよ、せっかくこんなとこで会ったんだから、そんな態度取るなよ」

それでも明るい口調で憲吾が背中に語りかけると、

「おれも……」

と信也は背を向けたまま、低い声で言った。「おれも……あの病院に、弟、通ってるから」

「あの病院って？」

不意を打たれ、憲吾は自分の首から上が火照《ほて》ってくるのを感じながら、それでも平静を装《よそお》って訊いた。

信也は立ち止まって、そして振り返り、

「病院で、おまえを見かけた」

と憲吾の後ろにいる栞を見た。信也の暗い目にはなんの感情も入ってなかったけれど、憲吾はいまこの場所で出会ってしまったのが、こいつで良かったと安堵《あんど》した。どうして安堵したのか、その時はわからなかった。

10

会社を定刻の五時に出ると、水樹は山手線で大崎駅に向かう。通信販売会社の採用面接を受けるためだった。水樹の会社は四谷にあるので、六時の約束には充分に間に合いそうだったけれど、どこかで電車が止まらないかと願ってしまうほど足取りは重い。梅雨が終わり七月も半ばになると、三十度を超える暑い日が連日続いている。

「ミズ、いい話があるの」

昌美から電話がかかってきたのは、七月に入ってすぐの頃だ。あの夜「また会おうね」と言って別れたから、飲みに行く誘いだとばかり思っていた。ところが昌美は、水樹に通販会社の面接を受けてみないかと言ってきた。昌美なりにいろいろつてをあたってくれた結果、「一度面接をしたい」と申し出てくれた会社を見つけたのだと。

「通信販売の会社……」

気が乗らないという気持ちを押し隠して水樹は電話口で呟く。もちろん新しい就職先を決めなくてはいけないということはわかっている。同僚の中には積極的に就職活動をしている人もたくさんいたし、「おれ今日面接だから」と悪びれずに有給を取る人もいた。当たり前だと思う。家族がいても、自分のように一人きりで生きていても、仕事がなくなるということは生活の基盤を失うということなのだ。

「ミズの話をしたら、是非会ってみたいって言ってくれてね。とりあえず話だけでも聞きにいってみたらどう？」

昌美の明るい声を聞きながら、水樹はほんの数秒だけど言葉が出なかった。

服飾の仕事は、水樹の人生そのものだった。居場所であり、迷いなく力を注げる天職だと信じてきた。これだけ好きな仕事に就けたのだから、他のことは少々足りなくても仕方ない。同じ世代の女性が自分にないものを持っていても、「羨《うらや》ましい」と嘆かずにすんだ。遠子先生がそうであったように、意志と誇りを持って仕事に向き合える自分を幸せ者だと感じていた。

足底をしっかりと乗せて、一段一段登ってきた梯子《はしご》が、いま外されようとしている。命綱をつけることはしてこなかった。足場を失った自分は何かを掴《つか》まなければ。何でもいいから、伸ばした手の先に掴まなければ、生きていけない。

JR大崎駅付近に自社ビルを持つその通信販売会社は、誰もが知る大手企業だ。拠点を大阪に置き、主に女性向けの商品を数多く手がけている。手ごろな値段が主婦層にも若い層にも受けていて、水樹もこの会社のアイデア商品を二つ持っている。

「悪い話じゃないと思うよ。頑張って」

昌美の励ましに、水樹は「ありがとう。行ってみるね」と返した。

その会社に到着すると、丁寧な応対で会議室に通された。会議室には水樹より十歳ほど年配の男性社員と、同年代の女性社員がすでに待っていて、お茶などを出してもらいながら面接というより打ち合わせという感じで話は進む。

「我が社の商品企画、カタログ制作について説明しますね。ちょっとカタログを開いていただいていいですか?」

テーブルの上に会社のカタログを数冊並べ、若林と名乗った女性が明瞭《めいりょう》な口調で言う。

「はい」

水樹はカタログを手に取り、ページを捲《めく》ってみる。

「商品企画というのはうちみたいな通信販売の会社にとって、肝のところです。売れる商品を見極めるセンス。それが最も必要となります。それからカタログ制作については、紙面で企画を立ち上げるアイデアが必要になってきます。センスとアイデア。この二点がとても大切です」

淡々と話す若林の言葉は、とてもわかりやすく水樹の頭の中に入ってくる。

「それでです」

役割分担をきちんと決めているかのように、若林の言葉に区切りがつくと男性が話し始める。男性は坪倉と言い、総務部長という肩書きが名刺に書かれている。

「瀬尾さんは長くデザイナーをしてらっしゃると聞いてますが、うちが欲しいのはデザイナー職ではないということを、初めにお伝えしておきます」

水樹の反応を確かめるためか、坪倉の目が見開かれる。

「はい」

「カジュアロウさんには何度かお世話になってましてね。わが社も商品の生産は中国なんですが、ストで二度ほど工場が閉鎖されたことがありました。その時にカジュアロウさんが使われている工場に助けてもらったことがあって。それで今回、どうしても会ってもらいたい人がいると言われまして、詳しく話を伺ったんです」

昌美がどれくらい必死に頼んでくれたのか、坪倉の顔を見てわかる。この不景気に、中途採用の面接を受けられるありがたさを感じながら、同時に厳しさも突きつけられる。

「お時間を作っていただいて、本当にありがとうございます」

姿勢を正した水樹は、二人に向かって頭を下げた。

「いえ、そんなお礼はいいんですよ。私、おたくの会社の服、すごく好きですから。そちらのデザイナーさんだと伺って、それなら是非お会いしたいと私から言ったんです」

若林がとりなすように間に入ってくれたので、水樹は肩をすくめた。

「今お話し下さったふたつとも、私には経験がありません。それでも商品企画ならまだ流れはわかりますが、カタログ制作については初歩的なことすらわかりません」

水樹は正直に打ち明ける。

「ああ。カタログ制作に関してはご心配なく。制作自体は専門のデザイナーがいるんです。企画と構成立案をしてもらえば、後はデザイナーに指示を出すだけでいいんです」

想像力を働かせ、客をイメージし、企画を立ち上げる。紙面を構成するためのアイデアを出し、カタログデザイナーに指示を出す。そうしたマネジメント能力があればいいのだとつけ加える。

「なにかご質問はありますか?」

若林が訊いてきた。

「ご説明、とてもよくわかりました」

水樹は頷《うなず》き、ありがとうございます、と再び頭を下げる。ここではっきりと「どんな仕事内容でも、採用していただけたなら全力で取り組むつもりです」とアピールしなくてはいけないことはわかっていた。ただその強い声が出てこない。

「最後になりましたがひとつだけ、お伺いしてもいいですか」

私の興味なんですけど、と前置きして若林が表情を緩める。

「はい。どうぞ、なんでもお訊きください」

最後という言葉に緊張し、背筋を伸ばした。

「以前にお勤めになっていたところは、なぜ退職されたんですか？　もったいないというか。当時は伸び盛りだったでしょうし、いまも国内では最も勢いのあるメーカーのひとつですし」

若林はこれまでよりずっとくだけた口調で訊いてくる。本当に個人的な興味なのだろう。水樹もきっと、二十九歳でカジュアロウを退職した理由は問われるだろうなと思っていたので、ある程度の答えは考えてきた。それなのに、言葉がしばらく出てこない。

「やめたい」と思うことと本当にやめることとは、大きく違う。何か大きな力に衝き動かされないと、人は八年も勤めた会社をやめたりはしないだろう。その「何か」を若林は知りたがっている。

「服のマクドナルド――」

と言いかけて、水樹はいったん口を閉じる。それから数秒また考えた後、

「以前の会社ではメインのデザイナーはアメリカ人で、私は主にデザイナーの意向に沿って指示を出す生産企画という部署で働いてました。もちろん商品の企画を立てたりはしましたが、実際にデッサンをしている時間はなくて。それで、デザインをメインにする仕事をしたいと思うようになって退職を決めたのだと思います。なにしろ十

六年ほど前のことですし、若気の至りというところもあります」

水樹が言葉を選びながら答えると、若林は、自分も中途採用なのだ、と頷いた。

「瀬尾さんはデザイナー職にこだわりがあるんですね」

若林が確認するように訊いてきた。隣にいる坪倉も、無言ながら水樹がどう答えるのか、窺《うかが》っているのがわかる。

「まあ……長くやってきたことですから。でも納得のいくものが創れるのであれば、どのようなセクションで働いてもいいとは、思っています」

膝《ひざ》の上で握った手が震えていた。自分の心の深いところを問われているような気がして、でもいまここでそんなことを考えている場合じゃないと、揺れる自分を戒める。

「わかりました。結果は後日お伝えします」

坪倉が履歴書を封筒に戻すと、立ち上がった。促されるようにして、水樹も席を立つ。

水樹は二人に深く頭を下げエレベーターで一階まで降りると、人のいないビルの玄関口で再度お辞儀をした。

ビルを出るとまだ外はほんのりと明るくて、ビルの谷間から夕焼けがのぞいていた。本音を言うと、通信販売の仕事内容に興味は持てなかった。説明を受けている時も、聞いた後でも、心がざわざわと騒ぐような感情は起こらない。売れ線だと思った商品をいち早く察知し、その商品を海外の工場でできるだけコストを低くして生産していく。ひとつのサンプルがあれば大量に生産できるから、単価で得られる利益が少なくても採算が取れる。できる限りの手間暇を省くことで成り立つ商売のようなイメージが、どうしても水樹には拭《ぬぐ》えずにいた。

「服のマクドナルドという考え方が、自分には合わなかったからです」

さっき、以前の会社をやめた理由を問われた時に、水樹がのみ込んだ言葉だ。

服のマクドナルドをつくる――。

カジュアロウではそうした社の方針のもとで働いてきた。自分たちが提供したものが大ヒットして、誰も彼もが身につけているといった現象は、ある意味ものすごい快感だった。海外工場の過酷な労働条件が聞こえてきても、より安いものを提供するためには仕方のないことだと耳を塞《ふさ》いだ。でも、ふと思ったのだ。もしカジュアロウの商品と同等の品質で、さらに安価なものが出回ったなら、消費者はなんのためらいもなくカジュアロウを捨てるんじゃないだろうか。だとしたら、この会社にいる限り自分は、一生コストを第一優先に服を作らなければいけないのだろうか、と。

今勤めている会社は莫大《ばくだい》な利益を生み出すわけではなかったけれど、戦後から受け継がれてきた技術を使って、工場の職人たちと顔を合わせながら丁寧な服作りができる場所だった。元手がかかっているので安価で卸すことはできなくても、お客さんの記憶に残る一枚を作ってきたという自負はある。初めてのデート、家族旅行、同窓会や結婚記念日……特別なシーンに添い、写真に残してもらえるような、服を着てくれた人の幸せな時間を何倍にも膨らます服作りを目指してきたつもりだ。

誰かのために、誰かのとっておきの時間のために服を作ることを諦《あきら》めるしかないのだろうか。

売れなかったら、どれだけ良いものを作ったとしても意味がないのよ。

「もの作りをしたい」と打ち明けた憲吾に対して自分が放ったきつい言葉——水樹の胸に、そのまま鋭く突き刺さっていた。

「さあ、どうすればいいのやら」

誰に言うでもなく歩きながら呟く。明日は雨なのか、今夜は月も出ていない。沈んだ気持ちを持て余しながら、

「二度目の転職かあ」

と口に出して呟《つぶや》いてみる。そういえば父の洋二も今の水樹と同じくらいの年齢で転職したんじゃなかったっけ。そんな昔のことをふと思い出す。でもあの人の転職は本

当にお気楽なものだったな。ただそんな気楽な洋二の転職が、水樹の運命を変えた。

＊

タクシー運転手だった洋二が不動産業に転職したのは、高校二年の夏休み——一九八五年のことだ。

「おれな、タクシー乗んのやめることにした」

洋二が君子にそう告げた時、水樹もその場にいた。テレビの画面では日航ジャンボ機が御巣鷹山《おすたかやま》に墜落した映像が繰り返し流されていた。画面にくぎづけだった君子がテレビを消して、

「何言うてるん。ほな、どうやって食べていくの」

と腹立ち混じりの気の抜けた声を出した。

「競輪仲間になあ、不動産屋のおっさんがいよんねん。景気ええらしいわ。人手が足りてないから手伝ってくれってしつこう誘ってきよってなあ。とりあえず、こんだけもろた」

洋二はちゃぶ台の上に置いていたセカンドバッグから、剝《む》きだしの札束を取り出して君子の手に握らせようとした。

「なん……なんやのん、これ」

「支度金やて」

機嫌良く、洋二が鼻を鳴らす。万年金欠で、貧乏が家中の壁にしみついたわが家には似つかわしくない新札の匂《にお》い。君子は安易な転職を頑《かたく》なに反対したが、誰も洋二を止めることはできなかった。

水樹は洋二の無謀さに呆《あき》れながらも、もしかするとこの転職がうちを変えてくれるかもしれないと期待もしていた。景気とは何かすら理解できていたわけではないけれど、なんとなくこれからは楽になるのかなと。

洋二の背広や時計やネクタイが水樹にも分かるような高級品に変わっていき、初めての外食もした。祇園にあるフランス料理屋。洋二は花見小路のお茶屋を貸し切りにし、夜な夜な派手に飲み会を開いている話を、水樹と徹に聞かせた。あちらこちらで金がその辺の地面から湧《わ》いてくるような話——まるでパチンコでフィーバーし、玉がとめどなくジャラジャラと出てくるような話だった。

いま思えば、洋二は地上げの仕事に関わっていたのだろう。電話で「追い出し費用、一軒二百万で。二百かからんかったら後は小遣いにしてええよ」と威勢良く吐いていた記憶がある。給料は手取りで月に八十万あるんやで。そう自慢げに口にしたこともあった。

しかし洋二はこれまで以上の生活費を君子に渡すと、残りの金で派手に遊ぶようになっていく。

洋二が家を出る数ヶ月前、

「どんな仕事してんの？」

と、あまりに羽振りが良くなったことを不審に思い、水樹は訊いたことがある。こんな状況がいつまでも続くわけはない。洋二はもちろん、君子や徹もやはりどこか浮かれ始め、そのことが不吉に思えたのだ。

「例えばやな水樹、二千万の物件があるとするやろ、それを買って二千三百万で売るんや。ほないくらの利益がでる？　そうや、三百万や。それがわしらの儲けになんのや。単純なことや」

「それはわかる。でも、追い出しって何？」

「追い出しっていうのはな、わしらが買いたいような土地があるとして。その土地っちゅうのが、五軒とか六軒とか家がくっついてるとする。わしらは大きな更地が欲しいわけや。その方が価値がでるからな。でもその土地の上に家が何軒も建っとったら、その中の一軒くらいは『売りたない』いう奴《やつ》もおる。まあ土地に愛着持っとる年寄りとかが多いんやけどな。そういう頑固な奴を、いろんな方法で追い出すのが地上げ屋や」

「いろんな方法って?」

「それはまあ、いろいろや。おれは事務所では上の方やさかい、そういうのは下っ端《したっぱ》のもんがやってるなあ」

洋二が話す仕事の内容はどれもこれも胡散臭《うさんくさ》くて、自分自身の反抗期も重なってなのか、この頃は父娘で話をすることはなくなってきていた。そして水樹の抱いていた不吉な輪郭は形を成し、すでに他の女との別宅を構えていた洋二は、水樹が高三に進級する直前に家を出てしまった。


家に戻ると、水樹は冷蔵庫を開け、鍋《なべ》のままつっこんであった昨日の残りのカレーを温め直した。テーブルでカレーを食べながら、さっき通信販売の会社でもらったパンフレットを眺めた。開けたガラス窓から心地良い風が、部屋の中へ吹いてくる。朝のうちにベランダに干していたタオルがそのままの状態で揺れていた。もう何年も見慣れた風景だ。

マンション三階にあるこの部屋は、三十代の半ばを過ぎた頃いろいろな意味で腹をくくろうと思い購入した。今の会社で働き続けること、東京で暮らしていくこと、独りで生きていくこと。頭金になる蓄えもあったし、迷いをふっきった自分を形にしたくて購入したともいえる。

親ほどの年齢をした不動産屋の主人は、そうした水樹の迷いを十分にわかっていたようだった。見合いの経験はないけれど、気乗りしない見合いに行かされるような感じで物件を見学し、意外に好印象な相手との結婚に背を押されるような感じで、契約を決めた。一階に、小さな花屋がテナントに入っているのも決め手になった。今はここでの暮らしを気に入っているし、自分の拠《よ》り所にもなっているから、あの不動産屋のおじさんには感謝している。

「京都の織物産業を生かす手立てはないだろうか」

パンフレットをめくっていると、憲吾の言葉が頭の中で蘇る。キッチンのカウンターに置いてあるレモングラスの香りを感じながら、水樹はあの夜、彼から持ちかけられた相談を思い出す。

憲吾の話を聞いた時、たしかに自分は首の後ろが熱くなるのを感じた。

でもいまの水樹には、そんな悠長なことに関わっている余裕はなかった。通販会社の面接で、自分が置かれている立場を思い知らされたではないか。服作りをしてきた瀬尾水樹は、もう必要とされていない。理想や信念にこだわってばかりいては、社会で生き残ってなどいけない。

憲吾の言う通り、織物の技術を生かしてものを作れば、それは艶《あで》やかで美しいものが作れるに違いない。そう思う反面で、二十年以上も服飾業界にいる身としては、「もの作り」という言葉をただ煌《きら》めくものとして受け取ることはできない。そう簡単にものは売れない、ということを身に沁《し》みて知っている。言い換えれば、良いものを作ったとしても売れないし、さらに言い換えると「良いものでなくても、売れるものは売れる」。

水樹は皿を洗うためにキッチンに立つ。カウンターで二鉢育てているレモングラスに鼻を近づけ、「いいものを作りたいけど、厳しいよね」と、甘い香りを放つ葉に語りかける。

採算を考えると厳しい言葉しか思いつかない。おそらくこれまでいろいろな人が京都の織物産業の復興については考えてきたことだろう。でもそれでも、現在の状況を避けることはできなかったのだ。

少人数の熱い気持ちだけで何かが変わるとは思えなかった。憲吾一人の想《おも》いで、時代の流れに逆らうことはできない。服作りを一生の仕事にすると決めた自分ですら、いまこうして転換を迫られている。自分の歩いてきた道筋に、終止符を打たねばならないほど、追い込まれてしまっている。

11

服を作る仕事をやめることになったら、水樹はまっさきに遠子先生に報告にいこうと思っていた。自分をこの道に送り出してくれたのは、他ならぬ遠子先生だからだ。

あれは、いつかの放課後、下校途中のことだった。

先生は、モスグリーンの半袖《そで》を着ていたから、まだ秋になる前だったのだろうか。夏と秋の境は、どの季節の境より不確かなものだ。校舎外の片隅で、園芸部が育てている草花をぼんやり眺めていた水樹の傍に、先生が歩み寄ってきた。

「何してるの？　瀬尾さん、園芸部だっけ」

プランターにはピンク、白、赤のゼラニウムが咲いていた。一つ一つの花びらは小さいのに花の数が多くて、鮮やかなグラデーションに思わず足を止めてしまった。

「いいえ。きれいだなぁと思って……」

三年生はとっくに部活を引退し、進学しない生徒にとっては限りなく自由な、言い換えれば何もすることがない期間だった。

「夏休み前にも話した進路のことなんだけど」

水樹の目を見ながら、先生がはっきりとした口調で言う。

「先生、進路のことはもういいんです。うちは父親がいなくて、母が一人で働いてて」

そこまで言って、力が抜けていく。いろんなことが大変で、気力が萎《な》えてしまい、先生と話をすることも苦しかったのだ。

「わかってるのよ。瀬尾さんが就職希望だってことは、ずっと前から聞いてたわよね。面接を受けようと思っている会社のことも、教えてもらった。今さらこんなふうに口出しするのは、瀬尾さんにしても迷惑なんだということは、よくわかってる」

「私にとっては、条件のいい就職先だと思っているんです」

水樹は宅配会社の面接を受けるつもりで準備していた。老舗《しにせ》の昆布屋の募集もあったのだけれど、これからは宅配業が伸びるんじゃないかと徹が言い張ったので、どちらでもよかった水樹は言われる通りにしたのだ。

「ええ、宅配会社への面接は問題ないと思います。接客でも事務職でも瀬尾さんならきっとうまくこなすはずだし」

「接客はあまり得意とは思わないんですけど、贅沢《ぜいたく》は言えませんし」

「でもね、何度も言って申し訳ないんだけれど、瀬尾さんの得意な、好きなことっていうのが別にあるんじゃないかと思って。私はあと一度だけ、どうしても、瀬尾さんにそのことを考えてほしいの」

水樹は先生の顔を見つめたまま、わざとらしくため息をつく。

「他の人たちにも同じように言ってるんですか？　先生は」

「他の人？」

「私以外にも就職する人っていっぱいいるから、そんな人たち全員に、先生は進学しろって説得してるんですか」

水樹の通う高校は、就職をする生徒が珍しいような学校ではない。女子に限っては四年制の大学へ進む生徒は、両手で数えられるくらいの人数だった。家に余裕がある人は、短大や専門学校へ進むけれど、水樹の家庭がそうではないことを、先生も理解しているはずだ。

「全員にだなんて、とても言えないし、言ってないわ。でもね、瀬尾さんには言いたかったの。あなたは美術の作品ひとつにしても、丁寧に、集中力を持って、全力で仕上げてくるから。物を作ることに対する誠実さと執着、そういうものを感じるの。だからまだ社会に出ずに勉強してみたらどうかと思うのよ」

進学、勉強――自分には不似合いな言葉が、耳の穴から入り、頭蓋《ずがい》内を小さく揺すった。でも水樹は先生の言葉に何も答えない。答えようがなかったからだ。「分をわきまえなさい。身の程を知って」そう言われて育ってきた。他の子が通っているピアノやバレエの教室も、レース使いの贅沢なワンピースも、家族での外食も旅行も、我慢してきた。高校を卒業してからの進路だって、多くを望まないのは当たり前のことだ。水樹は下を向いてゼラニウムの花を見つめた。

「これ、先生なりに調べてきた服飾関係の短大と専門学校の資料。瀬尾さんに渡しておきます。授業料などのことも、パンフレットに書いてあるので、瀬尾さん自身目を通してみて、それからお母さんとも話し合ってみて」

水樹が黙り込んでいると、先生は茶封筒からパンフレットを一冊取り出し、目の前で開いて見せた。カラフルな色彩をしたその冊子を眺めていると、面接を受ける会社を選んでいた時にはピクリとも動かなかった針が、自ら力を持って動くのがわかった。心が揺れた。

「私がなんで教師になったか、わかる？」

静かな声で先生が問いかける。

「教師は、男女平等にできる生涯の仕事だと思ったからなの」

水樹は無言のまま、先生の目を見る。

「だれのおかげで飯が食えてると思っとんのや」と幼い頃から洋二に幾度となく言われてきた。母が口答えした時も、洋二は同じように罵倒《ばとう》した。機嫌をそこねた父に、膝頭で尻《しり》を小突かれる母を見て育った。パートに出たり内職をしたりご飯を作ったり……母の方が忙しそうに立ち働いていたのに、いつも父は偉そうだった。そんな親を見て、自分は男の人にあんな扱いをされたくないと思ってきた。男とか女とかで何かが決まるような場所で生きていくことは、絶対にしないと。

「先生が瀬尾さんくらいの歳《とし》の頃、やっぱり将来のことを考えたんだけど、先生の第一条件は自分の力で生きていけるということだったの」

「……自分の力」

「そう。私にも家庭の事情があって、おそらく自分は一生働いて稼いでいかなきゃなって思ってた。それで、女が一生無理なく働ける仕事はなんだろうって考えた時に、そうだ教師だ、ってね。まあ実際になってみたら、まるきり平等ってこともなかったんだけど。そういう時代だったのよね。昭和三十年生まれっていったら、まだ戦後十年しか経《た》ってないんだもの。でも絵を描くのが好きだったから美大に進んで、そこで教職を取って」

教師になって本当によかったの。混じりけのない未熟でストレートな生徒の気持ちに触れた時、自分の中にも新しいものが吹き入ってくるから。辛《つら》くて大変なこともあるけど、やはりやりがいのある仕事に就いてよかったと思うし、望んでいたように定年まで働き続けていけるような気がする、と先生は言う。

「瀬尾さんは、面接を受けると決めた宅配会社で長く働いていこうと思ってる?」

「そんな……わかりません。考えたこともないし」

水樹は小さな声で答える。本当のことだった。今わかっているのは、とにかく卒業したらどこかで働かなくてはいけないということだ。

「じゃあ考えて、瀬尾さん。ずっと先のことでなくていいから、十年後の自分を想像してみて」

「十年後、ですか」

「ちょっとまどろっこしい話をするとね。今年の四月に男女雇用機会均等法という法律が施行されたの。先生はこの法律に前々から関心があってね。どういう内容かっていうと、職場で男女が差別なく働けるようにしていこうというものなの。女性が差別を受けずに、家庭と仕事を両立できるように作られた法律なの。瀬尾さんがまさに就職を考えている今、この法律が施行されたということに何か意味を持たせてもいいんじゃないかな」

「私は……私は社会科も苦手だし新聞も読まないし、法律のことってよくわからないけど。でも先生、法律が施行されたくらいでそんなに簡単に世の中は変わらないです。それはなんとなくわかります」

弱い人を守るいろんな法律があることは知っているけれど、周りに暮らす人たちは一向に救われてはいない。

「そうね。確かにそんな単純なことではないと、先生も思います。世の中を変えていくのは、人そのものだから。でも、だからこそ、今、あなたの未来を安易に考えないでもらいたいの」

なぜこんなふうに自分に言ってくれたのかわからなかったけれど、その言葉は、胸の奥に熱く広がっていった。就職活動をしていた時、だれが何を言っても心の中を素通りしていったのにもかかわらず。

水樹は歩いているのか止まろうとしているのかわからないくらいの足取りで、自転車置き場に向かっていた。先生の前でねじ込むようにしてカバンに入れたパンフレットを、もう一度丁寧に入れ直す。受け取るのをしぶったくせに、折れたりしわになるのを恐れている。そんなわけのわからない感情に、ため息がもれた。

いつの頃からだろう。学校の授業が終わり、家に帰ることに胸が弾まなくなったのは。昔は、放課後になると解放感があって、さあこれから思い切り遊ぶんだ、というようなときめきがあった。その逆、朝起きて学校へ行くのも、楽しみだった。家から学校へ、学校から家へ、どちらの場所も自分にとっては居心地のいい場所だった。でも今はそのどちらにいても、息苦しい。

女子生徒たち四人が、連れ立って下校して行くのが見えた。四人は、横一列に並んだかと思うとまた寄り添って絡《から》み合い、そして何かおかしいことを誰かが言ったのか弾かれるように笑い合った。楽しそうだな——水樹は目を細めて、その光景を見ていた。

いまさっき、遠子先生に相談しようかと思ってやめたことを、思い出す。自分がクラスの女子の間で孤立しているということを話そうとして、話せなかった。高校三年にもなって、そんなことを教師に相談することが幼く思え、あと少しで卒業だと自分に言い聞かせる。

きっかけは、ささいなことだった。いまクラスでは派手な女子を中心に黒岡さんという女子生徒を苛《いじ》めていて、水樹はその輪に加わらなかった。ただそれだけのこと。でもそれだけで、教室がこれまでと全く別の場所に変わってしまった。

この状況は自分の選択なのだから仕方がないのだと、あきらめてきたが、やっぱり、校内を歩く足取りは重い。

自転車置き場の雨避《あめよ》けポートが見えてくると、女子たちが声高に話しているのが聞こえてきた。

「ほんま、むかつく」

この頃は否定的な言葉を聞くと、自分のことを言われているのではないかと、体がびくりとなる。

「でもあんた、見たことある？　水樹の父親。自分はええとこの子って顔してるけど、水樹の父親って、まじチンピラみたいやねんで」

水樹は足を止めて、息も止め、体が冷たくなっていくのを感じた。自転車置き場で話しこんでいるのが、自分のクラスの女子だとわかったからだ。

「チンピラって？」

「なんか柄の悪いおっさんと二人でいるとこ、何度か見たことあんねん、あたし。でさあ、水樹に確認したら、父親やって、認めてたわ」

「でも水樹のうちちって父親いてへんのちゃうん？　誰かにそう聞いたで」

「フクザツな事情があるんやって、きっと。優等生の実態なんて、しょせんそんなもんや」

足音を立てないように、ゆっくりと後ずさった。いまこの場で鉢合わせたら、泣かないでいる自信はない。彼女たちの声がまったく聞こえないところまで移動して、植え込みの木に隠れるようにしてしゃがみこんだ。人が見たらそんな水樹の様子は奇妙に映るだろうが、とにかく見つからずにいたかった。

学校で、誰かに嫌われることがこんなに辛いということを、自分はこの歳になるまで知らなかった。誰かの悪意を一身に受けることで全神経は消耗し、学校生活を楽しむ余裕がなくなってしまうことを、知らなかった。これまで、何人か仲間から外される人たちのことを見てきた。彼女らは憂鬱《ゆううつ》な顔をして教室にいた。水樹自らが誰かを攻撃したことはなかったし、そんなことをしたいと思ったこともない。でも外されている人を傍観していたことは何度もある。もっと歯向かったらいいのに。不満があるなら言い返せばいいのに。そんなふうに、少し軽んじてみたこともあった。

ごめんなさい――水樹は心から謝りたいと思った。教室の中で泣き出さないようにすることだけで、精一杯なのだ。意地悪な物言いや、歪《ゆが》んだ笑みを無視するだけで、こんなにも疲弊してしまうのだということを、自分は知らなかった。ごめんなさい。これまで登校拒否になっていったクラスメイトの何人かの顔と名前を思い出した。あの時、気づこうとはしなかった。学校に来なくなったことを、彼らの弱さのせいにした。

湿った土の匂いが鼻腔《びこう》の奥を刺激する。もう彼女たちは立ち去っただろうか。周囲を見回し、誰もいないことを確かめると、自転車置き場に向かって歩いた。さっき声が聞こえてきた場所までくると、一度立ち止まり、話し声が聞こえてこないことを確認してまた前へ進む。

いつも置いている場所に、水樹の自転車はあった。高校入学と同時に母親に買ってもらった白色の自転車は、大切に乗っているからかまだ新品のようにきれいだ。スカートのポケットからキーを取り出すと、水樹は自転車の傍らに立った。

「こんな……」

思わず声を漏らしたのは、自転車のカゴに大量のゴミが投げ捨てられていたからだ。これまでにもお菓子の袋なんかが入っていることはあったけれど、今日のはひどかった。教室の後ろに置かれているゴミ箱の中身がすべてひっくり返されたかのように、カゴの中やその周囲に臭《にお》いのあるものが散乱していた。なにより、長方形のはずのカゴが、無理矢理歪まされ、ひしゃげていたのが悲しかった。洋二の羽振りがまだよくなる前、お母さんが少ないお給料で買ってくれたのに。

水樹は小さな子供のようにきつく目を閉じて俯《うつむ》いたけれど、どこかで自分が落ち込み嘆く姿をほくそえんで見ている人がいるかもしれないと、泣くのをこらえた。近所の自転車屋に置いてある女性用自転車の中で、一番いい物を君子は買ってくれた。「三年間、水樹が安全に楽しく学校に通えますように」と、君子が自転車に向かって手を合わせていたことを思い出す。

声も出ず、息をするのを忘れるくらいの気持ちで地面を見つめていた。だから、自分のすぐ側《そば》に誰かがいることに全然気がつかなかった。

「おまえもやられたん？」

自転車にまたがった信也が、すぐ近くにいた。

「おまえもって？」

水樹が訊《き》き返すと、信也は自転車にまたがったまま立ち上がる。

「なに、それ」

信也が腰を浮かすと、一本の銀色の棒が、信也の尻を突き刺さんばかりに剝き出しになっているのが見えた。

「サドルが……、サドルがないやん」

みぞおちの辺りを手で押さえ、水樹は体を屈《かが》めて笑った。信也は自転車から降りず、立ちこぎのまま、自転車置き場の前の道を行ったり来たりしていた。

「なに、なんで？　サドル、どうしたん？」

笑い声を間に挟みながら水樹が訊くと、

「さあ。自転車取りに行ったらこうなってた。誰かにやられたんやな」

と、不機嫌そうに信也は答えた。いつものように低くて抑揚のない声だったけれど、水樹はそう聞いただけで笑えた。思いきり笑うと、全身に力が戻ってくる。

「それはひどいなぁ」と指さしながら、水樹はキーを鍵《かぎ》穴に差し込み、白色の自転車を動かす。カゴの中に入っているゴミをどうしたものかと迷っていると、自転車から降りてきた信也が、躊躇《ちゅうちょ》なくゴミを手で摑み、地面に投げつけていった。

「手、汚れるよ」

自分がこんな仕打ちをされているという事実を誰にも知られたくないと思ったけれど、黙ってその大きな手を見つめた。ゴミを捨てきった信也は、カゴに両手を添えて力を加え、元の形に戻してくれた。

そして二人で、自転車を手で押しながら歩いて帰った。

「サドル、困ったねえ」

水樹が眉《まゆ》をひそめると、信也は伏し目のままこくりと頷く。さっきは少し笑っていたように見えたのに、今はまたいつもの無表情に戻っていた。こうして二人で帰るのはもうずいぶんと久しぶりだったので、何を話していいのかわからない。

「今、遠子先生と話してたてん。先生、私に熱心に進学を勧めてくれはるねん」

「進学？」

「うん、服飾の学校やって。私みたいな冴《さ》えへん人が……って感じやろ？　そんなん無理無理」

「無理って言いながら、顔、にやけてんぞ」

「だって、こんなに一生懸命に遠子先生が私のこと考えてくれはるなんて、思ってもなかったから」

お洒落《しゃれ》で賢くて格好良くて。いつも自信に満ちて楽しそうにしている遠子先生は、自分とは正反対の場所で生きる人だ。水樹の周りにいるどの女の人とも違う。そんな人が自分なんかを認めてくれているということだけで嬉《うれ》しかったのだ。

「先生な、事情があって一生働かなあかんって。自立するために教師を目指したって教えてくれはった」

事情、自立――正反対の人なのに、その気持ちだけはわかる。それだけは、自分と同じだ。「でも私は先生みたいに強くないから。先生のようにはなれへんわ」

自分の力で未来を切り開いていくなんて――夢を持ち、その夢に向かって突き進むなんて、恵まれたごく一部の人だけに許されたことだ。冷静に考えると、少しの間でも舞い上がっていたことが恥ずかしい。

「水樹は強いよ」

黙りこんだ水樹に気を遣ってか、信也がとりなすように呟く。

「強くなんてないよ」

「黒岡」

「……黒岡さん？」

「今、クラスの女子であいつと口きいてんのおまえだけやろ」

「それは、別に無視する理由がないからなだけで」

「おれは先生の気持ちがちょっとわかる。水樹やったらきっと、どんな大変なことでもやり遂げると思う」

信也の言葉が重く強く胸に響き、抑えていた感情が動き出した。

「そんなこと、考えなしに言わんといて。学費はどうするん？　信也も知ってるやん、うちのお父さん出て行ったんやで。お兄ちゃんの給料かって多いわけじゃないし、私のために使ってなんてよう頼めへん」

「金がなかったら、貯《た》めたらええやん。働いて金貯めて、それから先生に勧めてもらった学校に行ったらいいんや。時間がかかってもいい。簡単に諦めんなよ」

「簡単に？　なんで簡単って信也にわかるんよ。私だって……私だって簡単に、いろんなこと諦めてるわけじゃないよっ」

こんなにたくさん話をしてくれる信也は珍しかったのに。それなのに尖《とが》った声を出してしまう自分が悲しくて、でもたまらなく悔しくて、涙が出た。八つ当たり……きょうの信也が優しいから、どこにも吐き出せない苛立《いらだ》ちをぶつけてしまった。

「昔、お兄ちゃんが」

「……正浩ちゃん？」

「うん。お兄ちゃんが生きてた時、こんなこと言うてたん憶《おぼ》えてへんか。人にはそれぞれ闘い方がある、って。おれはその言葉をよう思い出すんや。今あかんかっても、それはこれからもずっとあかんということではない。その言葉思い出すと、頑張ろう、おれにもできるかもしれんって思えるんや」

カラカラという能天気な車輪の音に、信也の深い声が重なる。その言葉は水樹の胸の、空っぽだった所に静かに降りてくる。

「今、考えなしに言わんといてっておまえ怒ったけど、でも考えすぎてたら勇気は逃げていくもんやぞ。おれこっちの道行くから……気をつけて帰れよ」

一本道が二股《ふたまた》に分かれると、信也は右側の道を指差した。

「悠ちゃん？」

信也が何も答えずに、右側の道を進んでいくので、水樹はその後を追った。

「悠ちゃん迎えに行くんやったら私も一緒に行くわ。用事もないし」

信也が振り返ったので、走って追いかけた。

「毎日、悠ちゃんのこと迎えに行ってんの？」

ふいに日が翳《かげ》り、冷たい空気が剝《む》き出しの肌を包むのを感じながら、水樹は訊いた。

「うん、あいつ科学部に入ってんのや。だから、いっつもこの時間。ほんまは三年生は引退のはずやのに、なぜかまだ参加してるんや」

「へえっ。科学部？　悠ちゃんにぴったりやね」

いつだったか団地の裏の草むらで、悠人が虫眼鏡片手にしゃがみこんでいたことがあった。大人の手のひらくらいある大きな虫眼鏡。なにしてんの？　水樹が悠人の背後からこっそり近づいていって、声をかけると、「あっ、水樹ちゃん」と振り向いた悠人の向こうから、細い煙が上がっているのが見えた。「虫眼鏡でな、太陽の光を集めてるねん。でも大丈夫やで、火事にはならへん。ほら」悠人の指差す先には、水を張ったバケツがちゃんと置かれている。

「水樹ちゃん、クイズ出すで。南極で火を起こそうと思ったらどうしたらいいかっ」集められた太陽の光が、紙の穴をじわじわと大きくしていくのを見つめながら、水樹は考える。「わからんなあ。普通に燃料とか持っていくとかじゃあかんの？」「そんなんやったらクイズにならへんやん」「そうやなあ」「わからん？　わからんのやったらぼく答え、教えてあげよっか。南極の氷をな、この虫眼鏡みたいな形に削ってな、それで大きな大きなレンズにして光を集めたらいいんや。南極には氷がたくさんあるやろ？　まあ溶けたりはするかもしれんけど、巨大なレンズを作ればきっと火はつくと思うねん。ぼくは今、そのけんきゅうをしてたんや」

紙からあがる煙が太くなってきたので悠人は慌《あわ》てて側にあったバケツの水を煙にかけた。ジュウという音とともに、煙は消えて紙もだめになってしまう。水樹はそんな悠人をじっと見つめる。悠ちゃんの頭の中って不思議やな。おもしろいこと考えつくんやなあ。すごいやん。水樹が胸の前で手を合わせ、音は出さずに大きな拍手をすると、嬉しそうな悠人の顔が空に向かってつんと上がる。

「そっかあ。科学部やったら悠ちゃん、力発揮できるもんなあ」

水樹は嬉しくてたまらなかった。悠人にとってクラブ活動はきっと楽しい時間なのだろう。

信也が、ほぼ毎日のように中学校まで悠人を迎えに行っているのだという話は、君子から聞いていた。

「勉強はな、普通についていけてるんやって。てんかんの薬ももうやめられたから、むやみやたらに熟睡することもないし。でも悠ちゃん、小さい頃からなんか言ってることがとんちんかんなとこあったやろ、それがまだ直らへんで、それでクラスの友達とうまくいかへんのやって、千鶴さん嘆いてはったわ」

頑固で自分が興味を持ったことにしか反応できない悠人の育て方に、千鶴はとても悩んでいるのだと君子は教えてくれた。動作も遅く不器用だから周りの子を苛立たせてしまうことも多く、多勢に無勢で攻撃されることも一度や二度ではないらしい。特殊学級に行くことも考えて担任や校長に相談したけれど、悠人は条件に当てはまらないと言われた。

「だから信ちゃんが学校帰りに迎えに行ってるんやって。放課後、先生の目の届かへんところで、悠ちゃんやられることが多いんやって」

「やられるって？」

「殴られたり、蹴《け》られたり」

なんでそんな可哀相《かわいそう》なことするんやろうなと、君子は大きなため息をついていた。

そんな君子の嘆きを思い出しながら歩いていくと、中学校が見えてくる。自分も通っていた中学だったので、白っぽい校舎の壁が目に入ると懐《なつ》かしかった。ちょうど下校時間だったのか、まだあどけなさを残す生徒たちが楽しそうに行き交っている。

「信ちゃん」

正門の石柱にもたれかかっていた悠人が、こちらに向かって走って来る。信也のお下がりの制服が大きすぎて、小柄な悠人をさらに幼く見せていた。制服はくたびれているものの、まだ新一年生といっても違和感はない。

「水樹ちゃんも？　どうしたん？」

「珍しいやろ。私が信也に頼んでん。悠ちゃんを迎えに行かせてって」

悠人はカナリヤ色のリュックを背負っていた。学校の規定では、白と黒と紺色しかバッグは認められていないはずで、そのリュックの色だけでも悠人はかなり目立っていた。きっと悠人がこのリュックでなければ登校しないと譲らなかったのだろう。昔からバスに乗るなら緑の市バス、電車に乗るなら茶色の阪急電車にしか乗らないという子供だった。予告もなく水樹が現われたことで、悠人の緊張が高まるかと心配していたが、大丈夫そうだった。悠人が落ち着いた様子で信也と自分の間を歩いているのを見てほっとする。悠人はすかさず、信也のサドルがないことを指さして笑っている。

「今日も、嫌なことは、何もされへんかった」

角にある眼科医院を右に曲がる時、悠人が報告する。信也は片手を伸ばし、悠人の頭をぽんぽんと二回、撫《な》でるように叩いた。

「水樹ちゃんも今日は一緒に遊ぶか？」

「うん、ええよ。何して遊ぶ？」

「トランプ。決まってるんや。学校から帰ったらまずトランプの『大富豪』すんねん。それから宿題やって、お風呂《ふろ》入って、お母さんが帰って来てご飯食べて寝る。だから帰ったらすぐ大富豪。水樹ちゃんもやるか？」

饒舌《じょうぜつ》な悠人のおかげで、自転車のことも平気になっていた。濡《ぬ》れた薄紙のように、ぺたりと張り付いていた憂鬱も、一枚また一枚と剝《は》がれていく。時おり見せる信也の悠人に対する優しい眼差しが、水樹の心を明るくしていく。

中学校から二十分以上歩くと、向日神社の参道が見えてきた。この白く長い石畳を目にすると、うちに帰ってきたのだと安らぐ。

参道を通り過ぎ、三人並んでゆっくりと歩いていたら、信也が突然立ち止まり、左の手のひらで悠人の両目を覆《おお》った。視界を塞《ふさ》がれ歩みを止めた悠人が、両方の腕を鳥の羽の動きでばたつかせる。

「神社にお参り行こか。それから、アイス買いに行こ」

押し出すように力を加え、信也は悠人の体を反転させた。

「アイス、買う」

悠人が嬉しそうな声を出す。

「アイス？　もうすぐうちに着くのに」

水樹は立ち止まったまま、来た道を戻って参道を上っていく兄弟の背中に向かって小さく叫んだ。信也は片手で自転車を押し、もう一方の手で悠人の腕を引っ張るようにして歩いて行った。水樹の声に振り返ると、

「水樹、もう帰れよ」

と片手を上げる。

腑《ふ》に落ちない気持ちで、水樹も二人の後を追おうときびすを返したその時、視界の端に見たことのある車を捉えた。

あ……あの白いベンツ。

ベンツにもいろいろ型があって、型によって値段も変わってくるらしい。そして視界の先にあるその車は、最高級のものであるということを洋二から聞かされていた。ベンツの値段なんてなんの興味もなかったけれど、車の持ち主のことは気になっていた。千鶴が勤める織物会社の社長の車だ。千鶴がその社長とつき合っていることは団地で噂《うわさ》になっている。

無意識に足を止めて、道路のわきに停まる白いベンツを見ていた。助手席のドアが開き、女性が出てくるのが見える。

降りてきたのは、千鶴だった。まずドアの下に揃《そろ》えた両足が見え、ゆっくりとした動作で体を滑らせるようにして降りてくる。その顔が楽しげに笑っているのが、少し離れた場所にいる水樹にも、はっきりと見えた。手入れの行き届いた髪を肩の辺りまで垂らし、きちんと化粧をし、白いブラウスに紺色のタイトスカート姿の千鶴は、華やかで若やぎ、美しかった。「千鶴さん、どんどんきれいにならはるなあ。女は男で変わるっていう、典型や」という君子の呟《つぶや》きを思い出す。

すべての母親が強く立派なわけではないことを、水樹は千鶴を見て初めて知った。本来ならば母親は何よりも一番に子供のことを考えるべきだと思うのは、自分が子供の立場だからだろうか。水樹の目には、千鶴が信也や悠人よりも自分自身のことを優先させているようにしか見えず、一度そう君子に伝えると、「千鶴さんも自分のことで精一杯なんや」と諭された。そら強い女の人もいてるよ、逆境にも負けへんような。そやけど、誰でもが立ち向かっていけるわけでもないよ。私は千鶴さんの気持ちもわかるわ。責めたげたらあかんよ、と君子は水樹の肩に手を乗せた。

千鶴の姿を食い入るように見つめていた水樹は、後ろを振り返る。カナリヤ色のリュックを背負いひょこひょこと不器用に歩く悠人と、その隣に並ぶ信也の背中が、遠ざかっていく。信也が反対方向に歩き出した理由がわかり、水樹は小さく息を吐く。もう一度車の方に目をやると、助手席の窓越しに、千鶴と運転席の男が名残惜しそうに話している。何を話しているのかはまったく聞こえなかったのに、千鶴の甘い声がリアルに耳の中に響くようだ。

　水樹は、坂の上にいる兄弟の背中を見上げた。

一クラスの女子から悪口を言われることくらい、何だというのか。悠人がこれまで一度だって学校を休むことがあっただろうか。信也が現実から逃げ出したことがあるだろうか。嫌がらせにへこたれそうになっていた自分が情けなかった。石畳を歩いて行く二つのシルエットが、夏の光の中で力強く揺れている。

水樹は自転車にまたがり、思い切り参道の坂を上って、信也と悠人に追いついた。

「私も、食べたくなった。アイス」

息を切らせながら言うと、振り向いた悠人が嬉しそうに笑った。

そしてまた、三人で並んで歩き始める。

「どこまで買いに行くの」

そう水樹が訊くと、

「徹ちゃんの店。暇やし、長岡天神まで歩いていく」

と信也が答えた。彼の口から出る「徹ちゃん」という響きは、水樹の胸の奥をしびれさせる。古い記憶が立ち上がってくる。

「もう一回……言って」

「え?」

「もう一回、うちのお兄ちゃんの名前、言って」

「徹ちゃん?」

信也の低い声が、懐かしいイントネーションをなぞる。そうだった。みんな昔、そう言って兄のことを呼んでいた。もっとか細く甲高い声だったけれど。もし正浩が今も生きていたなら、こんなふうに低い声で、兄の名前を口にしていたのだろう。

「もう一回、言ってくれへん?」

「なんで?」

口の端を上げ、笑顔と真顔の中間の表情で信也は不思議がった。正浩と信也は、顔立ちのよく似た兄弟だった。声も、よく似ていた。信也は自分の顔を鏡で見るたびに、正浩を思い出しているのかもしれない。辛いだろうなと思う。そして千鶴もまた、信也を見ると成長した正浩を思いやるのかもしれない。それはひどく寂しい行為だろう。その寂しさを埋めるために、男の人を必要とするのだろうか。

「と、お、るちゃん。水樹ちゃん、これでええの?」

信也の代わりに、悠人が大きな声で言ってくれた。

「悠ちゃん、ありがとう」

水樹は、悠人の背中を撫でた。

12

八月に入ったばかりの頃、玄関の扉を開けて電気のスイッチを点けると、水樹はすぐに引き出しにしまってあるハサミを取り出す。たった今ポストから取ってきた郵便物の中に、七月半ばに面接を受けた通信販売会社からのものがあった。「お盆前には面接の結果をお知らせします」と若林が言っていたが、早々に連絡がきたので心の準備ができていない。

「さすがに手が震えちゃうなあ」

呟きながら封筒の端をハサミで切る。開けたいような開けたくないような。

封筒の中に入っていたB5の用紙に「採用が決まりました」と書いてあるのを見つけ、体の力が抜ける。

「でもどうしたらいいんだろう」

ストッキングだけ脱いで、テーブルの前の椅子《いす》に腰掛けた。採用の旨《むね》が書かれた文書の末尾に、九月一日には出勤してもらいたいという一文があった。

もちろん、面接に臨んだからには採用されたいという気持ちはあった。来年の春以降のことを考えると、不安で何も手につかなくなることもある。だけどその一方で、本当にこれでいいのだろうかという迷いが、確かにある。自分がずっと好きでやってきたことを、私は諦《あきら》められるのだろうか。こんな時、夫がいたら違うのだろう。少し考えさせて、と頼り、再就職までの猶予《ゆうよ》をもらえるかもしれないし、何より、迷っている正直な気持ちを相談できていたのかもしれない。

弱気な妄想を振り払いながら、水樹は届いていた他の郵便物を確認する。水道料金の支払い明細、宅配ピザのＤＭ、眠っている貴金属売りませんかのチラシ……その中に挟まっていた一枚の葉書に目が留まる。

写真付きの葉書には、橋元圭《はしもとけい》の名前があって、胸の中にじんわりと温かいものが広がっていく。

〝結婚しました。約束を守って、報告します。ぼくは今もジーンズ作ってます！〟

花嫁さんとのツーショット写真の下に、圭の字でそう、書かれてあった。字までが懐かしくて、水樹は思わず頬を緩めた。

＊

「瀬尾さん、ぼくと付き合ってもらえませんか」

圭にそう言われたのは、東京の専門学校に入って半年が経った頃だ。一年生の夏休みが終わって、二学期が始まるとすぐに、教室で告白された。彼のことをよく知っていたわけではなかったけれど、変わったジーンズを穿《は》いている人だなという認識くらいはあった。いつも原色の明るい色の服を着ていて、ボトムは必ず凝ったデザインのジーンズ。彼の実家がジーンズの生産をしていると、クラスの誰かから聞いたことがある。

「付き合うって……私と？」

男子からそんなふうに改まって告白されることなんて初めてで、水樹は言葉を失い、呆然《ぼうぜん》とまばたきを繰り返した。

「夏休みの間中ずっと、考えてたんです。新学期が始まったら絶対に気持ちを伝えようって」

まっすぐな視線に見つめられ、鼓動が早くなる。信也からの連絡が途絶え、苦しい夏を過ごした後の突然の出来事だった。

「いまは授業についていくのだけで精一杯で、そういうの、ちょっと考えられへんから」

でも水樹は本心からそう言って断った。課題をこなすだけで精一杯で、何を食べたかも憶えていない、寮と学校の往復だけの毎日だった。

「そっか。そうしたら、時期をみてまた告白します」

ジーンズのポケットに手を入れて、肩をすくめるようにして圭はあっさり頷《うなず》いたけれど、教室を出ていこうとはしなかった。水樹の机の前の席に座り、椅子を反転させて、人懐こい笑顔を浮かべる。

「瀬尾さんのことあんまり知らんから、いろいろ教えてほしいなぁ」

「知らんのに、よく付き合おうなんて思ったねえ」

呆《あき》れながら、水樹は圭の顔を見る。

「うん。ジーンズがよお似合っとったから。運命の人だと思うた」

圭は屈託なく笑い、彼が岡山県倉敷市の出身であることを教えてくれた。日本の中心は東京だけど、ジーンズの中心は岡山にあって、自分の住む児島地区にはデニムの裁断から縫製、加工までを扱う業者が集まっている。ビッグジョンが国産第一号のジーンズを作った場所も児島だし、自分はあらゆるボトムの中でジーンズが一等格好いいと思う。だから、東京でデザインの勉強をした後は地元に戻ってジーンズを作るのだと、初めて言葉を交わしたこの日も圭は熱く語ってくれた。圭の話は威勢がよくて楽しくて、水樹は立体ボディに布を合わせてピンで留めながら、何度も声を出して笑った。

「瀬尾さんは京都から来たんじゃろう」

「うん。よく知ってるねえ。やっぱり言葉、変かな？」

「いや、そんなんじゃねえよ。ただぼくが瀬尾さんのこと、クラスの人に訊いて知っとっただけ」

圭は言うと、「今から街に行かん？」と水樹を誘った。教室での居残り勉強も大事じゃけど、せっかく東京にいるんじゃから、街を歩く人たちの服を見に行かん？ デッサン描くのなら街のカフェでもできるじゃろ、という彼の言葉に水樹は心を動かされた。必死で訛《なま》りを隠そうとしている自分とは正反対に、圭はのびのびと故郷の言葉を話し、そんな無邪気さに引っ張られるようにして水樹は教室を出た。一九八七年、街は鐘が鳴り響くような好景気で、きらびやかな人と物が溢《あふ》れ、息苦しくなるような高揚感があった。

「瀬尾さんはなんでこの学校に入ったん？」

通りに面する壁一面がガラス張りになった駅前のカフェで並んで座り、外を見ながら圭に訊かれた。彼はさっきの言葉通り、ガラス越しに通り過ぎていくお洒落な人を、小さなメモにスケッチしている。

「この専門学校にたまたま合格してん。選んだわけではないねん」

「たまたま？」

「うん。話せば長くなるんやけど、高三の冬頃まで私、進学するつもりなかってん。それがなんか進学しようかってことになって。いくつか受験して、ここだけまぐれで受かったんや」

水樹が説明すると、「まぐれって」と圭が笑った。でも本当にまぐれだからしかたない。まぐれでなかったら、奇跡といえばしっくりくるのだろうか……。

遠子先生が水樹に「お母さんと一緒にもう一度三者面談をしたい」と声をかけてきたのは、その年の十一月だった。数少ない受験組は試験に向けてこれまで以上に勉強をし、その一方で就職組は遊び惚《ほう》けていた。自分たちに残された最後の猶予期間を思い切り楽しもうと、学校へ来る者も来ない者も、おかしなはしゃぎ方をしていた。

「三者面談って……。でも私、内定出てますけど」

水樹は少し反発するような気持ちで、遠子先生に言った。でも先生は、「お母さんには直接こちらからお電話差し上げたの。来てくださるとお返事を頂いたわ」と、強引に、面談の日を決めてしまった。

「瀬尾さんの進路について、もう一度考えてみてくださいませんか」

水樹が予想していた通り、先生は君子の前でまた進学を勧めた。机の上に置いてあった角封筒から、以前水樹にも渡したのと同じ短大や専門学校のパンフレットを取り出して、君子の前に並べる。

「瀬尾さん、服を作るのが好きだって私に話してくれたことがあるんです。私も美術教師として彼女のセンスに特別なものを感じています。服飾の専門的な学校で新たな勉強をして欲しいと私はずっと願ってきました」

占い師がカードに触れる慎重さで、先生はパンフレットのつるりとした表紙に指先を置いている。

「服飾の学校、ですか。この子が?」

君子は素《す》っ頓狂《とんきょう》な声を出して、先生をじっと見つめた。

水樹が事前に何も伝えなかったので、まさかこういう展開になるとは思ってもいなかったのだろう。君子が水樹の顔を窺《うかが》おうとこちらを見てきたが、下を向く。自分がうちに持ち帰った学校案内は、君子に気づかれないようチラシに挟んで古紙回収の時に処分していた。

ところが、君子の反応は、水樹が予想したものとはずいぶん違った。

家計のために水樹が高校を出て働くことを望んでいるだろうと思っていた君子の顔が、嬉しそうに上気していく。

「いやね先生、この子、手先が器用なんですよ。私が昔から人形の服を作る内職をしてまして、その手伝いを小さい時からしてくれてたんです。小学校の高学年くらいになるとミシンがけまでやってくれてねえ。センス……っていうの私よくわからないんですけど、筋がいいっていうか」

君子の話がとめどなくなってきたので、水樹は袖《そで》を引っ張って話を遮る。

「でも、宅配会社の内定が決まってます」

水樹は先生の目を見ながら表情を硬くした。

宅配会社の面接試験は、十分もかからなかった。作業服を着た年配の男性が二人、水樹の前に座っていた。お歳暮やお中元、他にも繁忙期には残業があるけれど大丈夫かと訊かれた。力仕事もあるけれどできるかとも。水樹が「はい大丈夫です」と答えると、面接はほとんどそれで終わり、志望動機や会社に入ってからやりたいこと、学生時代に打ち込んだことなどをいちおう考えていった水樹は肩透かしにあった気持ちがした。そしてその二日後、内定をもらった。巷《ちまた》には儲《もう》け話が溢れ、雇う側もできるだけの人員を確保しようとやっきになっていたこともあるのだろう。あまりにあっけなく、自分の未来は決まったのだ。

「おかげさまで、内定頂いて。喜んでるんですよ、うちでは。進学、ですか?」

君子がおずおずという感じで、学校案内のパンフレットに手をかけると、

「どうぞ見てください」

と先生は笑顔でページを開いた。

今からでも受験が可能な学校がいくつもあることを、先生は君子に伝える。内申書の成績も悪くないし、学校からの推薦状もいつでも用意できる状態だと先生は説明した。

「瀬尾さんにはもっと専門的な勉強をしてほしいんです。彼女はきっと、学んだことを自分の力にして活躍できる人だと思うのです。就職ももちろん大事なことですが、もう一度進学のことを考えてくださいませんか」

先生の言葉に君子が深く頭を垂れるのを、水樹は無言で見つめていた。

そして学校からの帰り道、君子は心を決めたように、

「進学してみたら」

と水樹に言ったのだ。

「お母さん中学出てからすぐ働いたやろ？　そやし、進路を選ぶとかそういう経験がないからあんたのこともようわからんできたけど。あんなふうに先生に言うてもらって、なんや嬉しかったわ。ありがたいなって。だから、進学してみよし」

古めかしい紺色のスーツを着た君子が、畏《かしこ》まって言う。「ありがたい」という時に声が震えていた。

「でもお兄ちゃんは就職したのに」

「お兄ちゃんのことは気にせんでええよ。あの子は何も言わへんよ。水樹が進学したいなら、そうしたらええ。あの上田先生みたいにっていうたらおこがましいけど、あんたがなんか専門的な勉強をして、やりがいのある仕事に就いてくれたら、それはお母さんも嬉しいことやわ」

金銭的なことは気にしなくてもいい。お母さん、へそくりしてるんや。ここぞという時に使おうと決めていたから、いまがその時だと思う。

「それで服飾関係の短大と専門学校を合わせて三つ受験したんやけど、ここしか受からへんかってん。この学校に受かったことは奇跡なんよ、私には」

水樹は圭に向かって正直に話す。でも、実際学校に入ってみると自分の力の無さに愕然《がくぜん》としたことも、入学したことを後悔したことも、いつしか素直に打ち明けていた。

「服の専門学校やのに英会話とかフランス語があるなんて、全然知らんかったわ。解剖学？　あれもびっくり。服作るのに、まさか骨のことまで覚えなあかんなんて……」

水樹が大袈裟《おおげさ》に首を振ると、圭は笑い、

「これまでは、服作ることはしとらんかったん？」

と訊いてくる。

「人形の服は内職で作ってたけど、自分が着るもんはほんまに自己流で、全然……」

声が小さくなる。他の学生たちのように、圭もきっと幼い頃から当たり前のように服作りをする環境で育ってきたのだろう。五十人程で編成されるクラスには、入学してすぐにプロのように手を動かせる人もいて、水樹はショックを受けた。同い年なのに、経験も実力も目標も、何もかもが自分とは違う。でも今はそのショックから少し立ち直って、なんとか自分も追いつかなくてはという気持ちでいる。

「人形の服？　それは大事なことじゃよ。人形ゆうても、骨格なんかは人間と同じように作られとるんじゃから、それが頭に入っとるんか入っとらんのかじゃ全然違うじゃろう」

圭はそうまっすぐに励ましてくれた。

その日から、圭とは親しくなっていった。水樹は学校から歩いて十五分の所にある寮に住んでいて、圭は新宿から山手線で二駅先の高田馬場で一人暮らしをしていた。課題をするのに必要なミシンが寮では貸し出し制なので、水樹はたいてい学校に残って作品を創っていた。けれどどうしても徹夜しなくてはいけない時には、圭が自分のミシンを持って、水樹の寮に来てくれるようなこともあった。重いミシンを抱えて電車に乗ってくる圭を見ると、彼を利用している罪悪感に胸が痛んだ。それでもありがとう以上の言葉を彼にかけることはできなかった。この頃はまだ、信也からの連絡を待っていたから。こちらから電話をかけても不通になり、母と兄から「信也が引越した。ある朝突然、信也の家が空っぽになってた」と聞かされてもまだ、そのうち会えると信じていたから。

「ごめんね」

水樹は圭に何度かそう謝った。

「また飯おごってよ」

けれど圭は人の好《よ》い顔で笑うと、ミシンだけ運び込んであっさり「バイバイ」と自分のマンションに帰って行った。

寮は同い年の工藤《くどう》美里《みさと》と二人部屋だった。六畳の部屋に二段ベッドが置いてある簡素を通り越した質素な部屋で、いつも散らかり、絢爛《けんらん》とした世の中とは逆行しているところが笑えた。部屋のあちらこちらにピンと糸が落ちていて、気を抜いて歩くとすぐに足の裏に尖ったものが刺さる。

「水樹、またそんなダサダサなの作って」

美里とは目指すものがまるっきり違い、よくお互いの作ったものを批評し合った。

「水樹の作るものってどこか田舎くさいんだよね。そのヒラヒラ感が。ハマトラというほど若々しくもなく、コンサバといえるほど高級感もない。まあでも何か、味があるんだよね。独特のセンスという点では高評価だな」

美里は思ったことを何でも口にする、腹に何も隠さない人だった。

「田舎くさくてけっこう。私も美里の服はよう着んわ。ボディコンも、そこまでいったら水着やろ。布の節約ですかあ」

水樹の作品と美里の作品では、例えば同じ「ブラウス」といった課題であってもまるで違った。水樹がなんとか柔らかな線がでるよう幾重にもレースを重ねているそばで、美里は襟も裾《すそ》もできる限り鋭角になるよう生地をカットしていく。あまりに異なる作品が出来るので、見比べる時間がとても楽しかった。

最終学年に進級した三年生の春、水樹がキャバレーでアルバイトを始めたのも、美里の誘いがきっかけだ。

「いいバイトがあるんだけど」

東北から上京してきた美里の経済状況も水樹と同じようなもので、可愛《かわい》くてきれいな物に溢れている都会での暮らしは、我慢との闘いだ。毎日学校に着ていく服ひとつをとっても、そこに競争心のようなものがあり、みんな人の目を惹《ひ》くものを身に着けようと必死だった。わずかな仕送りでは自分の服に使えるような余裕はなかったので、水樹は初めからその競争に加わることすらしなかったけれど、作品を作るための材料費はいつだって足りなかった。

「バイト？」

「うん。なんと時給が三千円」

「ほんまに？　なにするん？」

その当時は時給が千円以上のアルバイトが珍しくはなかったけれど、そんな中でも破格だった。

クラスメイトがファッションショーをしようと、水樹を誘ってくれたのが一週間ほど前のことで、資金不足を理由に断ろうかと悩んでいたところだ。都内の人通りのある場所にフリースペースを借りて、ステージを創ってのファッションショー。水樹に声を掛けてくれたクラスメイトは学内でも際立《きわだ》って才能があり、これまでも何度かショーを開催していたのだが、水樹が呼ばれたのは初めてのことだった。「デザイナーとして参加してみないか」という言葉に水樹は舞い上がった。学生のショーといえど、会場にはアパレル関係者を多数招待するので、目に留まれば将来に繋《つな》がることもある。上級生の中には、そうしたショーがきっかけになり、大手ファッションメーカーに引き抜かれた人もいた。コムサデモードや三陽商会などの関係者がふらりと立ち寄ってくれることもあるらしい。デザイナーとして参加が呼びかけられたのは水樹を含めた五、六人で、持ち寄りの資金さえクリアできれば水樹にとっては大きなチャンスだった。

「ホステス」

だから美里がそう言った時、水樹は、

「やってみよっかな」

と、それほど悩まずに返事をしていた。誘ってきた美里が無言になる。彼氏がいるわけでもなく、休日は寮の部屋で黙々と課題をするだけ。アルバイトといえば喫茶店や服屋の売り子。合コンの類《たぐい》に参加することもまったくなく、たまに圭と出かけることはあっても門限を破ることもない。そんな水樹が二つ返事でホステスをすると言ったので、美里は心底驚いた顔をしていた。

「自分で誘っておいてなんだけど、ちょっとショックだなあ」

と美里は唇を尖らせて見せる。「汚れたなあ、水樹も。おねえちゃんは悲しいよぉ」

「なんやな、それ。美里が言うてきたのに」

「だから言ったじゃない、自分で誘っておいてって」

「別に変なことをするわけじゃないんやろ？　キャバレーって。お酒ついだり、ライターの火をつけたりするだけやんな」

「そんなちっぽけな知識でやろうとしている辺りがコワいなあ。人って変わるのね。あんなに純朴だった水樹が……。都会っていやあねぇ」

美里の言葉を無視したまま、水樹はファッションショーには君子を招待しようと考えていた。アルバイトで稼げたら、新幹線代とホテル代もプレゼントしよう。徹は……徹は誘ってもこないだろうな。でも君子にはどうしても、来てほしい。自分がこの学校でどんなことを学んでいるのか、卒業する前に一度だけでも、見てもらいたい。

だから、キャバレーでの仕事も苦痛ではなかった。喫茶店でマネージャーらしき人と顔合わせをした後、もう一度、今度は店の従業員室で店長と面接をした。店は新宿三丁目の雑居ビル内の二階にあり、とてつもなく広いフロアーが印象的だった。店長からは、

「なんでこの仕事をしたいの？」

とだけ訊《き》かれ、ファッションショーのことを話したら、その場で雇ってもらえることになった。アサミという源氏名をもらい、現役女子大生ホステスとして紹介された。

「現役専門女子学生だけど」と美里に耳打ちすると、「まあ同じようなもんよ」と緊張

した面持ちで美里が水樹の脇《わき》の辺りを小突く。背中が大きく開いたグリーンのドレスが大げさだった。

一ヶ月も働くと、

「アサミちゃん」

と呼ばれれば自然に「はあい」と声が出るようになっていた。太腿《ふともも》や尻《しり》に手を置かれたら、笑いながらゆっくりと離れるようにと、先輩ホステスから指導を受けたが、水樹にそういうことをしてくる客はいなかった。初めのうちは自分や美里のような素人《しろうと》は邪魔になるばかりではと不安だったけれど、実際に店が客で混み合っている様子を目《ま》の当《あ》たりにすると、とにかく女の子の数が必要なのだとわかってきた。ナンバー1の先輩に付いて、夜の八時半から十二時過ぎまで店にいると、チップ込みで五万円になることもあった。会社の経費でくる客も多く、だいたい一人あたり二万円くらいの金を短時間で店に落としていく。この場所でも水樹には、そうしてまかれる大金が、パチンコの玉に思えた。

ある夏の夜、バイトからの帰りでタクシーに乗っていると、寮の前に誰かが立っているのが見えた。門限の十時はとっくに過ぎている。外泊届を出していた水樹は、裏の柵《さく》を跨《また》いで窓からこっそりと部屋に入るつもりだったので、悪行に気づいた管理人のおじさんが待ち構えているのかと焦《あせ》った。

タクシーを降りると、人影がまっすぐにこちらに向かって近づいてくる。

「……圭くん？」

圭が、不機嫌な顔で水樹を見つめていた。

「どうしたん？　こんな遅くに、こんなとこで」

そういえば、圭としばらく会っていなかったなと水樹は思い返す。授業が終わるとファッションショーのための作品を学校で居残りして作り、寮に戻るとすぐにアルバイトに出かける毎日だった。学校で顔を合わせてもゆっくり話す余裕はなかった。

「どうしたん？」

どれくらいの時間、こうして待っていたのだろう。圭は、普段教室では決して見せない無愛想な表情ですぐ側《そば》まで歩み寄ってくると、突然、水樹の体を抱きしめた。

「えっ……どうしたん？」

訳がわからず、水樹はまた繰り返す。ヒールを履くと、水樹は圭の背を越す。頬に、圭の耳の先が当たった。短い髪からハッカのような匂《にお》いがする。

「瀬尾さん」

「はい？」

「夜のアルバイトはもうせんほうがええよ。こういうのは、ようない」

一年生の頃、自分がクラスコンパに誘った時のことを憶《おぼ》えているかと、圭は腕に力を込めた。なんの話かよくわからず水樹が黙ったままでいると、

「瀬尾さんその時、ぼくにコンパ代がいくらか訊いてきたんよ」

と、圭は怒った口調で続けた。

「一人五千円じゃ言うたら、そんなに高いなら行かんって瀬尾さん、断ったんじゃ。初めての飲み会じゃから行ったほうがええよって、ぼくは食い下がった。行かんと、クラスの人たちと仲良うなれんよって。そうしたら瀬尾さん、じゃったら仲良うなれんでええって。自分にとっての五千円は大金じゃから、そんな簡単には使えんって。自分はここで頑張らんといけんからって。それなのに、こんなふうにタクシーを乗りつけて帰ってくるなんて、瀬尾さん、おかしい。一日で何万円も簡単に稼いで平気な顔をしとる瀬尾さんは、間違っとる」

圭は一気にまくしたてると、抱きしめていた腕の力を少し緩める。緩めて体を少し離し、水樹の顔を窺うようにして見つめた。

「……はい」

水樹は素直に「ごめんなさい」と謝った。本当は後ろめたかったのだ。金が舞う夜の街で、浮かれ笑っていたら、きっといつか自分も蜜穴《みつあな》に落ちるんじゃないかと。ジャラジャラというフィーバーの音に麻痺《まひ》し、洋二のように大切なものをいとも簡単に捨ててしまうのではないかと。だからやめなきゃ、と思っていた。必要な金額をもう手にしたのだから、留まるべきではない。

「圭くんの言うとおりだと、私も思う」

圭はいつもにはない強引さで、水樹の手を引いて寮とは反対の方向に歩き始める。新宿という街は時間が遅くなるにつれて巨大になっていくようで、夜中の十二時を回っていたが、夜空すら取り込むように喧騒《けんそう》はさらに広がっていく。

その日、水樹は圭のマンションに泊まった。そして彼に二度目の告白をされる。でも一度目の時とは少し変わり、

「瀬尾さんに好きな人ができるまで、ぼくとつき合って」

と言われた。水樹はその微妙に台詞《せりふ》が変化した告白に笑顔で頷き、そして少し胸が痛んだ。圭のことは好きだけれど、本当の好きではない……。そうした水樹の気持ちを、彼が充分に承知していることが切なかった。だからその夜、水樹は圭の求めを拒まなかった。痩《や》せた自分の体を男の人に見せるのはとても恥ずかしかったけれど、圭

がそうしたいなら、と。全身に唇を這《は》わされていると逃げたいような気持ちになり、そんな自分を抑えるために強く目を閉じる。瞼《まぶた》を閉じると、信也の横顔が思い出された。

「私のどこを好きになってくれたの？」

手を繋いでベッドに横たわったまま、圭に訊《たず》ねた。すると圭は、「背の高いところ。腰骨の形。ジーンズの似合うところ。きれいな色で華やかな服を作るところ。フランス語の授業で舌を噛《か》むところ」

サービス満点にたくさんあげてくれた。「いつも一生懸命なところ」と髪に触れられた時は、涙が出そうになった。

「瀬尾さんはこれまで、つき合った人いたの？」

「いいひんよ。そんなモテへんし、私」

「好きな人はいるん？」

はぐらかそうかと思ったけれど、嘘《うそ》のない圭の目に見つめられると、きちんと答えなくてはという気持ちになった。

「うん。いるよ」

「どんな人？」

「どんなって言われても……」

今度は笑っている信也が、頭の中に浮かんでくる。

「いまでも、会ったりしとるん？」

「ううん。私が東京に出て来てからは音信不通。電話もつながらへん。会いに来るって言ってたくせに知らん間に引越しまでしてた」

どうしているのだろうか。水樹がこうして新しい色々なことに出会っている今、信也はどんな暮らしをしているのだろう。圭の住むマンションの部屋は新しく広く、窓も大きかった。部屋の奥にあるベッドに横になっていると空が見え、半月が浮かんでいた。ネオンの光に存在感を奪われ、弱々しく光る半分に割れた月を見つめた。信也は今どんな空の下にいるのだろう――。

「ぼくは瀬尾さんとの約束、破ったりせんよ。絶対に裏切ったりせん」

涙が浮かんできて、気づかれないように手の甲でぬぐう。

「ぼく頑張るわ。瀬尾さんに好きになってもらえるように」

繋いでいた手に力を込めて、圭が明るい声を出す。水樹が微笑《ほほえ》むと嬉《うれ》しそうに笑い返し、いつか岡山に帰ってジーンズ作りを継承し、世界的な産地にするという夢を語ってくれた。

友達なのか恋人なのか、でもやっぱり大切な人としかいいようのない関係で、卒業してからも水樹は圭と過ごしてきた。

「やっぱり水樹はぼくのこと、好きになってくれんかったな。残念じゃけどしかたがない」

そんな圭らしいまっすぐな別れの言葉にさえも、水樹は熱い想《おも》いを返すことはできなかった。

実家の会社を継ぐために圭が東京を離れる時、「岡山に、一緒に来てほしい」と切実に訴えられたが、水樹はついていくことはしなかった。仕事をやめられなかった、というよりも、圭の感じていたとおりだったのかもしれない。二人とも二十代の後半になっていた。

「ぼくが結婚したら、もし水樹以外にこの先ぼくに好きな人ができて結婚でもしたら、その時は報告するから。水樹がまだ独身で、その結婚ハガキを見てがっくりするとしても、報告するからなっ」

涙をにじませながらそんなことを口にする圭を、水樹は「ありがとう」と抱きしめる。もっと他の言葉を返せたら、二人でずっと一緒に幸せになっていけたのにと思うと、涙があふれた。自分をこんなに好きになってくれる人を好きになれないなんて、自分はどうかしている。ずっと変わらず好きでいてくれて、ありがとう。水樹は心の中でそう何度も言いながら、圭を東京駅まで見送った。男のくせにすぐに泣く圭は、新幹線に乗った後も泣き出しそうな顔をしたまま窓越しに水樹を見ていた。

別れてから何度か連絡はあったけれど、一度も会うことはなかったなと思い返す。圭の暮らす倉敷市の児島地区は今も国産デニムの産地として活気があり、生産量は不況とともに減少しているとはいえ、いまだジーンズ業界の中心地だ。圭のことだから、外国産の安価なジーンズと正々堂々闘いながら、まっすぐに働いているのだろう。昔、圭が水樹のことを「運命の人」だと言ってくれたことを思い出す。自分にとってもかけがえのない人だったと、水樹の胸にあたたかい気持ちが広がる。

通信販売会社からの採用通知と圭からの便りを、テーブルの上に並べて置いてみた。圭に「服作りをやめるかもしれない」と伝えたら、どんな答えが返ってくるだろうか。

「幸せそうな顔しちゃって」

タキシード姿で笑う彼に向かって呟く。隣で圭以上に幸せそうにしている女性に、嫉妬《しっと》はおこらない。よかったね、と心から思える。彼のことだから本当に好きな人と出逢《であ》ったのだろう。時計を見ると、帰宅してからずいぶんと時間が経《た》っている。お風《ふ》呂《ろ》でも、入ろっかな。葉書の写真を裏返しに伏せて、水樹はリビングで上着を脱いだ。

13

八月から、社内では通常通り秋冬新商品の販売を担当するチームと、会社の閉鎖業務をするチームとに分かれた。夏のバーゲンが例年になく好調に終わり、デザイン企画部はそれなりに活気があった。この夏の売り上げを見て社長が考えを覆《くつがえ》さないだろうか、市場は改善されつつあるのでは、とみんな息巻いていた。

「瀬尾さん、何やってるんですか」

バーゲン商品の在庫数をパソコンで確認していると、麻里子が声をかけてきた。彼女が口をきいてくれるのは、通販会社の採用が決まったことを告げて以来のことだ。

「夏物の返品がどれくらいあったのかをチェックしてて」

これまで視線すら合わせてくれなかったので、嬉しくて声が上ずってしまう。八月いっぱいでの退社が決まり、このまま言葉を交わせないままお別れすることになるのかと滅入《めい》っているところだった。

「すいません。私、瀬尾さんにひどいこと言いました」

「え？」

「私たちを見捨てるのか、とか。瀬尾さんだけは最後まで残ると信じてたとか、裏切り者とか……。当たり前ですよね。瀬尾さんみたいに一途《いちず》に働いてきた人が路頭に迷うなんてこと、そっちの方が間違いだと気づきました。瀬尾さんの能力と経験が新しい会社に請《こ》われたってことなんだから、後輩として喜ばないといけないですよね」

机の引き出しからA4サイズのスクラップブックを取り出してきて、麻里子が水樹に差し出す。促すように麻里子が頷《うなず》くのでページを開くと、透明なクリアファイルの中に洋服の写真が綴《と》じられていた。

「これって？」

水樹は微笑む麻里子に問いかける。

「はい。うちの会社の服です。デザインは全部、瀬尾水樹。私の秘密ファイルです」

憧《あこが》れてました、と麻里子は笑顔を消して顔を歪《ゆが》める。

次のページにもその次のページにも、水樹がデザインした洋服の写真が並んでいる。どれも記憶に鮮明で、一生懸命作ったものばかりだ。手を抜いた商品などひとつもなくて、その一着一着に思い出があり、携わった人たちみんなの丁寧な気持ちが込められている。

「何年か前の社員旅行で、蟹《かに》食べに行ったの憶えてますか？」

「蟹……あ、わざわざ北陸まで行ったよね」

「その時瀬尾さん、みんなでわいわい食べていると突然お箸《はし》を置いて、立ち上がっちゃって。一体なんなのかと呆然と見てたらバッグからノートと色鉛筆取り出してきて、デッサンし始めたんです。なんなんですかって私が訊いたら、甲羅の色があまりにきれいだからって……」

「あったあった。いてもたってもいられなくて、私翌日一人で先に帰って、淡いオレンジ色のシャツのサンプル作ったのよ。それがけっこうヒット商品になったよね」

「瀬尾さんのそういうところ好きでした。私は瀬尾水樹を目指してここまでやってきたんです。春夏秋冬、目に入ってくる自然界の優しい色をそのまま人の体に纏《まと》わせる、そんな服作りを私もしたいと思ってきました。瀬尾さんにはこれからも服を作り続けてほしいと願っています。でもそれは私のわがままですよね。新しいところでも頑張ってください。すいません、お祝いの言葉を言わなきゃ言わなきゃってずっと思ってて、でもなかなか……」

怒ったような顔をしていた麻里子が、急に顔を伏せて泣き出したので、水樹は慌《あわ》ててその肩を抱き締める。ごめんね、私の方こそごめんねと繰り返し呟《つぶや》きながら、自分の目にも涙が溢れていた。

これほどまでに情熱を注いできた世界から、本当に離れられるのだろうか。それがたとえ生きるための手段だとしても、中途半端に仕事と仲間を残して、新しい仕事に向かえるのだろうか。ページが開いたまま足元に落ちたスクラップブックを拾い上げながら、水樹は深いため息をつく。

お盆休みを控えた木曜の夕方、憲吾から連絡があった。まだ仕事が立て込んでいる時間帯だったが、相手が憲吾であったので電話を取った。

電話の内容は、遠子先生の容態が芳《かんば》しくないというものだった。この数日でいっきに悪化してしまったのだという。

「こっちに来てほしいというわけではないんだ。でも連絡はしておこうと思って。もしもということもあるから」

憲吾はそう伝えると、数十秒で電話を切った。口調は切羽詰まったものでも、慌てふためいたものでもなかったが、静かな口調が胸に冷たく残った。

翌日の仕事を休ませてもらい、そのままお盆休みに入る段取りをつけて新幹線に乗り込んだのは夜の七時を過ぎてからだ。明日は販売先との打ち合わせが入っていたので困っていると、麻里子が「打ち合わせ、私代わりに行きます」と申し出てくれた。

東京から二時間半、車窓の向こうの薄暗い景色をぼんやり見つめながら京都に入り、タクシーで病院に到着した時には十時をとっくに回っていた。

八月半ばの京都は湿った暑さがきつく、タクシーを降りて病院の裏手にある夜間外来用入り口まで歩いただけで、体がべったりと汗ばんできた。

消灯時間を過ぎた病棟はひっそりとした気配に包まれていて、静寂に点を打つようにピッピッというモニター音が聞こえてくる。

足音を立てないように遠子先生の病室に入っていったがベッドは空っぽだった。白いシーツが薄暗い部屋の中で浮き立って見えるだけだ。どうしていないんだろう？ 病室の入り口にあるネームプレートを確認したら先生の名前がある。嫌な予感と、それを打ち消す気持ちが同時に立ちのぼってくる。

「すいません、上田遠子さんはどこへ？」

ナースステーションに一人だけ残っていた看護師に声をかける。硬い表情で書類を書いていた看護師が水樹に気づき顔を上げ、笑顔を作って「特別室に移られてますよ」と指先で示してくれた。

部屋のドアは少しだけ開いていて、握りこぶしがひとつ入るくらいの隙間《すきま》があった。水樹はノックをする前にそっと中を見る。憲吾の横顔が見え、暗い病室の中の小さな灯りの下、立ち尽くしたまま先生を見下ろしている。その憲吾の目を見た瞬間に、水樹の動きは止まる。なぜだろう。こんな彼の目を、かつて見たことがあるような気がした。

「来てくれたの？」

水樹に気づいた憲吾は小さく低い声で言い、笑顔を見せた。水樹は慌てて頷き、

「どう？　先生」

と上ずった声で訊ねる。憲吾は、水樹が今さっき垣間見《かいまみ》た表情を打ち消し、

「落ち着いたよ。今は静かに眠ってる」

と目を細めた。

「ものすごい速さで病状が進行しているんだ」憲吾がどこからか椅子《いす》を持ってきて、水樹を座らせる。

「骨髄の中で白血病細胞が増殖していて、今は異常な血液細胞しか作れない状態。がん細胞が一兆個以上もあるんだって。先生の骨髄の中に。信じられる？」

「……一兆個」

「そう。数で言うと。でも大きさでいうと握りこぶし大くらいなんだって」

わざと何気ないような口調で言っていることが、水樹にはわかった。前に来た時には聞いていなかった抗がん剤治療のことも、憲吾は早口で話し出す。水樹は髪が抜け落ちた先生の額の辺りを見つめながら、前に会った時にはウイッグを被《かぶ》っていたのだということに今さら気づいた。

「病気のことよりも、髪型のことばかり気にするんだ」

憲吾は呆《あき》れた様子で笑っているが、先生の呼吸音のリズムがわずかに変わると顔色を変え、顔をのぞきこむ。肉の落ちた首筋には何本もの横皺《よこじわ》が入っていて、水樹は思わず点滴をしていない方の手を摑《つか》む。冷たくなっていないかと怖くなったのだ。でも骨張った手はむしろ熱く、その熱い手をいつまでも離せなかった。

病院を出たのは、夜中の十二時を過ぎた頃だった。巡回にやってきた看護師に、容態も安定しましたからと、やんわりと帰宅を促された。憲吾はまだ病室にいたそうだったけれど、先生のゆっくりとした呼吸が滑らかに繰り返されるのを確かめた後、椅子にかけていた上着を片手に持ち、看護師に「後はよろしくお願いします」と頭を下げる。

「うちに来る？」

憲吾がそう訊いてきたのは、水樹がどこか知っているビジネスホテルの前で降ろしてほしいと、車の中で頼んだからだ。

「うちって、堂林くんの？」

「うん。一人暮らしだけど、使ってない部屋があるから」

先生の容態が悪化してからはずっと病院にいたらしく、憲吾の全身から疲労が滲《にじ》んでいる。水樹は彼の親切に、素直に従うことにした。

中学の時に引越してきてから、そのままここで暮らしているのだと、玄関の鍵《かぎ》を開けながら憲吾が説明してくれる。結婚していた頃は別の場所に新居を構えていたが、結局は出戻ってきた。もう夜中なので周囲に物音はなく、鍵穴に鍵を差し込む音も、鍵を回すカチャリという音も、ドアが開く時わずかに軋《きし》む音も、物語のト書きみたいにくっきり響く。真っ暗だった部屋にライトが点《つ》けられると、整理整頓《せいとん》の行き届いた室内が浮かび上がる。男の一人暮らしとは思えないほど室内は清潔で美しく、部屋のあちらこちらにプリザーブドフラワーのアレンジメントがセンスよく飾ってあった。どこかのドアから「いらっしゃい」と女性が顔を出しそうな雰囲気に、思わず憲吾の顔を見ると、水樹の言いたいことに察しがついたのか、

「母親と暮らしていた頃のまま。この部屋。面倒だから片付けてないだけなんだ」と笑った。

水樹のマンションの倍ほどの大きなリビングには、八人は座れそうな大理石のテーブルがあった。テーブルの上に新聞が無造作に積んであるところだけは、一人暮らしという感じがする。

「こっちの部屋使って。ほとんど物置と化してるけど、ベッドはあるし掃除機もかけてあるから」

水樹が家の中を見回している間に、憲吾が部屋の準備をしてくれた。

それから二人で、酒を飲んだ。

「こんな時にお酒なんて飲んでいいの？」

先生に何かあったら……と水樹はためらったけれど、

「今日は飲ませてくれないかな。そうしないと眠れない、瀬尾もよかったら付き合ってよ」

と憔悴《しょうすい》した顔で微笑まれると、無言で頷くしかなかった。

初めのうちは憲吾が一人でウイスキーを飲んでいたのだけれど、一口もらってしまったら、じゃあおかわり、となってしまい、気がつくとボトルの中身がほとんどなくなっている。

「ウイスキーはほんとまずいね」

酔った口調で、水樹は顔をしかめた。いつもなら甘いものを好んで飲むので、ウイスキーを飲むのは人生で二回目くらいだ。

「こんだけ飲んで、よく言うねえ」

と苦笑しながら、憲吾が残りの液体を半分ずつグラスにつぎ足す。憲吾はシャツとスウェットに着替えていて、水樹もラフなルームウエアになっていたので、「部活の後の酒盛りみたいだ」と憲吾は笑う。

マホガニーの食器棚の上に、赤ちゃんや子供の写真がたくさん飾ってあった。水樹は椅子から立ち上がり、その古い写真ひとつひとつを手にとって眺める。

「この男の子は、堂林くんだよね。可愛いなあ。こんなに整った顔の赤ちゃん、ちょっといないよねえ」

ガラガラを手にお澄まし顔の赤ちゃんを指でなぞる。写真の色彩が、歳月を語るようにあせている。写真館で撮ったものらしく、背景にレース模様が編みこまれている。

「こっちの女の子は？　妹さん？　それにしても堂林くんにすごくよく似てる」

写真を元の場所に戻した後、ワンピース姿の写真を指差して訊いた。憲吾に姉か妹がいることを、まったく知らなかったのだ。ずっと一人っ子だと思っていた。すると憲吾は、

「可愛いでしょ」

と目を細め「実はそれもおれなんだ」と苦笑する。本当は女の子が欲しかったらしくてね。小さい頃はそうやって女の子の格好をさせられたんだよ。フリルとかレースとかね、そういうのが大好きな人なんだよ、おれの母親は。憲吾の言葉に水樹は「えっ」と声を上げ、でもあまりの可愛さに思わずため息をつく。

「いやじゃなかったの？　女の子の格好するの」

「全然。だって似合ってるでしょ」

「でも普通はいやでしょ。だってこの写真なんて結構大きくなってからじゃないの？　小学生の低学年くらい？」

袖《そで》の膨らんだピンクのドレスを着た憲吾が、白いグランドピアノにもたれかかるようにして微笑んでいる。

「そういえばおれ、母親の前ではできるだけ愛らしくふるまってたなあ。だから変声期の時なんて憂鬱《ゆううつ》だったよ。無口になったからね。少年合唱団の子の気持ちがわか

る」

でもそんな格好をしていたのは、ほんの小さい頃だけの話で、今は女装癖もないし、もちろん女性になりたい願望もないと憲吾は笑った。

ウイスキーがなくなると、冷蔵庫から新しいボトルを取り出してグラスに注ぐ。酔うために飲むかのように、アルコールを含み続ける。

「おれね、死のうと思ったことがあるんだ」

ずっとにこやかな表情で飲んでいた憲吾が、視線をテーブルの上のグラスに落として唐突に切り出した。あまりに突然で、何を言い出すのかと水樹が呆気《あっけ》にとられていると、今度は水樹の目を見て、

「もうどうでもよくなってね。疲れてしまったんだ」

と苦笑した。

水樹が黙ったままでいると、

「今日は寝ないで、昔話でもしようか」

と手に持っていたグラスを置いた。グラスの中の氷が小さな音を立てる。せっかくの機会だし、こんなこともう二度とないかもしれないし。目を赤く充血させた憲吾は水樹の返事を待たずに話し出した。

＊

その日初めて、憲吾は遠子先生の自宅に電話をかけた。高校三年生の十二月、翌月の一月には共通一次を控えた凍《い》てつくような寒い夜だった。

京都大学を受けるつもりでいたけれど、模擬試験では確実に合格圏にいて、憲吾自身も合格を間違いないものとしていたし、学校側の期待も充分に承知していた。校長からは「わが校初の京大合格者になるんだ」とじきじきに激励の言葉をかけられていた。自分を知る教師たちも合格を疑っている者はひとりもいなかった。だから、死ぬ前に、遠子先生にはひと言謝罪をしておかないといけないと思った。憲吾を死なせてしまったと、先生が責められてしまうことが申し訳なかったからだ。

「夜分にすいません。堂林です。先生、ぼく、これから死ぬつもりです。その前に、どうしてもこれまでのお礼と謝罪を言いたくて。今までありがとうございました。あと勝手なことをしてすいません」

律儀《りちぎ》な口調で、十八歳の憲吾は電話越しに頭を下げた。

あの頃は携帯電話もなかったから、警察署から一番近い電話ボックスを探して電話をかけた。電話ボックスの灯りがやけに大きく明るくて、まるで灯台を見つけたみたいな気持ちになった。これから沈む舟が、最後に一度だけ見る希望の光。

先生の自宅の電話番号を知っていたのは、夏休み前に先生が黒板に書いてくれていたのを、手帳にメモしていたからだ。

「長い夏休みに入ります。困ったことがあったらいつでも、先生に電話してきてください」

先生は小学生に伝えるみたいにハキハキとした口調で言い、白墨で数字を並べた。先生の真剣な表情に反して、生徒たちはその数字を横目でちらりと見ただけで、真剣にメモを取っているような生徒はだれひとりいなかった。憲吾もその時にはメモを取らず、とりあえず頭の中に記憶して、後で手帳の隅に書き込んでおいた。

「堂林くん？　どうしたの？　何があったの？　いまどこにいるの？」

当たり前だけれど、憲吾からの電話を受けた先生は、悲鳴のような声でそう訊き返した。その声を聞いて、申し訳ない気持ちでいっぱいになった。自分で言うのもなんだけれど、優等生で素行にも問題のない生徒に突然このような電話をかけられたなら、どんなに冷静な人でも訳がわからなくなるだろう。

「ここですか……。今、警察署を出たところです。母と一緒にいるんですが、母がもう死んでもいいと納得してくれたんです。それでぼくも付き添うつもりです」

心底疲れた声でそう呟いた。どんどん感情が鈍磨していき、さっきまで先生に申し訳ないと思っていた気持ちも、薄れていく一方だった。受話器の向こうで遠子先生が大声で自分の名前を呼んでいる最中に、電話が切れた。財布をさぐって十円玉を探してみたけれどもうなくて、仕方がないので受話器をもとに戻した。先生以外に連絡するべき人は思い浮かばなくて、足元に蹲《うずくま》っていた母を抱え起こして電話ボックスを出た。唯一《ゆいいつ》心残りだった遠子先生への挨拶《あいさつ》をすませてしまうと、一刻も早く、この人生にピリオドを打ちたいと気持ちが急いだ。

「堂林栞さんを保護しています」

警察署からの連絡を受けるのは、その半年間だけでも八回目だった。家に帰ると母の姿がなかったので心配していると、夜の九時を過ぎた頃に電話が鳴った。母の病気は普段は薬で抑え込んではいるものの、時おり手がつけられない状態に陥り、そんな時、幻聴が語る指示のままに行動する。彼女を陥《おとしい》れようとするアイツが常に側にいて、その強烈な恐怖から逃れるために、行動しているのだという。世の中には「悪魔に体を乗っ取られた者」があちらこちらに溢れていて、その邪悪な者たちを監視するために母は彼らを尾行し、場合によってはその姿を写真に撮って、警察に持っていくこともある。もちろん付きまとわれ、罵《ののし》られ、写真まで撮られた人たちはそんな行動を許しはしないし、警察に訴え、母が身柄を拘束されることもあった。この日も中年の男をつけ回していて、警察に突き出された。

「けんちゃん。お母さんね……もう疲れちゃった」

病気の診断書やら飲み忘れた薬やらをリュックに詰め込み、タクシーで警察署に出向いた憲吾に向かって、錆《さ》びたパイプ椅子に座っていた母は萎《しぼ》んだ声でそう囁《ささや》いた。あからさまに迷惑そうな警官に事情を説明してなんとか納得してもらえると、いつものように手を繋ぎ、力の抜けた母を引っ張るようにして歩いた。

「疲れちゃったの、私。ねえ、けんちゃん」

「そうだね……。本当に疲れたね」

どこかでタクシーを拾うつもりで歩いていたけれど、タクシーなんか一台も通りそうもない。空を見上げて月でも見ようと探してみると、黒い雲が光を塞《ふさ》いでいた。

「ねえ、けんちゃん。ここどこ？」

「うん、どこかなあ。この建物は競輪場だから寺戸辺りかなあ」

「寺戸？　あらあらずいぶんおうちから離れたところまで来ちゃったのね。歩いて帰ると疲れるからもう帰りたくない」

母が幼女のように駄々をこねるのには慣れていたが、夜の闇《やみ》や肌をさす寒さに気持ちが沈み、その夜は慰めたり宥《なだ》めたりする気力が残っていなかった。

「お母さん、一緒に死のうか。そうしたら楽になるよ」

と衝動的に母を腕の中に抱きしめ、耳元で優しく囁いた。母のつむじが顎《あご》に触れた。

「死ぬの？　死ぬのね。だから前からそうしましょうって言ってたじゃない。なのに、けんちゃんがだめだ、だめだって言うから。お母さんは前から言ってました。死にたい死にたいって何度も何度も言ってましたっ。それを泣きながらあなたが止めるから、けんちゃんが止めるからあ。お母さんはそうしたいのにぃ」

死のうという言葉に反応したのか、それまでぼんやりしていた母が興奮して叫びだし、抱きしめた腕にさらに力を込めた。背負ってきたリュックの中に安定剤が入っていることを思い出したけれど、錠剤を飲ませるための水がないことに気づき、目を閉じて息を短く吐いた。

「もういいや……」呟くと少し楽になった。小さい頃から一生懸命頑張ってきた。仕事でほとんど家にいない父親の代わりに、よく母の面倒をみてきたぞと、自分を褒めてやる。外国から外国へ、家族で渡り歩いた。せっかく覚えた言語が、新しい国へ行くと通じなくなり、それでもまた一から新しい国の言葉を覚え直した。「はじめまして、友達になってくれる？」「遊ぼうよ」「ありがとう」——子供にとって大切な言葉をまず初めに覚え、周囲に馴染《なじ》めるようにふんだんに笑顔をふりまいた。言葉がわからなくても笑顔でいれば、とりあえずつまはじきにされることはなかった。一人で母を病院に連れて行ける年齢になってからは、病院のドクターとも憲吾が会話した。母が重篤《じゅうとく》な精神疾患であると診断された時、そのことを父親に伝えても、「おまえがお母さんをしっかりとみてやりなさい」とうっすらと困惑顔を浮かべて言っただけだった。その時憲吾は八歳になっていて、母親が精神の病であると知ってどこか安堵《あんど》していた。それまでの奇怪な態度が病気のせいであったことに救われたのだ。

「お母さん、行こうか。死ぬ場所を決めなきゃね」

ぐったりと体の力を抜いたまま立とうとしない母の背中にそっと手を置くと、母はすくと立ち上がり、辺りを見回す動作を始めた。そんな様子を見ていると、自分には見えないだけで、彼女のすぐ側には本当に悪魔がいるのかもしれないと思えてくる。

「けんちゃん、早くしてね。私ひどく疲れてるから。ああ……頭も痛い」

まるで泳いだ後のように、寒そうに震えながら母が腕を強く引っ張るので、どこかに飛び込むのもいいかもしれないと息を吐いた。たしか競輪場の裏手には向日神社があり、その敷地には池があったはずだ。母はもともと泳げないし、自分もリュックの中に石を入れて背負って沈めば浮かびあがりはしないだろう。水の中で無意識に泳いだりしないよう、リュックの中に持ってきていた母のための安定剤と睡眠導入剤を、すべて、一度に口に含んだ。ラムネを食べるみたいに、奥歯でバリバリと噛んでやる。薬があまりに苦くて、こんなまずいものを母がもう十年以上も飲み続けているのかと思うと可哀相《かわいそう》で涙が出た。

緩やかな坂道になっている参道を、母と手を繋《つな》ぎながら上っていった。参道は二百メートルを優に越えるほど長く、進んでいくにつれて異界に近づく気配がした。自分の体がいつになく熱気を孕《はら》んでいることに気づいていて、これが死を覚悟した人間の本気なのかと考えていた。これまで母を切り捨てたいと願ったことは一度もない。母がこんなになってしまったのは、異国を転々としながら、幼い自分を誰の手助けもなく育てなくてはならなかったからだろう。それに、これまで正気でいる母に手を上げられたり、ひどい言葉をぶつけられたことは一度だってなかった。

母はいつも優しかった。自分のために生きて壊れたこの人を、捨てることなどできない――そう思いながらずっと生きてきた。今でもその気持ちは変わらない。

参道の両端には石柱が五十センチほどの間を空けて並んでおり、その間隔と同じくらいの歩幅でゆっくりと歩いた。電灯の下、白い石柱と白い地面が、光るように照らされていた。長い坂道を上がりきるとほんの数段だけ階段があり、その上には雅楽堂が見えている。中学生の頃には用事もないのにしょっちゅう遊びに来ていたが、そういえば最近は全然来てなかった。境内を正面として、左側には小さな祠《ほこら》があり、その奥に水面を水草が夥《おびただ》しく覆《おお》った池があった。池は高い樹木に覆われた場所にあり、昼間でも陽は当たらなかったが、夜見ると深い落とし穴のように真っ黒だった。

「いかにも、……異界に通じてそうだ」

少しずつ思考が停止してきた頭でそう考え、口に出した。薬が効いてきたのか今横になったらすぐに眠ってしまいそうだった。お母さんは可哀相だね。こんな薬を十何年間も毎日飲まされて、何も考えられないように神経を鈍磨させられて、思考を止められて。それでおとなしくなったようには見えるけれど、本当のところ心は回復なんかしていなくて。「死にたいの」と自分に訴えてくる時はきっと、まだ頭が冴《さ》えている時なんだろう。なんでこんな病気になっちゃったんだろうね、お母さん……。

高い樹木が生い茂る中に、池はあった。憲吾は池に向かって歩きながら土の上に転がる大きめの石を拾い、リュックに詰めていった。小ぶりの石を見つけると、自分の上着のポケットや母のスカートのポケットに入れた。

「これくらいの重さじゃ、沈みきるなんて無理だろうな」

映画を観《み》てると、海に沈められるチンピラは、大きな固まりになってるブロック石なんかを足に括《くく》りつけられてるもんな。人間は死ぬと腐敗ガスが出てくるのだと何かの本で読んだ。その浮力は侮《あなど》れないらしい。だがこの池の中にはおそらく恐ろしいほどの藻がひしめいているだろうから、それに絡《から》めとられて浮き上がらない可能性もあるだろう。寒いからすぐに心臓が止まることも考えられるし。

「おれの思考はなかなか、止まってくれないな」

運動靴の裏から土の冷たさが沁《し》みてきた。気温が一段と下がったような気がする。衣服のあちらこちらに詰めた石が重くて、どんどん歩きづらくなってきた。頭も重くなっている。

「あったあった、けんちゃあん、石、まだいるかしら？ お母さんたくさん見つけたわよ」

しゃがみこんだ母が、土まみれになった手のひらに小石を乗せて嬉しそうな声を出していた。そういえば子供の頃、母とよくどんぐりを拾った。どんぐりは、世界中どこにでもある。木の実のことをすべて「どんぐり」と呼んでいいのだと知った時は衝撃だった。「どんぐり」という名称の樹木があると思い込んでいたから。どんぐりがナラやカシやクヌギの実だと聞かされ、なるほど、だからどんぐりはどこの国にでもあるのかと感心したものだ。けんちゃんのポケットは、いつもどんぐりでいっぱいねえ。洗濯機の前で微笑んでいた母の顔を思い出す。拾ったのは虫食いだらけのちっぽけなどんぐりなのに、とてつもなく誇らしかった幼い頃。悪くない子供時代だった。

「お母さん、もう充分だよ。頑張ったよ、ぼくたちは。……ねぇあまのじゃく、おまえはどう思う？」

憲吾は笑顔で母を手招きした。池の周りには鉄製の柵《さく》が張り巡らされていたが、柵は腰くらいまでの高さしかなく、簡単に越えられそうだった。母が喜ぶように愛らしく振舞っていた自分は、いつの間にか百八十センチを越える大きな男になっていたのだと、柵に手をついて池を見つめた。もう、充分だ――納得のいく決断だと、思えた。

母が側《そば》に寄ってきたので、両脇《わき》に手を差し込み持ち上げ、柵を越えさせてやる。もともと線の細い人ではあったけれど、この数年間は偏食が激しくなって食べる量も減ってしまい、さらに痩せてしまった。だが二十三歳で自分を産んでいる母はまだ四十を過ぎたばかりで、美しかった若い頃の面影は消えていない。母の手をしっかりと握り締め、さあ池に入ろうと、手に力を込めると、

「けんちゃん、こわいこわい、こわいわ、こわいわあ。だってこんなに真っ暗なのよ、何も見えないじゃない。どうするの、どこに行くの。こんなのはイヤよお母さん。もっと温かい場所に行きたい。けんちゃん風邪ひいちゃうじゃないの。あなた喘息《ぜんそく》があ

るのに風邪ひいたらヒューヒューなって息苦しくなるでしょう」

と、母が胸にしがみついた。しがみつきながら、必死で憲吾を柵の辺りまで押し戻そうとしている。

「喘息はもう治ったよ」

優しい声で囁き、母の手をもう一度引っ張る。

「大丈夫、もうすぐ楽になれるよ」

母が泣き出すのを無視して、嫌がる馬を必死で引く馬子のように、腕に力を込めた。こわいこわいと繰り返す母を、いくつもの優しい言葉を並べてなだめているうちに、いいかげん疲れを感じて、

「もう行くよ。恐かったら目を瞑《つむ》っててよ」

と体を無理やり持ち上げた。ふわりと体が宙に浮く。違和感を覚えたのは、母の体があまりに軽かったからだ。痩せているとはいえ四十キロ弱はあるはずの体が、ほとんど質感を感じさせないくらいの軽さで持ち上がった。思わず水面を見た。もしかして母が自らの意思で飛び込んだのではないか。

「何してるんや」

暗闇の中で怒りに満ちた低い声が、響いた。

憲吾は呆然《ぼうぜん》として、その声の方を振り返る。母の体を抱えた大きな人影が目の前にあった。

「おまえ、何してるん？」

見知った顔が睨《にら》みつけてきた。

「信也か……」

大きな息を吐きながら、憲吾は顔を歪めた。鼓動が激しく胸の筋肉を打っていた。

「おかしなところで会うな」なんとかそれだけ口にすると、ゆっくりと池に近づいていった。

「おい。何するんや」

という信也の声を無視して、数メートル先の池の縁に向かって歩いた。もうどうでもいいような気がしていた。眠たかったし、初めて飲んだ薬のせいか頭痛がしていた。「けんちゃん」と自分を呼ぶ声が聞こえたような気がしたけれど振り向くことはしなかった。これまでずっと、母のどんな声にも耳を傾けてきたのだから、最後くらいは聞こえないふりをしても許してくれるだろう。

いきなり強い力で腕を引っ張られたと思ったら、いつの間にか信也が、すぐ側にいた。摑まれた腕を振り払おうと体を捩《よじ》ったけれど、腕の筋肉に食い込んだ信也の指は簡単には振りほどけない。

「離してくれよ」

憲吾は笑顔で呟いた。それと同時に顎の辺りに衝撃が走り、口の中に血の味が滲み出してくる。

「こういうのは、違う気がする」

信也が咎《とが》める口調で腕を強く握ってきた。目の焦点が合うのと同時に、腹の中が熱くなるのを感じ、

「ほっといてくれないかな?」

と靴の裏で信也の太腿《ふともも》を蹴《け》った。信也の足がふらつき体勢が揺らいだところに、自分が殴られたのと同じ顎の辺りに、思い切り拳《こぶし》を叩《たた》きつけた。生まれて初めて人を殴った。尻餅《しりもち》をついて顎の辺りに手を当てていた信也が立ち上がり、また殴りかかってこようとしたので、ヘディングの要領で、自分の頭を信也の胸にぶつける。喧嘩《けんか》をするのは初めてなのに体が勝手に動くのが不思議だった。

憲吾の頭は信也のみぞおちを打ったようで、信也は両手で胸を押さえ、苦しそうに喘《あえ》ぎ、前かがみになったまま訊《き》いてきた。

「一番なのか?」

「なに？」

「おまえが一番苦しいのか、って訊いてんの」

片端の唇を上げ、笑っているような表情が憲吾の目を見つめていた。一番苦しいってなんだよ。一番じゃなかったら、だめなのかよ。なんでだよ、なんでだよ、おまえに言われたくないんだよ——自分の思いを論理立てて話せないのは、薬のせいだ。信也に思い切り腕を引っ張られ、引きずられながら、憲吾は泣いていた。地べたに尻をつき、ずるずると泥土の上を滑っていく。頭が柵に当たるごおんという音がして、右のこめかみがたまらなく痛く、思わず手をやるとべったりと赤黒い血が付いてきた。


「それからは記憶がないんだ。目を開けると、遠子先生の家で眠っていた」

憲吾はそこまで一気にひとりで話し続けた後、優しげな笑みを浮かべる。その笑顔は中学生の頃から見慣れたいつもの穏やかなものだった。

「知らなかった。堂林くんにそんな……」

何一つ、憂《うれ》うことなど持たない人だと羨《うらや》んでいた。いつも笑っていたし、いつでも人に優しかった。余裕があるのだと妬《ねた》ましかった。すべてが人より豊かだから、その豊かさの溢れた分を人に分けてくれるのだと。

「人ってわからないもんだよ」

「そうだね」

ほんの少しだけ、その苦しみを知っただけなのに、自分の中で憲吾という人は形を変え、さっきよりもずっと、近い存在になっている。

「それで、どうなったの？」

「うん？」

「遠子先生の家で目が覚めた後」

そこには母もおらず、信也の姿もなかった。

「母はどうしたんでしょうか」

憲吾は目が覚めてまず、そう質問した。先生は憲吾が寝ている布団《ふとん》のすぐ側で、何かの本を読んでいた。

「気がついた？」

「はい。大変ご迷惑をおかけしました。実はぼく、池で森嶋くんと殴り合いをしたのを最後に記憶がないんです。だからずいぶんご迷惑をおかけしたと思います」

頭が朦朧《もうろう》としていたから、おかしなことを口走らないように必死に文章を組み立てながら謝罪した。

「こんな時だから、そんなにお行儀よくしなくたっていいのよ。だっておかしかったよ、昨夜の堂林くん。あんなにおかしなことした後なんだから、もっとリラックスしていいの」

先生は、学校にいる時とはまったく違う雰囲気で、スウェット姿に朱色の半纏《はんてん》を羽織り、赤い縁のメガネまでかけていた。先生がいつもはコンタクトレンズを使用していて、本当は近眼なのだと初めて知った。

「先生は……かなり脱力していますね」

「疲れちゃったのよ。ばかな生徒がばかなことをするから、ほんとに」

先生はなぜ憲吾がここにいるのかを、順を追って話し出した。憲吾から電話を受けてすぐに警察に連絡をしたこと。二台のパトカーが捜索をしてくれたこと。向日神社の参道から走り出て来た中学生が、憲吾の居所を教えてくれたこと。憲吾と信也をそのまま保護して、パトカーで病院まで運んでもらったこと。ため息まじりに先生は話し、話しながら途中から涙ぐみ、どれくらい心配して生きた心地がしなかったのか、最後は怒りながら教えてくれた。

「先生、今の話の中で二点わからないところがあるのですが、ぼくの母は今どこにいるんですか？」

「病院に入院されてますよ。あなたのお父さんにも連絡してみたんですけど、連絡が取れなかったので」

「そうですか。今父は出張で日本を離れているもんですから」

「そう。それであともう一点の疑問は？」

「ああ、はい。その中学生っていうのは誰なんですか？」

「中学生？」

「ほら警察にぼくの居所を教えてくれたっていう」

「ああ、森嶋くんの弟さんのことね」

「信也の弟、ですか？」

「そうよ。二人で夜の散歩をしてたんですって。弟さんがいなかったら困ってたところよ。何しろ森嶋くんとあなたったら、それだけで警察に補導されるくらいの大喧嘩になってて。森嶋くんも初めのうちはあなたを止めるつもりで殴ったんでしょうけど、いつしか二人ともへろへろになってて……。森嶋くんなんて耳からも鼻からもだらだら血を流してて、むしろ堂林くんより重傷なくらいよ」

「信也に会ったんですか？」

「私も警察から連絡を受けてすぐに病院までタクシー飛ばしたのよ。ほんとにもう」

掛けていたメガネを外して、先生は手の甲で自分の片目を押さえた。押さえながら「もう、心配したんだから……」とさっきと同じことを繰り返す姿が、憲吾には自分よりずっと年下の女のように見えた。

14

翌朝、水樹は再び先生の病室を訪れた。憲吾とはあれから明け方まで話し続け、ほとんど眠っていないはずなのに、彼はすっきりとした顔で仕事に出かけて行った。

昨晩訪れた特別室をのぞくと、ベッドが空になっている。窓から差し込む朝の光が清潔な白いシーツの上に溜《た》まっている。

ナースステーションに駆け寄り、上田遠子さんはどうされたのかと訊《たず》ねた。水樹の剣幕に驚いた様子で、看護師のひとりが「以前の個室に戻られましたよ」とひきつった笑顔で言い、「ひとまず安定されたので、今朝一番に前のお部屋に戻っていただきました。ここは重症患者さん用ですから」と丁寧に教えてくれる。

水樹は頭を下げて息をつき、もとの個室に向かって歩く。不吉に感じていた気配を

振り払うと、無性に先生の顔が見たくなった。「おはよう」と起きて自分を待ってい
てくれるような気がして、駆け出したくなる。
病室に入ると、先生は以前と同じ位置のベッドに横たわり眠っていた。さっき入っ
た個室と同じようにカーテンが開けられ、差し込んだ朝日が布団を掛けられた全身を
照らしている。昨夜付けられていた鼻のチューブは外されていて、薄いピンクの点滴
が、管を通って先生の血管に入っていた。
がん細胞が一兆個以上もあるんだって。先生の骨髄の中に。
憲吾の声が蘇《よみがえ》る。ほんの数ヶ月の間にすっかりやせ衰えた先生の姿が、そこにある。
薄く軽くなった肉体は、ガラスのように光を透かしてしまいそうだ。
水樹は立ったままで先生の顔を見下ろし、その胸が上下するリズムを確かめる。筋の
通った鼻梁《びりょう》が、苦しげな様子もなく呼吸するのを見ているうちに、先生が美しい顔をし
ていることに改めて気づく。昔もきれいな人だとは感じていたけれど、歳月が経《た》っても
さほど変わらない。ベッドの側に座ろうと、椅子を取りに部屋の隅に行こうとした時、
「瀬尾さん？」
と、目を開けた先生に呼ばれた。眠りが深かったせいか熱のせいか、いつもの二重
瞼《まぶた》が三重にも四重にも線を深くしている。

「来てくれてたの?」

先生がかさかさに乾いた唇をゆっくりと動かす。

「はい。昨夜一度来て、それからまた今来たところです。昨夜は堂林くんも一緒で」

先生は「そう」と頷《うなず》く。唇の端を上げることすら、億劫《おっくう》な様子だ。

水樹が椅子に腰掛け、何も話さず側で佇《たたず》んでいると、先生はまた瞼を閉じて深い呼吸を始める。うつらうつら、という感じで眠り始め、しだいに音を伴う深い呼吸に変わり、そうなると先生の気配はどこか遠くへいってしまう。

昼過ぎには、先生は普通に話ができるまでに回復した。剝《む》き出しになっていた頭部の地肌を濃いグリーンのスカーフで覆ってくれるよう水樹に頼み、たどたどしかった口調もいつものなめらかなものに少しずつ戻ってきた。

「瀬尾さん、仕事はいいの?」

枕元《まくらもと》の時計を見ながら先生が訊いてきた時には、一時を過ぎていた。

「もうお盆休みなんです。ちょっと早いんですけど四日間の休暇をもらってます」

水樹が頷くと、先生は「そっか。世間はお盆なのね」と瞬きを返す。

「ねえ瀬尾さん?」

「はい」

「堂林くん、瀬尾さんに新しい事業のこと相談してるって。聞いてる？」

「京都発の服のブランドを立ち上げたいという話ですよね。職人さんと協力して」

「そう。どう思う？　正直なところ」

先生がベッドの柵《さく》をつかみ、体を起こそうとしたので、その背中を支えた。先生は喘ぐようにして肩で息をする。

「正直なところ……」

服を売るということは、そう簡単なことではない。たとえ品質やデザインが良くても売れるとは限らないし、たとえ売れたとしても利益が上がるとは限らない。例えば服を一着作ると考えた時、工賃はいくらか、布地代はいくらか、ファスナーや裏地、カギホックなど付属品の材料費はいくらか。すべて計算して価格をつけなくてはならず、消費者が求めるような価格にならないことが多いのだと水樹は説明する。水樹の知るオーソドックスな計算式では、価格は工賃と材料費を足したものに、三から三・二を掛ける。掛け率は三を切らないようにしないと儲《もう》けがない。

「良い服を作ってそれが売れたとしても、赤字が出る場合もあるんです」

水樹の言葉に、先生は深刻な表情で何度も頷いた。

「難しいのね。堂林くん、大丈夫なのかしら」

「でも、堂林くんには彼なりの考えがあるんだと思います。彼の目指すところを聞いていると服飾という業界に限らず、いまの日本のもの作りの在り方みたいなものを考えさせられます」

服飾業界をはじめ、製造業の多くが海外に工場を移転している中で、国内での生産を守りたいという考えは間違っていない。これまで稼動《かどう》してきた工場が次々に閉鎖されていく様を目の当《まあ》たりにしてきた水樹も、国内の製造業が衰退している危機感は常に感じるところだった。このまま海外の工場に製造を委《ゆだ》ね続けて大丈夫なのだろうか。これまで国内の工場で働いていた人たちの生活はどうなるのだろう。

「まあちょっと調子の良いところはあるけど、案外勝算があるのかもね、堂林くんのことだから」

先生が声なく笑う。

「そうですね。なんたってわが母校始まって以来の秀才ですから」

水樹も微笑《ほほえ》み返す。

先生がもっと詳しく聞かせてほしいと頼むので、それから水樹は今の国内の服飾業界のことを簡単に説明した。国内の服飾メーカーは不況のあおりでどこも厳しい状況にあるということ。メーカーが厳しいので、受注を受けていた縫製工場なども軒並み廃業になっているということ。そんな中、水樹が専門学校を卒業してから入社したカジュアロウは、SPAというビジネスモデルを導入して、現在も生き残っているということ――。

「SPAって?」

「メーカーから卸へ、それから小売にという流れが通常なんですが、この流通の分業をなくして一貫して取りしきるのがSPAのやり方です。堂林くんは小規模ながらSPAのような、企画から、店で商品を販売するまでの工程をひとまとめにして運営していく方法を考えてるみたいですし、私もそれならまだ可能性はあるかなと」

「なんか難しそう。聞いてるだけで」

先生がため息をつき首を振る。

「心配ですか?」

「この業界で働いてきた瀬尾さんはともかく、素人《しろうと》の堂林くんにできるのかしら」

先生は困ったような表情で首を傾《かし》げた。

「先生はどうして堂林くんが今新しいことを始めようとしているのかわかりますか?」

水樹は訊いてみる。水樹も昨夜初めて気づいたことだ。「堂林くん、先生に見てもらいたいんですよ。自分が新しいことを始めようとしているところを。きっと」

「え?」

昨日、生身の憲吾に触れてわかった。先生が病気になったことで、先生に見ていてもらえる時間が残り少ないと感じたから。彼はようやく今になって、長い間内に秘めていた自分の情熱や能力を、外に出してみようという気になったんじゃないだろうか。

「堂林くんに高校生の頃のこと聞きました。お母さんのこととか」

少しためらった後、水樹はそう切り出す。

「堂林くんが話したのね」

先生はわずかに目を見開き驚いた様子を見せ、

「びっくりしたでしょう?」

と微笑んだ。

「はい。全然、知らなかったから」

先生は髪に巻いているスカーフを手で直してから小さく頷く。

「高校生くらいになると、もうみんな大人になっていて、いろんな難しいことをそれぞれの中に抱えているのよね。本当の自分がいて、役割を演じている自分がいて。そのどっちが正しいなんてないんだけど、それでも本当の自分を出せる相手に巡り逢《あ》えたらそれだけでももう幸せなのよ。堂林くんのそばに、誰か彼のことを本当に理解してくれる人がいたらよかったんだけど……。瀬尾さんと森嶋くんみたいに。そういえば、会わなくなった理由、あるの？　瀬尾さんと森嶋くん」

「理由っていうか。信也の自分勝手です。本当のことを言えば、私はずっと待ってました。もう会わないならそれでもいいけど、きちんとした別れをしたかったなって。そうじゃないと」

口ごもりながら、「そうじゃないと怒りがおさまらない」

水樹が呟《つぶや》くと、片手を胸に当てた先生が、声なく笑った。

笑うと苦しそうで、水樹は先生の胸に頬を近づけるようにして呼吸の音を聞く。聞きながら、考えていた。人と人が別れる時、それが最後になることをお互い知っている別れは、この世にどれくらいあるのだろう。もしあの夜、これが信也と会う最後の日になるのだとわかっていたら、もっと違うようにふるまえただろうか。だとしたら何が正解だったのだろう。

15

信也と最後に会ったのは、翌日には東京に発《た》つという三月末の夜だった。日が沈むとまだ肌寒く、風に触れると肌が粟立《あわだ》った。

水樹は団地内の公園のベンチに座り、上着のポケットから白い封筒を取り出した。封筒には、さっき君子から受け取った十万円が入っている。

「明日、寮に着いてから、足りひん物を揃《そろ》えなさいね」

水樹は小さく頷いてから家を出て来た。夜空には満月が浮かんでいる。

「なんかあったとしても、お母さん、東京なんかそう簡単には行かれへんしな。頑張らなあかんよ。でも、しんどなったらすぐに電話しなさい。嫌になったら帰ってきいや」

君子は矛盾だらけの小言を言いながら、荷造りを手伝ってくれた。同じ団地に住む運送業の清水さんが明朝、浜松までのトラックに乗せてくれることになっている。大きな荷物はすでに寮に送っているので、水樹はボストンバッグ一つを手にして行くだけだ。浜松からは電車で東京に向かう予定だった。

「水樹が新宿の学校に通うなんて、お母さん今でも信じられへんわ。テレビの中でしか知らんから、そんなとこ」

専門学校への進学が決まってから、幾度となく君子はこの言葉を口にした。いつもなら母親の繰り返しには「それもう何回も聞いたし」と呆《あき》れるのが、この日は言い返さなかった。

「お母さん、中学校出てすぐに、宮津からこっちに出てきたやろ。地元では働き口がなかったから。遠い親戚《しんせき》が西陣で織物やったはって、女中さんみたいな仕事口もらったんや。十五歳やし。何の取り柄もないし。毎日早くから遅くまで働くしかなかったわ」

「そこでお父さんに出逢ったんやろ？　それは果たして良かったのかどうか」

水樹が合いの手をいれると、君子が笑う。

徹が生まれて、水樹が生まれて。生活はかつかつのぎりぎりやったけど、なんとか高校まで出して。生活が大変なんは、何もしんどないねん。だって生まれてから一回も楽やったことなんてないんやし。お母さんは昭和二十年生まれや。終戦した年に生まれてるんやから、食べるもんなくても、着るもんボロボロでもそんなん気にならへんの。でも、お父さんが不動産の仕事に変わってからは、結婚して初めて貯金もできて。

「なぁ水樹、お母さんうれしいんや。夢とか希望とか……そんなん歌の文句でしか知らんかったけど、水樹が服飾の勉強をやってみたいって言うた時、これなんやってお母さん思った。これが夢なんかって。あんたは夢とか希望を持ってここを出ていくんやなあって……」

「お母さん何言うてんの。泣かんといて」

目の前の君子が顔を下に向けたので、水樹は慌《あわ》てる。畳の上で正座を崩して座ったままうな垂れる君子の背中を、水樹は手のひらでゆっくりと擦《さす》る。

「ごめんごめん。うれし泣きや」

「なんやな……」

「難しいことはよう知らんけど、景気が嘘《うそ》みたいにようなって、パート先でも早朝から遅くまで存分に働かせてもらえて。そのお金であんたに仕送りもしてやれる。もしこの景気がいつか魔法みたいに消えてしまったとしても、今こうやってあんたを送り出せることはほんまなんや。お母さん、感謝してるねん。生まれて初めて、世の中に感謝してる」

君子は鼻をすっすと鳴らしながら、

「これ少ないけど。いつか水樹がつくった服着さしてもらうの、楽しみにしてる。体に気ぃつけてな、頑張りや」

とエプロンのポケットから白い封筒を引き抜き、かさかさした肉厚の手で水樹の手を取った。

水樹が公園のブランコに腰掛けぼんやり月を眺めていると、砂を踏む音が聞こえた。振り向くと、パーカーにジーンズ姿の信也が立っていた。

「なにしてんの？」

信也が訊いてきた。

水樹は、淡い光にかざして眺めていた封筒を、コートのポケットにしまう。

「別に。ちょっと考え事してただけ」

「明日やな。東京」

「うん。朝の四時半出発。清水さんのトラックに浜松まで乗せてってもらうねん」

信也は「ふうん」と返すと、ブランコを囲う鉄柵にもたれるようにして腰を置いた。

「さっき、お母さんにお金もらってん。なんと十万円」

ふうん、と答えたきり何も喋《しゃべ》らなくなった信也に向かって水樹は話しかける。

「パートの仕事増やしたんやって。昼の仕事は今まで通りやけど、夜も。夕方五時から九時まで。西山の方に老人ホームあるやろ？　あそこで手伝いみたいなことするんやって」

「大変やな、それは」

「私のせいかなって思う。人にそこまでさせて自分のやりたいことやっていいんかなって、考えたりするわ。正直言って」

「なにが？」

「だから、進学したり東京に出たり」

「人にって言うけど、母親は他人とは違うやろ」

「でも……」

「いいんちゃうか。水樹のことは水樹だけで決めたわけじゃないんや。それはおばちゃんが決めたことでもあるんやから」

おばちゃんの気持ちを素直にもらったらええんやと、信也は言った。おばちゃんの全力を、水樹は受け取ったらええんや。

「なにそれ？」

「まあ、リレーのバトンみたいなもんや。体育祭でおまえ、一着でゴールしたやんか。

あの時の気持ちを思い出せよ」

信也はからかうようにして笑った。水樹はその日のことを思い出し、頬が熱くなる。必死だった。もう何が何だかわからなくて、でも、みんなの頑張りを無駄にしてはいけないと、がむしゃらに手と足を動かした。自分がゴールテープを切るなんて人生初で、夢の中にいるみたいだった。

「おれんち、来る？」

水樹が思い出し笑いをしていると、信也がブランコの鎖に手をかける。

「今から？　いいけど」

「まだ悠人もお母さんも帰って来てないんやけど」

水樹が「いいよ」と頷くと、信也は嬉《うれ》しそうな顔をした。小さい頃はそれこそどっちが自分の家なのかわからないくらい行き来していたのに、今では玄関の前を通るだけになっていた。

明日家を出てしまえば、こうして信也と団地の中で顔を合わすこともなくなる。今夜、公園にいる自分を見つけてくれたことがうれしかった。

鉄の扉を開けると軋《きし》んだ音がして、家の中から昔と同じ匂《にお》いがしてきた。部屋はきれいに片付けられ、余計なものは何もない。

「あれ、模様替えした？　久しぶりすぎて前どんなんやったか忘れたわ」

はしゃいだ声を水樹は出す。

「してないよ、そんなん。ずっと同じや」

「相変わらずきれいにしてるねぇ」

テーブルの上にはラップをかけた野菜炒《いた》めが二皿置いてある。箸《はし》も茶碗《ちゃわん》も二つずつ揃えてあった。

「座れよ、狭いけど。って同じ間取りやな、水樹んちと」

信也は呟《つぶや》きながら薬缶《やかん》で湯を沸かす。小さい頃よりずっと、手馴《てな》れた感じで台所に立つ。

「何これ？」

水樹は立ち上がってベランダに続くガラス窓を開けた。ベランダにはコンバインのような大げさな機械が置いてあり、その装置に赤や緑や黄のエナメル線が繋《つな》がれている。狭いベランダを占める機械の大きさに、水樹は眉《まゆ》をひそめる。

「ああ、悠人が作ってる自家発電機や」

「発電機？」

「おれもよう知らん。太陽の光を集めてそれを電力に変えるらしい。まだ試作中」

湯気の上がるコーヒーカップを二つ、信也がテーブルに置く。

「ふうん。悠ちゃんおもしろいな」

「うん、あいつはほんま」

苦いコーヒーを口にすると、一瞬言葉が途切れる。この小さなテーブルで、悠人も一緒にトランプの大富豪をした日のことを思い出す。悠人はトランプの数字を全《すべ》て暗記できるから、何度やっても勝てなくて。最後はわざと負けてくれた優しい悠人にもしばらく会えなくなる……。

先にコーヒーを飲み干した信也が立ち上がり、ふすまを開けて奥の部屋に入っていく。その部屋には兄弟の机がある。正浩ちゃんがいたころは、そこでいつも三人が遊んでいたっけ。

「これ……」

部屋から戻ってきた信也が、テーブルの上に何かを置いた。手のひらに収まるくらいに折り畳まれた生成りの布だった。

「何これ？　ハンカチ？」

水樹が訊ねると、信也が照れたように口元に笑みを浮かべ、その布を広げて見せてくれる。正浩ちゃんが亡《な》くなったあの夏に、水樹が信也に贈ったシューズバッグだった。

「あっ、これって」

思わず大きな声が出た。青い星のマークが懐《なつ》かしかった。

「まだ持ってたん？　めっちゃ懐かしいやん。でも下手っぴいやなあ」

水樹は信也の手からその布を取り、高い声を上げた。

あの頃は「めちゃめちゃうまくできた」と思っていたけれど、こうしてみると縫い目は不揃いだし、青い星の形もひからびたヒトデみたいに歪《ゆが》んでみえる。何より青い星の下に無理矢理みたいに貼《は》り付けてある五線と音符が、アンバランスでおかしかった。

「音符が剝《は》がれかけてるやろ？　ドとミの音」

水樹の弾んだ声につられたのか、信也も笑いながら、今にもめくれてしまいそうな黒いフエルトを指差す。

「剝がれそうやからボンドでつけ直したんやけど、うまくいかんかって」

「ほんまや。ボンドのせいでガビガビになってるやん。これはもう新しいフエルトにつけかえなあかんなあ」

水樹は今にも剝がれそうな音符を、爪《つめ》の先で一気にめくりあげる。五線から外れた音符が、水樹の膝《ひざ》の上に落ちた。

「おい、剝がすなよ」

信也が慌てて、水樹の手から袋を奪い取る。

「直してくれへんかな」

頼みごとをする子供の目で、信也が水樹に訊いてくる。

「えっ、これ？」

「明日までに直せへんかな」

指先で丁寧に音符をつまみ上げると、信也は自分の手のひらの上に音符を乗せた。

丸い形をした黒のフエルトは、手のひらの上でスイカの種みたいに見えた。

「うん。直したげる。裁縫箱ある？　もしなかったらうちまで取りに帰るわ」

信也は頷き、急ぐ様子でテレビ台の引き出しから裁縫箱を持ってきた。水樹は椅子《いす》から立ち上がって裁縫箱を手に取ると、テレビの置いてある四畳半の和室に移動する。

「電気点《つ》けていい？」

天井からぶら下がる蛍光灯の紐《ひも》を引っ張って灯りを点けると、畳の上にカエル坐りになった。

水樹が針穴に目を近づけている姿を、信也がじっと見つめているのがわかる。そんなじっと見んといてよ。緊張するやんか。水樹が上目遣いに軽く睨んでも、視線をずらそうとはしない。

「このバッグ渡した時、信也笑ってくれたやろ？　バスケ続けよっかなって。私、それがすごくうれしくて。自分が作ったものを、誰かが喜んでくれるってこんなに幸せなんやって思った。信也が教えてくれたことやわ。……私、東京で絶対に頑張る」

針先を布に突き刺し、黒糸で音符を縫い付けていく。しっかりと一針一針。子供の頃より縫い目はずっと細かく固い。刺繍《ししゅう》で作った五線の上にフエルトの音符を縫い付けていると、「信也が早く元気になりますように……」そう念じながら不器用な手つきで針を動かした、十歳の情熱が立ちのぼってきた。

「おれ、東京に行ったことないねん」

傍らで正座していた信也が、水樹の手元を上からのぞきこむようにして呟いた。

「東京はやっぱり遠いよ。新幹線代も高すぎやし」

水樹は頷き、手暗がりになっているので場所を移動しようと顔を上げた。

「会いに行く」

信也の真剣な目がすぐ近くにあった。

「うん。待ってる」

水樹は針を動かす手を止めて、その目を見つめる。

「水樹がどこにいても絶対に会いにいくから」

「……わかってる。わかってるよ」

とだけ返し、水樹はまた下を向いて針を動かした。俯《うつむ》くと涙が落ちてきて、音符を濡《ぬ》らした。


シューズバッグの五線にドレミが戻ると、信也がとても幸せそうな顔をしたのを今でも憶《おぼ》えている。話したいことがあり過ぎて、何を話せばいいのかわからなかった。あの時もっと違うことを口にしていたら、再び信也と会うことができたのだろうかと時々答えの出ない自問をくり返す。もしあの時、これが最後の別れになるのだと知っていたら、自分は何を伝えただろう。

16

先生に「また明日来ます」と告げ、病院から徹のマンションに向かったのは夜の十時を過ぎてからだった。

「ごめんね急に。遠子先生の容態が急変して」

連絡もなしに訪ねてきたことを謝ると、

「びっくりするなあ。でもおれ今日は早番やったしよかったわ」

と徹は言い、「明日から好きに出入りしてええよ」と合鍵《あいかぎ》を渡してくれた。

シャワーを浴び、徹と少しだけ話をして君子の部屋に入る。もうすでに十二時を回っていたけれど、目が冴《さ》えてしまい眠る気になれない。

「そうだ、たしか」

水樹は布団から起きだして、押入れを開けた。奥のほうに段ボール箱が見える。

「やっぱりまだあった。お母さん捨ててない」

結構な重みのあるその箱を両腕に抱え、ひきずるようにして取り出す。埃《ほこり》と黴《かび》の臭《にお》いが鼻の奥を痒《かゆ》くする。

ガムテープを外して蓋《ふた》を開けると、箱の中にはたくさんのハギレや水樹が作った洋服が押し込んであった。東京に出る前にすべて捨てようと思っていたら、君子が「記念に置いといたら」と一つの箱にまとめてくれたのだ。

もう取り出すこともないと思って封をしたはずなのに、古めかしい服を手に持つと、心が浮き立つ。

「うそ。こんなのも残ってる」

箱の底には一冊のノートがあり、表紙には小学生の下手な丸文字で「ミズキデザイン」と書いてある。そういえば内職を手伝うようになってから、こんなふうに服のデザインを好き勝手に描き続けていた。ページを開くと、何枚もの服のデッサンが描きつけてあって、デザイナーの真似事《まねごと》をしていた幼さに懐かしさが込みあげてきた。

「服を作る人になりたかったんだよねぇ」

拙《つたな》い服の絵を一生懸命描いていた自分に向かって呟いた。

「素敵な服を着たかったし、作りたかったんだ、ずっと」

濃い鉛筆で描かれたデッサンを指でなぞっていく。ひとつひとつ。もう何十年も前に描いたものなのに、そうしているとその時の気持ちが不思議と思い出せた。

「これなんて、今だって通用するじゃない？」

チェストの引き出しから鉛筆を探してきて、古いノートの余白の部分、一番最後に描かれたデッサンの続きに絵を描いてみる。

京都の織物の伝統技術を取り入れた洋服作り……。着物の古布の再利用ができないか。墨染め、柿渋《かきしぶ》染めといった染めの技法を生かした斬新なデザインがないか。憲吾が口にしていたいろいろのことを念頭に浮かべながら、いくつかのパターンを描き出していく。

「土産物って感じにならないように。お洒落《しやれ》に敏感な人たちにも満足してもらえるような。普段使いに着たくなるような」

水樹は呟きながら鉛筆を走らせる。

安い物を作ろうとしても、中国をはじめとする海外の工場に生産を委託している大手企業の値段にはとうてい及ばない。それならば、もの作りという視点で評価される商品を。自分たちの描いた世界観を自分たちの手で作り上げ、自分たちの決めた値段で売ることができれば……。

年輪を重ねた大木の幹のようなダークブラウンに染まる柿渋染めのシャツを、頭の中に思い浮かべた。豪奢《ごうしや》な着物地は、若い女性向きのタンクトップにしたら素敵だろう。図柄が大きなものは小さな服にするほうが着やすいから。胸の谷間がちらりと見えるくらいのぴったりとしたもので。

水樹は次から次に頭に浮かんでくるデッサンを、手を休めることなくノートに描きつけていく。外国からの観光客も、思わず足を止めたくなるようなセンスのいい服。

京都の土産物屋には、昔ながらの法被《はつぴ》や安価な着物なんかが売られているけれど、それはあくまでも土産物に過ぎず、海外の観光客が日常で着られるものではない。目指すのは、どんなシーンでも着てもらえるようなもの。流行のファッション誌に載せても決して見劣りのしないデザイン。それを思いつけばと水樹は久しぶりに全身に血が巡るのを感じた。

次の日の午前中、水樹はデザインのアイデアを何十枚も描いたノートを持って、先生の病室を訪れた。朝方まで眠らずに描き続けたのは、憲吾の役に立ちたいからというよりも、衝動が抑えられなかっただけだ。もし先生が気に入ってくれたら、サンプルを作ってみたいとさえ思っている。出来上がった洋服を先生に見てもらいたい。

病室に入っていくと、先生のベッドから低い話し声が聞こえてきたので思わず足を止める。誰か見舞いの客が来ているのだろうかと、目隠しのカーテンに覆《おお》われている方へ視線を向ける。

「だから、いいって言ってるじゃない。何度も訊《き》かないで」

聞こえてくる先生の低い声は、これまで聞いたことのない刺々《とげとげ》しいものだった。

「もうやめてね、その話。私はいいの」

先生は苛《いら》立《だ》った様子で早口に言い、手で何かを振り払うような仕草をする。

水樹は呆然《ぼうぜん》とカーテン越しの影を見ていた。影絵のようにくっきりと、先生と男性のシルエットが浮かび、先生の影が泣いているのがわかる。男の影は微動だにしない。

この場にいてはいけない。足音を立てないように後ずさった。むせび泣くような声がカーテン越しに聞こえてきて、その声が嗚咽《おえつ》に変わる。

「今さらなんでそんなこと言うのよ。私、もうすぐ死ぬのよ。堂林くんもわかってるでしょう? じきに死ぬ人間にそんなこと……ばかげてるわ」

「ばかげてないよ。それに死ぬと決まったわけじゃない」

水樹は足を止める。

二人の会話に吸い込まれていく。聞いてはいけないと思うのだけれど、立ち去ることができずに、病室の隅で息を潜める。

男の——憲吾の影が先生に向かって大きく動くと、

「じゃああの時になんで言わなかったの?」

と先生の手が憲吾の肩の辺りを打った。

「あの時って?」

「あなたが結婚した時」

水樹はしだいに大きくなっていく先生の泣き声が、廊下まで届くのではないかと辺りを窺《うかが》った。病室からナースステーションまでは距離があったけれど、向かい側の病室に聞こえてしまうのではないか。

「だってあの時は、おれにそうした方がいいって遠子さんが……」

「私は、本当にそう思ったのよ。……あなた何も言わなかったし」

「それが遠子さんの望みだと思ったから……」

「そうよ。今も同じなの。だからもう言わないでね」

先生のすすり泣く声がさらに大きくなり、その声を抑えるようにして憲吾が、先生の体を抱きしめるのを見て、水樹は息をのみ手のひらを口に当てる。

頭の中が痺《しび》れるようだった。憲吾はベッドに座っている先生の体に覆い被《かぶ》さるようにして、細い体を抱いていた。

足を止めたまま、二人の会話に聞き入っていた自分を戒めて、水樹は体の向きを変えて廊下に向かって歩き出す。誰もいないナースステーションの前を横切り、自動販売機の明かりが見えるラウンジのソファに腰を下ろした。体重を預けるようにして背もたれによりかかると眠気が襲ってきたけれど、さっきの先生の声が頭の中に何度も蘇ってきて目を閉じても眠ることはできない。空調が古いのか、どこからかモーターが擦《こす》れるような小さな音が、静かな病棟内に響いている。

自分はあの二人のことを、以前から知っていたように感じていた。ずっとずっと、昔から……。

とてつもなく好きな人がいるんだ。あまりに素敵だから黙っていられなくてね。思い切って告白したら、あっさりふられたよ。本気で好きになれる人なんて、そうそう現れるもんじゃないだろう――。

そういえば憲吾はいつも、遠子先生を見ていた。

「おはよう。お疲れ」

声がしたので閉じていた目を開けると、向かい側のソファに憲吾が座っていた。

「あ、おはよう」

声が上ずる。

「来てたんだね」

「うん。さっき、来たんだけど、病室がどこだったかど忘れしちゃって。ナースステーションで聞こうと思ったんだけど誰もいなくて」

水樹はすぐにばれるような嘘をついたが、憲吾は深くは訊かずに、

「何、それ？」

と傍らに置いていたノートを指差し、二人の間にあるテーブルに被さるように身を乗り出して手に取った。疲れの滲《にじ》むその目を見ていると、今さっき病室で見てしまったやりとりが頭の中にちらついて、いったいなんの話をしていたのか訊きたい衝動が胸の中に湧《わ》き上がる。

「デザインなの。堂林くんが前に話してたみたいに、洋の中に和を取り入れて何か作れないかと思って」

憲吾は真剣な視線をノートに落とし、時間をかけてページをめくる。

「長く現場にいた人間にしか描けない、プロの仕事だ。さすがだね」

冷静で事務的な口調がお世辞には聞こえず、体の中にまた熱いものが巡る。

憲吾は、肩にかけていた鞄《かばん》の中から女性誌を取り出して、付箋《ふせん》をつけていたページを、水樹に見せた。シャツを製造し販売している企業の成功事例が、写真とともに紹介されている。

一九九三年に事業を起こした社長と、その会社を継いだ長女の話だった。鎌倉に拠点を置くこの会社は、綿一〇〇パーセントのシャツのみを取り扱っていて、工場での縫製から店舗での販売まで自社のみで取り仕切っているという。

「縫製を発注する工場も、海外じゃなく日本の工場だと書いてあるだろう。糸や染め粉といった原料の調達をどうしているのかまではわからないけど、商社を通してないから独自のルートを持っているはずなんだ。ほらここから読んでみて。起業当初から価格も一定なんだって。店舗を少しずつ拡大していて、現在はニューヨークにまで出店している。このシャツの固定ファンがたくさんいるんだ」

憲吾は嬉しそうにページを捲《めく》った。瀬尾のことだから説明するまでもなく、もういくつもこうした企業のことは知っているのかもしれない。けれどこの記事を発見した時、すぐに瀬尾に伝えたくなったのだと憲吾は語気を強めた。

「おれね、市内の古い町屋を一軒、買い取ることにしたよ。そこを店舗として改装するんだ。こんなふうに成功している企業だってあるんだから。やってみなければ、何も変わらない」

憲吾はページの端に貼っていたオレンジの付箋を真ん中に貼り直す。

「ほら見て、ここに書いてある。この十年間で国内のシャツ縫製工場が約一割まで減少したって。工場が減ってきているから自分たちももう作るのをやめよう、じゃなくて。減ってきているから、なんとかしてこれ以上減らさないようにしたい。そう思うんだ」

憲吾は雑誌を丁寧に閉じると、「これ、瀬尾も読んでみて」と差し出す。

水樹は雑誌を両手で受け取り、

「でもね、堂林くん。正直なことを言うと、堂林くんのやろうとしていることは、時代に逆行しているんじゃないかな。世の中の流れが、もう国内での服の生産は厳しいって突きつけているように私は感じているよ。現実に私が勤めていた会社も服飾からは撤退するし。それなのに……って。もちろん私は服を作るのが好きで、それしかしてこなくて、他にやりたいことはって訊かれても何もないんだけど。でも、もう自分のやってきたことは必要ないって世間に烙印《らくいん》を押されたら諦《あきら》めなきゃいけないんじゃないかな」

テーブルの上に広げっぱなしになっていたデザインブックを閉じながら息を吐く。

熱くなって夢中でデザインを描きつけてここまで持ってきた自分がいる。でもその一方で、この業界で生き残ろうと必死になってなんの意味があるのだろうかと冷ややかになっているのも本音だ。その間をいったりきたりしているのだと、水樹は打ち明けた。

黙って聞いていた憲吾がにっこりと笑い、そして、

「昔ね……」

と話し出す。

「中学三年の時なんだけど、おれ、陸上部の試合に出たことがあるんだ」

水樹の話を聞き流すかのように、まったく脈絡のない話を始めた憲吾に、水樹は戸惑いを感じながら、気の抜けた相槌《あいづち》を返す。

「陸上部？　だったっけ、堂林くん」

「いや。クラブには何も入ってない。ただその時の担任だった陸上部の顧問から、『競技会でリレーを走る三年がいないから、おまえ走れ』って指名されてね。試合は日曜日だったから、おれは母親と一緒に過ごさなくてはいけないし、無理ですって断ったんだけど無理矢理メンバーに登録されてて。各学年で二人ずつ走るんだけど、一年生と二年生には走る部員がいるからって。彼らの経験を積むためにも出場したいって頼みこまれて」

「それで、走ったんでしょう、堂林くんは。そう言われると断れない」

「うん。まあね」

本番前に、何度も練習をした。バトンの受け渡しを中心に、陸上部の練習にも出たし、練習試合のような他校との合同練習にも参加した。

「でも全然だめなんだ。スターターの一年生がとにかく遅くて、何回走ってもビリで戻ってくる。次の一年生も、なんで陸上部に入ったんだ、おまえ、ってくらい走れないんだ。二年生にバトンが渡るときにはすでに二十メートルは離されて。練習試合の相手もさほど強いところではなかったんだけど、まるでだめだった。駆り出されたおれともう一人の三年生は、他校の三年に比べても速く走れたのに、バトンをもらう時はすでに半周は遅れてた」

何度も練習するうちに、一年生と二年生の気持ちが萎《な》え、試合前にすでに諦め始めているのがわかった。

「諦めるって気持ちは、周りの人間に伝染するんだ。その下級生からにじみ出てくる倦怠感《けんたいかん》が、もう勝てっこないという沈んだ空気を作り上げていた。地力があまりにも違う相手と競走すると、人は気持ちを削《そ》がれるだろう。正直おれも、なんとなく面倒くさくなってきてた。そうしたらもう一人の三年生が突然、静かな口調で言ったんだ。必死にどんなに遅れてもいいから全力で走ってこい。半周遅れでも一周遅れでもいい。必死に走ってきてバトンを渡せ、って。そうしたら自分も全力で走れるから。リレーってそういうもんじゃないかって、後輩たちに向かって手を差し出した。バトンを渡した先に何があるかはわからない、諦めるな。受け取る側にとっては、バトンをもらう時の順位よりも、どんな気持ちでそのバトンが渡されたか、そのほうが重要なんだって」

普段は無愛想なそのクラスメイトが手のひらを上に向け笑ってみせたので、自分は驚いた。そいつも担任に駆り出されて仕方なしに練習に出て来てるんだと思っていたし、実際にその通りだったから。

それから自分たちはバトンの受け渡しの練習をとにかく、たくさんした。体力のない一年生は後半失速するから、二年生はリードを少なくして、三年生の自分たちはほとんどリードを取らないようにして。弱いなりに練習を重ねて試合に臨んだんだ。

「それで、どうなったの？」

「予選は五校でスタートを切ったんだ。スターターの一年生は五位で戻ってきた。それからさらに引き離された状態で、第二走者の一年生から二年生に、バトンが渡った。二年生は、一人目と二人目で少しずつ四位との差を縮めたけれど、やっぱり五位のままだった。おれはなんとか前の奴《やつ》に追いついて、四位と同着でアンカーにバトンを渡した。さっき話した三年のおれのクラスメイト、アンカーのそいつはそこから一人抜いた。結果は三位だった。ビリではなかったけれど、予選敗退だった。決勝にいけるのは二位までだったから」

憲吾は昔のことを思い出しているのか悔しそうに笑う。水樹も大逆転があるのかと期待して聞いていたので、体の力が抜けた。

「でもね」

と憲吾は続ける。「試合が終わったら後輩が泣いてた。ありがとうございました、って一年生と二年生が四人並んでおれたち三年生に挨拶《あいさつ》に来てね。三位になれたことがうれしい。でも負けて悔しいって」

その時、おれの隣に立ってた三年生が「二位になれなくてごめんな」って頭を下げたんだ。そいつのおかげで三位になれたのに。

憲吾は懐かしそうに呟くと、

「このところ日本はだめだな」

とため息をつく。

「どうしたの、急に」

「いや。ほんとだめだなって。何がだめかというと、おれの周りにいる人間の大多数が日本はだめだと思ってるということが、だめだ」

何を言い出すのかと、水樹は苦笑しながら黙っている。今までリレーの昔話を懐かしそうに笑いながらしていたくせにと呆《あき》れつつ、憲吾の顔を見ていた。

「最近よく考えるんだ。今の日本は、昔のような右肩上がりの状態ではないかもしれない。でもだからといっておれたちの世代が走ることをやめると、次の世代はもう走る気を完全になくすんじゃないか。おれたちの親の世代はたしかにものすごい速さで走ったけれど、どうしようもない時代の背景が勢いにストップをかけた。でもその走りを見て育ったんだから、これ以上この国が伸びるあてはないと世界中が冷笑したとしても、自分たちが力を抜くわけにはいかないんじゃないか」

たとえばいま全力で何かをやって、それがことごとく失敗したとしても、次の世代を走る人には自分たちが見せる全力疾走が残るんじゃないだろうか。何とかしようとあがいている姿を見ていた、もっと若い誰かが、自分たちよりうまく賢いやり方で何かを成功させたなら、それはおれたちの成功ではないだろうか。

「ねえ瀬尾。おれね、公務員やめることにしたんだ。もう充分やったから」

憲吾は熱い空気を孕《はら》んだままの口調で、

「本気でやってみるつもりなんだ、新しい仕事を。国内に限らず、世界の市場に目を向けて突破口を見出すつもりで」

と水樹の目を見つめた。

「世界の市場？」

「そう。中国語や韓国語、必要ならヒンドゥー語だって習得するつもりだよ。おれがまだ子供で、外国に住んでいた頃、海を越えてやってきた made in Japan はやっぱり本物だった。おれは今でも、この国の底力を信じてるんだ」

胸にあるものをすべて伝えきったというふうに、憲吾は立ち上がった。水樹はソファに座ったまま彼を見上げる。

「帰るの？」

「うん。さっき先生、怒らしたしね。今日はもう帰る。聞いてただろ、瀬尾も。おれが先生に叱《しか》られてたの。瀬尾の影が部屋の壁に映ってたから。瀬尾ってね、しっかりしてるけど、実は抜けてるんだって気づいてた？」

柔らかな口調で言うと、憲吾は手に持っていた紙袋を水樹の前のテーブルに置いた。中にはパンと缶コーヒーが入っている。「また連絡する」と手を上げて歩いて行こうとする彼の背中に向かって、

「ねえ」

と水樹は声をかける。

「なに？」

振り返った憲吾の顔は真剣で、水樹の口から何が出てくるのかを待ち構えるように、強張っていた。

「リレーの話。その後、堂林くんはどうして高校で陸上部に入らなかったの？　感動

したんでしょ、その競技会で一緒に走って」

憲吾は、なんだそんなことかというように表情を緩めて、

「こないだ話したように、おれには病気の母親がいたからクラブ活動に打ち込む余裕はなかったし、クラブ側もそんな中途半端な気持ちの部員は迷惑だろ？　ちなみにもう一人の三年生も部活に入ることはなかったよ。おれと同じでそんな余裕はなかった。そいつには弟を守るという使命があったから。放課後になると弟を迎えに中学校まで行ってたんだよ、毎日」

と笑った。

「もう一人の三年生って……」

「そうだよ。信也なんだ。あいつは時々、一生忘れられないようなことを口にしたよな。ふだんはほとんど話なんてしないくせにね」

憲吾は意味深な表情で頷くときびすを返し、廊下を歩いて行ってしまった。

水樹は、憲吾の後ろ姿が非常口と記された緑色のライトの向こうに消えた後も、ソファに座ったままぼんやりとしていた。自分がこの目で見たわけでもないのに、褐色のグラウンドに石灰で引かれた、くっきりと白い楕円《だえん》のラインに沿って走る信也の姿を思い起こした。後輩たちが前のランナーに差を広げられ、でも諦めないで繋いでき

たバトンを手に、無表情だけれど誰にも負けない闘志をたぎらせながら走る信也のことを――。そして、大きくため息をつく。

水樹は自分の手のひらを見つめた。自分はこれまで、この手のひらの中に何を握りしめて走ってきたのだろう。

17

憲吾が帰ってしまい、水樹も先生の顔を見たら徹のマンションに戻るつもりだった。病棟の廊下は、普通に歩いても足音がしない絨毯《じゅうたん》の敷かれた柔らかい床だったけれど、面会時間ではなかったのでそろりと歩いた。病室をのぞくと、先生のベッドサイドに小さな灯りが見える。読書でもしているのだろうか。

「起きてますか？」

カーテン越しに囁《ささや》くようにして声をかけると、

「あ。瀬尾さん」

と明るい声が返ってきた。カーテンが開き、中から先生の笑顔がのぞく。

「来てくれたのね」

「すいません、こんな朝から」

半身を起こして座っていた先生が、手を差し出して水樹の手に触れ、「よかった、また会えた」と微笑む。「何時でもいいのよ。この病院の良いところは面会に対して寛大なところね。それがいいの」

先生はベッドサイドにある椅子に座るようすすめ、水樹は素直に従った。さっき耳にした先生の声は自分の聞き違いだったのではと思うくらい、澄んだ落ち着いた声だ。

「デッサンを持って来たんです」

水樹は脇《わき》に挟んでいたノートを取り出し、先生に渡す。先生は目を細めてノートを受け取ると、通知表を見る小学生のように密《ひそ》やかに手の中で広げた。

「素敵……」

一枚ずつ丁寧にページを繰りながら、感嘆の声を上げてくれて、その様子は高校の授業で絵を見せた時の自分のときめきを思い出させる。

「やっぱり素敵だな。瀬尾さんのデッサン」

「そうですか？」

「仕上がりがほんとに楽しみ」

最後のページを見終わると、先生はまた一番初めのページに戻り、ゆっくりと見直す。水樹のデッサンをなぞっているのか、先生の細い人差し指が何かを描くようにして動いていた。

「瀬尾さん、上手になったわね。高校時代よりずっと良く描けてる」

先生は指先でノートに花丸を描く。

「専門学校時代は、ほんとにたくさんの絵を描きましたから。絵を描けないと話にならないって言われて」

服の絵だけではなく、人の絵も描かされた。骨格をつかむために、裸の絵も何十枚いや何百枚と描いた。雑誌のモデルを見て、頭の中で着ている服を脱がせ丸裸にしたデッサンを、数え切れないくらい練習した。前傾姿勢の裸、しゃがんでる裸、のけぞっている裸、男の裸、女の裸、子供の裸……いつになったら服を作らせてもらえるのだろうと思いながら。

「瀬尾さん、頑張ったのね」

先生にそう言われて、水樹は胸を衝《つ》かれる思いで小さく頷く。先生に背中を押されて飛び込んだ世界は、人に誇れるものを何も持たずに生まれてきた自分にも、平等にチャンスをくれる場所だった。自分はその場所で踏ん張り、誰に気後れすることなく生きる力を蓄えてきたのだ。

「堂林くんにはもう見せた？」

「はい」

「喜んでたでしょう？」

「ええ。いいなあ、かっこいいよって」

「いつもの調子で？」

「はい。いつもの調子で」

水樹と先生は顔を見合わせて笑う。

先生はサイドテーブルに置いてあるきみどり色のスカーフを取ってほしいと手を伸ばした。

水樹が手渡すと、ゆっくりと首に巻きつけ、

「こんなことをあなたに頼むのは申し訳ないのだけれど、私が死んだら、『先生は本当に幸せだったのよ』って堂林くんに伝えてほしいの」

と言った。落ち窪《くぼ》んだ目や瘦《や》せた胸や肩、袖《そで》口からのぞく少女のような手首の細さが、先生の言葉と合わさって胸に迫ってきて何の言葉も出てこない。

「ねえ瀬尾さん」

「はい」

「さっき私と堂林くんが言い争っていた時に、病室に来てくれてたわよね」

水樹の顔をのぞきこむようにして先生は首を傾《かし》げる。

「気づいてましたか？」

水樹が答えると、先生は少しの間ためらう仕草をみせ、それから心を決めたように、

「私と堂林くん、もう二十年以上になるの」

と呟《つぶや》いた。

水樹は、しばらく何も言わずに先生の顔を見つめた。

驚いて話せなくなったわけではなく、探していた答えが質感を持って手に落ちた衝撃で、何かを口にすると声が上ずりそうだったから。

「わかって……ました」

水樹は答える。「いえ、わかっていたような気がします」

先生は窺うような微笑《ほほえ》みを、安堵《あんど》の笑みに変えて頷《うなず》く。水樹が言葉を探すためにしばらく黙り込み、それでも適当な言葉が見つからずそのまま口を閉ざしていると、

「私のことをだめな教師だって思うでしょう」

と先生が訊いてきた。

「だめですか？　先生が」

「そうよ。軽蔑《けいべつ》されても仕方ないことだから……」

先生は手を胸に当て、視線をどこか下の方に落としながら言葉を繋ぐ。「私はその時三十を過ぎた大人で、彼はまだ二十歳にもなっていなくて……」

なぜ自分が必要とされているのかを充分にわかっていたのに、その、必要とされる期間が終わってしまった後も、憲吾から離れることをしなかった。当時、自分には他に結婚をしようと考えている相手がいたのにもかかわらず。

もし本当にその恋人のことを好きだったとしたら、どれほど憲吾の家庭の事情が複雑で、自分が側《そば》にいる必要があったとしても、恋人を選んで一緒になっただろう。けれど自分はあっさりと恋人と別れ、彼と一緒に過ごす時間を選んだ。

「不思議なことだけど、当時の私は、自分が堂林くんを異性として想《おも》っていることに、気がついていなかったの。おかしいでしょう？　でも嘘《うそ》ではないの。そんなことあるわけがないって思い込んでた。彼が私を必要とするのなら、安全基地でいてあげようと。そんな一段高い場所に自分を置いて安心していたの」

憲吾の母親が彼の元から離れる時まで、彼に安息が訪れるまで……そんな気持ちを前面に押し出して、つきあいを続けていた。だって対等になんてなれないじゃない？　対等になったら、自分の身の置き所なんてどこにもないじゃない？　憲吾に、自分との将来をどう思っているのかと確かめたことは、一度もない。そんなことをして居場所を失ってしまうのが怖かったから。

「堂林くんを解放できたのは、私がちょうど瀬尾さんくらいの年齢の時だったかしら」

先生が視線を窓の方に向ける。

憲吾の父親が定年退職をし、妻とともに故郷に戻り、妻を施設に入れることを決めた。幸い、その時彼はまだ三十になったかならないかの若さだった。自分は、憲吾が彼に相応《ふさわ》しい人と巡り逢《あ》って、これまで手にすることのできなかった当たり前の家族を持ったほうがいいと考えるようになった。これ以上、自分との関係を続けていても憲吾が幸せにはなれないと本心で感じていたからだったが、今思えば無理していたのかもしれない。

「もういいんじゃない？　堂林くんも新しい人生を考えてみれば」

自分はそんなふうに切り出した。

「新しい人生？」

言葉の意味がわからないというふうに、憲吾は返してきた。

「そうよ。何にも縛られずに自由な発想で、自分が一番望むことに時間を注いでみるの。あなたはまだ若いのよ。お母さんのことはお父さんに任せて——誰かと結婚してみるのもいいかもしれない。家族を持って堂林くんらしい家庭を築いてみるのもいいかもしれない」

そのときの憲吾の表情は、表現できないくらい複雑なものだった。怒っているのでも悲しんでいるのでもなく、どこかへ置き去りにされた子供みたいな顔をして、自分の言葉を聞いていた。

お互いに未婚だったから、そのまま籍を入れることだってできたのかもしれない。でも、当時の自分はそれを恥ずかしいことだと思っていた。教師としてよりも、本当はもっと奥底にある自分の気持ちを周囲に気づかれるのが怖かった。憲吾の弱いところに入り込み、彼の若い時間に年甲斐《としがい》もなく張り付いてしまった自分が恥ずかしかったのだ。でもそんなことを憲吾に言えるわけもなく、冷たい口調で別れを切り出すと、彼は彼で自分は切り捨てられたのだと思い、別の人との人生を考え始めた。そして憲吾はその後結婚したけれど別れてしまい、結局はまた自分は憲吾との関係を再開させてしまった。

「この話を瀬尾さんにしようなんて考えもしなかった。びっくりさせてごめんなさいね」

先生が、端整な顔を険しく引き締める。

「いえ。びっくりはしましたけど、私の中では正解だって思えます。堂林くんが選んだ人が先生なのだということは、何より正解だったんじゃないかって」

水樹が頷くと先生は寂しげに笑った。その、首を傾げて困ったように笑う姿が、教壇の上の先生に重なる。教室に絶えずあった喧騒《けんそう》の中に、沈黙の中に、水樹たち生徒はどれだけたくさんの感情を交錯させていたのか。そこにいた誰もがみんな、秘めた自分の気持ちを持ちながら、笑ったり怒ったり真面目《まじめ》なことを言ってみたり。寂しかったり哀《かな》しかったり苦しかったり、そういうものを必死で隠しながら通っていた教室での風景を、水樹は思い出す。

「先生は独身でいて後悔してないですか」

唐突に、水樹は訊いた。私も結婚するつもりはないので、参考のために教えてくださいと、冗談めかしてつけ加える。

「後悔はしてないな」

「もし好きになった人が堂林くんでなければ、とは思わなかったですか？」

「だったら余計に後悔してないなあ。だって彼しかいなかったから」

先生はためらうことなく答えた。

「それと同じこと、私の母も言ってました」

水樹は小さく笑い、病床の母の顔を思い出す。

「お父さんと結婚したこと、後悔してないの？」と訊いたことがある。その時の母はずいぶんと弱っていて、互いに、一緒にいられる時間はあとわずかだとわかっていた。母は今の先生と同じ顔で「お父さんしかいなかった」と笑ったのだ。まだ結婚なんて考えてもいなかった若い頃、生きるために必死で働いていたお母さんに、お父さんだけが優しかった。お父さんだけがお母さんに気づいてくれた。家族にたくさん迷惑をかけて、勝手に出て行って勝手に戻ってきて、その上、病気になってさっさと先に死んでしまったどうしようもない人だったけれど、お父さんを選んだ自分の人生に後悔はしていない。確か母もそんなふうに言っていたな。父のことをずっと許せずにいたけれど、母のその顔をみて、少しだけ父への怒りがやわらぐような気がした。そして、いまならもっと母の気持ちが分かる。お父さんだけが、お母さんに気づいた——。

「今日ね、堂林くんに結婚しようと言われたの」

先生が目を細めた。挨拶《あいさつ》もそこそこにそう切り出され、訳がわからなくなって言い返していたところに、水樹がやって来たと教えてくれる。

「どう思う？」

先生が笑いながら訊いてきたので、水樹は首を傾げる。

「瀬尾さんだったらうれしい？」

「私ですか？　どうだろう……」

「私はうれしくなかったの。堂林くんがきちんとした形を持たなかった自分との関係を、後悔しているような気がして。彼が後悔していたとしたら……二人の関係を虚《むな》しいものだと感じていたのだとしたら、それはとても寂しいことだと思わない？」

虚しいというのは何も為《な》さないことではなくって、幸せな時間を生きてきたと思えないことだから。先生は首に巻きつけていたスカーフを両手で整えながら、残っている力を振り絞るようにして背筋を伸ばした。

他人からすれば不完全な人生だと思えるかもしれないけれど、私にとってはこれより他にない人生だったの。不思議なものよ、瀬尾さん。そういうことってね、自分が死ぬ時にははっきりとわかるものなのよ。

「だから瀬尾さんも、自分の本当の気持ちを大切にすること」

水樹の腕に触れた指先がとても熱くて、先生の命に触れているようだった。

「瀬尾さん、そこの引き出しを開けて。昨日渡すつもりだったのにすっかり忘れてしまって……」

時間が遅くなってしまったので帰ろうと椅子《いす》から立ち上がると、先生がサイドテーブルを指差した。引き出しの中には一枚のメモ用紙が入っている。

「株式会社川田ガラス？　なんですかこれ」

水色のメモには先生の文字が書かれている。

「森嶋悠人さんの就職先の住所よ。愛知県の高校を卒業してすぐのものだから、もしかすると変わっているかもしれないけれど」

「愛知県の高校って？」

「あ……。瀬尾さんも知らなかったのよね？　悠人さんね、京都の高校を退学した後、愛知の商業高校に転校したらしいの。私、当時の悠人さんの担任に、彼の引越し先を前訊いたことがあってね。その時は『私は何も聞かされてません』って教えてもらえなかったんだけど」

「わかったんですか？　引越し先」

「ええ。悠人さんの担任だった先生が、つい最近お見舞いに来てくださったの。もちろん驚いたわよ、だって彼女とはもうずいぶん長く会っていなかったから、まさかって。でもずっと気にしてくれてたのかしらね。それで悠人さんのこと、教えてくれたのよ。森嶋悠人さんは愛知県の半田市に引越したんだって」

「半田市?」

「『絶対に他言しないでほしい』って彼女、悠人さんのお母さんから強く頼まれていたらしいの。だから当時は私に話せなかったって。すいませんって頭を下げられて、そんなこと気にしなくてもいいのにって私……。卒業後の就職先まで、ちゃんと知っていたの。悠人さんにとって、彼女はとてもいい先生だったのね、きっと」

その先生は私の病気のことをどこからか聞いて、わざわざ訪ねてきてくれたのよ。こんな病気になってしまったけど、瀬尾さんや他の懐《なつ》かしい人にもたくさん会えたし……悪いことばかりじゃないわね、と先生は静かに息を吐いた。

「それから瀬尾さん知ってたかしら? 森嶋くんのお母さん、再婚されたみたいよ。悠人さんの名字、変わってたから。今は田川《たがわ》悠人さん」

再婚……名字が変わった? 水樹は震える指先でメモを二つに折り畳むと、

「知らないこと、ばかりです」

と歯切れ悪く答えた。

そういえば一度だけ、消息の途絶えた悠人から実家に電話があったと聞いた。「水樹ちゃんの電話番号を教えてください」と。驚いた君子は「いまどこにいるの」「家族は元気にしてるの」と質問を重ねたが、悠人は何も話してくれなかったという。そして結局、水樹のもとに悠人からの連絡はなかった。

先生は、

「探してみなさい」

と微笑み、そして、

「悠人さんに会って、それから必ず信也くんにたどり着きなさい。会えたら伝えて欲しいことがあるの」

と真剣な表情になる。とても大事なことを言い忘れるところだったという先生の顔を、水樹は見つめる。

「ずっと預かったままのもの、いいかげん取りに来なさいって。私の家の物置においてあるの、森嶋くんの自転車のサドル。いつかの放課後、森嶋くんが突然職員室に持って来て、先生預かっといてって。それからずっと私が持ってるのよ。あの子、取りに来なくて」

先生は「よかった、思い出して」と目を細め、「一九八六年度の三年一組は変わり種が多かったわあ」と涙を浮かべた。

18

盆休みが終わり東京に戻ると、水樹は休みの間に描きためたデッサンを会社に持って行った。

「ごめん、これ見てもらっていいかな？」

同僚に、デザインのコピーを配って感想を訊《き》いて回った。

「この柿渋染《かきしぶ》めのシャツなんてかなりステキですけど……でもなんですか、これ？」

訝《いぶか》しげに問い返す麻里子に、憲吾が立ち上げようとしている京都の服飾ブランドの件を話してみる。織物の技術を使って和を取り入れた洋服を作ってみるという企画。目新しい試みではないとはいえ、京都という街がその発信をバックアップしようとする今ならば、これまでとは違った販路が見込めるのではないか、と水樹は熱く語った。

「この企画、上に持っていこうと思うの。みんなの意見を聞かせてもらえる？」

水樹が配った企画書を手に呆然《ぼうぜん》としている同僚たちに向かって、そう声をかけてみる。

「瀬尾さん、どうしたんですか急に。九月から通販会社に移るんじゃなかったんですか」

麻里子が訝しげな目で水樹を見つめる。

水樹は息を吸っていったん背筋を伸ばすと、そのまま体を前に倒し深く頭を下げた。

「自分勝手なことばかりで本当にごめんなさい。転職は、見送ることにしました。在庫の服をみんなと一緒に段ボール箱に詰めて、引き取ってくれる店舗やこれまでの取引先、工場に挨拶をしに行って、事務所や作業場の大掃除をして……。そういうこと全部終わらせてから新しいことを考えようって決めたの。すべてが終わる時までは企画を立てて新しい服を作って、売り上げを伸ばすことをまだ諦めないでおこうって。どうか力を貸してください」

十代の終わりからずっと、自分は服を作ってきた。それはこの仕事が大好きだったからで、だからこの場所にいられなくなるまでは、自分なりにあがいてみようと決めたのだ。新しいことを探すのは、最後の業務を終えてからでいい。本当は不安だし、少しでも有利な再就職もしたい。正直なことを言えば、通信販売の会社の内定をもらった時は心底安堵した自分もいた。けれど、社長の決めた撤退まであと半年は残っている。会社自体が倒産するわけではないのだから、もし服飾メーカーとして利益を上げられる目処《めど》がついたなら社長の考えが翻《ひるがえ》ることだってあるんじゃないだろうか。水樹は今の気持ちをすべて伝えた。

「通販会社の内定、断ったんすか？」

まだ入社二年目の細田が驚きの声を上げた。

「うん。昨日のうちに先方に挨拶してきた。足が震えちゃった。もったいなくて」

水樹が笑うと、「まじもったいねぇっす」と細田がオーバーな仕草で目を閉じた。

「なんでまた？」

麻里子が首を傾げる。怒っているのか驚いているのか、その表情はさっきからずっと硬いままだ。

「さっきも話した故郷の同級生に感化されたのかな。彼を見てると、なんか自分も頑張ってみたくなって。その人、店舗にするために京都の町屋を買ったらしくてね、着物の生地なんかも廃業した呉服屋から大量に引き取る算段もつけてて。経営者としては素人《しろうと》なんだけど、この人なら何かできるのかなって。私はデザイナーとして、関ってみようかと考えたの。うちの会社と共同制作してそれで利益が上がったら、運命だってもしかしたら変わるかもしれないじゃない？」

そんな簡単に変わるわけないじゃん——誰かが呟くのが聞こえたが、水樹は笑顔を崩さなかった。

「やってみますか、瀬尾さん」

麻里子が企画書のコピーを耳の辺りで振った。

「夏のバーゲンでもいい数字出してたんすよ。このまま一気に盛り上がったら、わからないですよね。おれ、絶対に服飾メーカーに入りたくて、やっとここ決まったんです。入社二年目で服飾撤退ってあんまりじゃないすか。就職活動しつつ、おれも春まであがいてみよっと」

軽い口調で細田も乗ってきて、サンプルの発注は自分が担当しますと、手を上げてくれた。

できることがあるなら、それをすべてやってみよう。春までが期限だというなら、そこまでは頑張ってみよう。これまでやってきたことを中途半端《はんぱ》に手放す辛《つら》さより、春以降の苦労のほうがまだ耐えられると、水樹は心を決めていた。

それからもうひとつ。悠人の勤め先の「川田ガラス」に連絡をする。諦めない心の先に、何かがあるかもしれない。

街の中にある小さな公園のベンチに腰掛け、水樹は道行く人たちを眺めながら悠人が現れるのを待っていた。時計は正午を回ったところで、昼食をとりに外へ出てきた勤め人たちが、次々と目の前を横切って行く。

「田川悠人さんという方は、うちにはおられませんが」

先生が教えてくれた悠人の就職先の会社、川田ガラスに電話をかけると、悠人はもうそこにはいなかった。二十年以上が経《た》っているのだからしかたがない。どうしようかと悩んだ末に、住所を頼りに会社まで行ってみることにした。愛知県の半田市にある、自動車のガラスを取り扱う小さな会社だった。

「田川くん？　憶《おぼ》えてますよ」

坂田さんという年配の事務員が、悠人のことを教えてくれた。

たしか田川くんと最後に会ったのは十年近く前で、彼の新しい就職が決まったときでしたよ。その時はお兄さんと一緒に挨拶に来てくれたんですよ——最初のうちは突然訪れた水樹に驚いていた坂田さんだったが、悠人やその家族とは古い知り合いなのだと説明すると、親切に対応してくれた。彼女が教えてくれた悠人の新しい勤務先は、愛知県内にある精密機器を製造販売する会社だ。悠人はそこで研究職に就いているという。

「研究職ですか？」

「そうなの。田川くん、うちで何年か働いた後に大学受験したのよ。それで受かって。

その時はほんとみんなでびっくりしたのよ。でもきちんと卒業もして、それで得意なことを生かした研究をしてるんだって」

坂田さんは親しみのある口調でいろいろと教えてくれた。田川くんはおとなしい子で一人でいるのが好きだったけど、仕事は頑張ってたの。機械のこともよく知ってた。みんなが面倒くさがってやりたくないような機械の調整も、楽しそうにやってくれたわ。ほんとはものすごく頭、良かったのよね。大学受験するって聞いた時は、何言ってるのとみんな反対したけど、でもほんとに受かって、自分の好きなこと勉強できるようになって、すごいなって思ったのよ。こういうこともあるんだなあって。

「田川くんに会えたらよろしく伝えてくださいね」

坂田さんはそうにこやかに笑った。

その後すぐ水樹は、教えてもらった番号に電話をかけ、今この場所で悠人を待っている。

あまりに突然の連絡に、しばらくの間電話口で絶句していた悠人は、「明日の昼、時間が取れます」と声を震わせていた。

「明日の昼休みに仕事を抜けて行きますから。絶対に東京には帰らないで待っていてほしい」

その言葉に、水樹は背中の荷物が軽くなったような、大きな何かに感謝したいような気持ちになった。

ベンチに座ったまま時々空を見上げ雲が動いているのを確認しながら、悠人のことを思い出す。最後に会ったのは、水樹が東京の専門学校に入る直前だったから、彼が高校生になる前の春だ。その頃も悠人は、まだどこか幼くて、「東京の学校に行くのだ」と水樹が話すと泣き出しそうな顔をしていた。水樹ちゃん、水樹ちゃんと寄りかかるみたいに話しかけてきた悠人が、今はどんな大人になっているのか——不安と期待が合わさった複雑な気持ちになる。

「あの……瀬尾水樹さんですか」

だが、目の前にその顔が現れた時、流れていた水樹の時間はとてつもない速度で戻っていく。現在と過去が繋《つな》がって、なんの違和感もなく、一瞬にして目の前の悠人を受け入れている自分がいた。

「悠ちゃん？」

「はい。悠人です。あの、お久しぶりです」

白のポロシャツ姿の悠人が、恥ずかしそうに笑っていた。眼鏡をかけている。髪は短く刈られていて、目尻《めじり》には相応の皺《しわ》がある。手は？　何をやっても不器用にしかできなかった悠人の手は？　困ったことがあると爪《つめ》を噛《か》む癖は相変わらず抜けていないのだろうか。ひとつひとつ確認していくと、視界が涙で滲《にじ》んでくる。

「悠ちゃん、立派になって」

いつも何かに怯《おび》え、信也が側にいないと、背を丸めるように歩いていた姿はすっかりなくなっていた。小柄だけれどぴんと伸びた背筋や、人の目を見てきっちりと話す悠人を水樹は見上げる。

「すいません、こんな場所で待っててもらって」

「いいのよ、そんなの。こっちこそ突然連絡してごめんね。仕事中に出て来てもらって迷惑かけて」

悠人がベンチに並んで座ってもいいかと訊いてきたので、水樹は荷物を端によせた。餌《えさ》をもらえると思って寄って来たのか、すずめが二羽、水樹のパンプスのすぐ側を歩いている。

「向日東高校の先生に、悠ちゃんが愛知に引越したことや就職した先を教えてもらったの。そこの坂田さんという事務員さんがここを教えてくれて」

水樹がこれまでの経緯を話すのを、悠人は頷きながら聞いていた。

「すいません、いろいろ調べてもらって。なんていうか、本当にいろいろありすぎて、何から水樹ちゃんに話せばいいのか頭の中がこんがらがってます」

「一九八七年でした。母が再婚したのは――。相手は、それまで勤めていた織物会社の社長です。名前は古瀬《ふるせ》といいます。古瀬は既婚者でしたが前妻とはすでに別居していて、いつの間にか離婚も成立していました。自分が高校生になったら結婚しようと、ずっと約束していたみたいでした」

ところが再婚して間もなく、家族として一緒に暮らし始めることもないまま、古瀬の会社が危なくなった。今から思えば、バブルと呼ばれた好景気が崩れる直前の、いわば雪崩《なだれ》の前兆のようなことが起こり始めた。

そのころの古瀬は、工場機械を購入するために多額の借り入れをしていた。機械は数十台におよび、その借り入れ額は億を超えていたみたいだが、詳しいことは聞かされていない。

商売が軌道に乗っているうちは「帯は高ければ高いほどいい」とばかりに注文があり、最高額の引箔帯《ひきはくおび》を大量生産するための工場機械の導入は不可欠だった。

それが、バブルが崩壊する数年前から引箔帯の需要が下がってきて、全盛期は定価で百万円以上の値がついた帯だったが、最終的に原価以下になった。

世間が好景気の最中、自分たち家族は追われるように京都を離れることになった。いわゆる夜逃げというやつだった。

債務を取り立てる業者が団地にもやって来て、兄の職場や自分の高校にも現れるようになり、兄は「自分はここに残る」と最後まで言い張ったが、すべての痕跡《こんせき》を消す必要があると古瀬と母に説得された。でもそのことよりも兄は、自分のことを気にしたのだと思う。自分が兄なしで新しい土地に移り住むなんて到底できなかったから。

兄は勤め先の印刷工場を突然やめることになった。母はぼくたち兄弟に、行き先を絶対に人に漏らしてはいけないとかたく約束させた。

愛知県の半田市に移り住んだのは自動車工場で古瀬が働くことになったからで、自分は半田の商業高校に通い、兄は機械部品の製作所で働くことになった。

高校を卒業してからは古瀬と母がいる家を出て、兄と二人暮らしをしていたけれど、川田ガラスに勤めている時、兄がある日急に、「大学に行ったらどうか」と言い出した。兄もその時は溶接工の職に就いていたが、自分はそこをやめて競輪選手になるから、と。だから大学へ行く費用は稼げると思う、と話す兄の言葉はあまりにも脈絡がなくて——。

でも兄は本当にテストを受けて、競輪学校に入学した。

兄が静岡県の修善寺にある競輪学校の寮に入ってしまうと、自分は一人暮らしをしなくてはならなくなった。一人で住んで初めて、これまで兄が片時も離れることなく自分を見守ってくれていたと気づいた。兄がいなくなり、毎日大変で大変で。でもここで踏ん張らなくては、兄の努力を無にしてしまう。

兄が「一年経ったら戻ってくるから」と手紙をくれて、それだけを拠《よ》り所に自分は頑張った。世話になっていた川田ガラスをやめて、大学に入るための受験勉強も始めた。兄が貯《た》めておいてくれたお金で、市内の予備校にも通った。自分は二十二歳で大学生になることができた。大学を卒業した後は、兄の勧めるまま大学院にも進み、今こうして好きな仕事に就いている。

「水樹ちゃん、ぼくって昔から変わっていたでしょう?」

「え?」

「ぼくには生まれつきの脳の機能障害があるんです。大人になってわかったことですが、ぼくにはその機能障害があって、だからこれまで集団の中で生きるのが難しかったのだそうです。正直……ほっとしました、それを知って。兄も専門医からその話を聞いた時、長い苦しみから抜け出たような顔をしていました」

知的な能力には問題がなくても、人づきあいがどうしても苦手な人がいる……それが自分だったのだ。それは本人のせいでもなく、生まれ持った資質なのに、自分がまだ幼かった時代は教師にもそういう性質の子供たちに関する知識がなかった。三十歳を過ぎた頃になって、発達障害という言葉が聞かれるようになり、それはひょっとしたら自分自身のことではないかと思った。兄と二人で専門医を受診し、検査を受けた。医師から答えをもらった時は戸惑いよりもむしろ安堵のほうが大きかったのだと、悠人は深く頷くようにして告げた。

「発達障害……悠ちゃんが……」

水樹は悠人の横顔を見つめながら、彼が幼かった頃のことを思い返す。いつ見てもひとりぼっちだった。同級生の男の子たちが遊んでいるのを、自分の姿が見つからないように離れた所から眺めていた。羨《うらや》ましそうに……でも少し怯えて。本当は悠人が一番、友達と仲良くしたかったのだ。でもうまくできなかった。うまくやりたいのに、うまくやれない。怒らせるつもりも苛立《いらだ》たせるつもりもないのに、あいつはわけのわからないやつだと、周りが離れていってしまう。彼を取り巻く大人たちも、悠人が人とうまくなじめないことを、彼自身の責任にして自分たちの役目を終わらせていた。水樹だってそうだったし、悠人の母でさえそうだった。信也だけが、弟を守り抜いた。

「悠ちゃんは今はどんな仕事をしているの？」

「産業技術、総合研究所、という所で働いています」

悠人は区切るようにゆっくりと答えた。一度聞いてもすぐには憶えられないような名称だった。

「そこのエネルギー技術部門で研究員をやっています。今は人工光合成の実用化の研究に携わっています」

「人工光合成？」

「はい。人工光合成が実現すれば、太陽光発電やバイオ燃料に続く新たなエネルギーとして利用できます。太陽光発電は効率も高く今は主流ですが、やっぱりコストが高いところに難点があるんです。バイオ燃料はトウモロコシのような生物が生産するエネルギーを利用するから、その変換効率の低さが問題です。人工光合成の技術は、太陽電池と生物の光合成のいいところを利用しようといったところなんです」

それまでたどたどしく話していた悠人の口調が急に流暢《りゅうちょう》なものになる。自分の好きなことを語る時に周りが何も見えなくなる一途《いちず》な性格はいまでも変わらず、でもそんな特質を生かした仕事に就いたのだなとその話に聞き入った。どこへ行ってもみんなに軽くあしらわれ、いじめられ、いつも泣き出しそうな顔をしていた悠人が胸を張って自分の仕事について語っている。

「私、理系のことはまったくちんぷんかんぷんで悠ちゃんの説明はよくわからなかったけど、悠ちゃんが自分の好きなことを仕事にしてるんだということは伝わったよ。頑張ってるのね」

水樹は胸の前で手を合わせ、音を出さずに拍手をした。幼い悠人が何か頑張って成功した時、いつもそうやって褒めていたのを思い出したからだ。

悠人はそんな水樹のことをじっと見ていたけれど、少し顔を曇らせて、

「ぼくがいたから兄は思うように生きられなかったんだと、大人になって気がつきました。上の兄の事故も、母が自分や兄に冷たくなったのも、自分がこんなふうだからだと、わかったんです。水樹ちゃんが遠くに行ったのも、ひょっとしたら自分のせいかもしれないと考えること……ありました」

と急に声のトーンを落とした。「この歌、憶えていますか?」

ドはどりょくのド、レはれんしゅうのレ。ミはみずきのミ、ファはファイトのファ、ソはあおいそら、ラはらっぱのラ――。

周りに人がいないことを確かめた後、悠人は小さな声で歌い出す。水樹は首を傾げ

てそんな彼の口元を見ている。

「水樹ちゃんがいなくなってから、ぼくにはミの音がなくなりました。ミは大切な音でした。楽しくやっていてもふとミの音が抜けていることに気づいてそこで止まってしまう。水樹ちゃんのいないぼくの生活はそんな感じでした」

悠人はかすれた声でそう呟くと、すいません、久しぶりに会ったのにこんなことを話して、と頭を下げる。水樹は、自分があの町を離れる時にどれくらい悠人のことを思いやったか考えてみた。ほとんど、何も、考えていなかった。残される人の気持ちなんて、自分が飛び出したい衝動に比べたらあまりにも小さいものだった。信也と水樹だけを頼りに生きていた十代の悠人だった。学校ではほとんど言葉を発さずに過ごしていた悠人だった。水樹を見かけると、全身で喜びながら駆け寄ってきて、途切れることなく話しかけてきた。水樹は悠人の孤独を知っていたはずなのに、いともたやすく別れてしまったのだ。

東京に、一度行ったことがあるのだと、悠人は苦笑する。半田に移り住んだ年の冬に、兄弟で生まれて初めての新幹線に乗った。

水樹の通っている服飾専門学校を見つけて、入り口のすぐ近くまで行ったけれど、それ以上中に入ることはどうしてもできなかった。行き交う学生たちがあまりにもきらびやかで、別世界の人たちに思えて。

「信ちゃん、あの人、鳥人間コンテストに出てくる人みたいやな」

緊張してそんなことを口にしたのを憶えている。傍らの信也は、何も言い返さなかった。自分たちの着古したジャンパーを、通り過ぎていくみんなが見ているように感じた。水樹に会えたら、東京で一泊してディズニーランドにも連れて行ってやると信也は約束してくれていたけれど、結局は新宿の喫茶店でスパゲッティを食べた後、夕方の新幹線で帰った。約束を守らなかった信也を責めることなどできなかった。

「水樹ちゃん。昔、大富豪というトランプの遊びをしたのを覚えていますか？　大富豪のルールで、プレイの前に大貧民が大富豪に一番強いカードを二枚差し出さないといけないっていうのがありましたよね。一番強いカードを二枚も渡したら、やっぱり大貧民は勝てないです。大貧民が大富豪に勝つには、よほど運が良くないと無理で。そんな感じでした。あの頃のぼくたちは、もともと良くない手札から、その中でもましなカードが容赦なく奪われていく――田川というのは、母の旧姓なんです。母の再婚でぼくたち兄弟はいったん古瀬という姓を名乗りました。でも、借金取りから逃れるため、母は古瀬と偽装離婚をしたんです。古瀬自身は住民票を移せなかったんで、母が旧姓の田川に戻り、母子家庭を装ってぼくを転校させました。もうぼくたちは顔を上げて外を歩けない、そんな気持ちでした。水樹ちゃんに会う勇気が出なかった兄の気持ち、ぼくにはわかるんです」

「全然知らなかった。会いに来てくれてたなんて」

喉《のど》の奥が熱くなってきて、水樹は両手で頰を抑え込むようにして俯《うつむ》く。水樹の通っていた学校には、授業が終わるとそのままネオン街に繰り出せるよう、鳥の羽を模倣したストールや、体の線に張り付くようなドレス姿で登校してくる学生たちが大勢いた。みんな誰よりも目立とうと、うずうずしていた。彼らの奇抜な装いは、悠人と信也の目に、どう映ったのか。

悠人が、今日会いに来てもらって本当にうれしかったと自分の手元にあった視線を、水樹の顔に向ける。もう昼休みが終わるから行かなくてはいけないという彼の言葉にも、水樹の思考は止まったままだ。

「兄は……」

悠人の声に、慌《あわ》てて顔を上げた。

「兄は今、試合の最中なんです。試合期間中は外部との接触を禁じられていて携帯もつながりません。だから水樹ちゃんから連絡をもらったこと、伝えられてないんです」

悠人がすまなそうに告げるので、水樹は「いいの、いいの」と首を振った。

「信也の連絡先、教えてもらっていいかな?」

水樹は心の中に用意してきた言葉を、悠人に伝える。緊張で声が震えた。悠人は嬉《うれ》しそうに頷き、胸ポケットに入れてあった黒い手帳を開くと、

「今日は最終日だから会えますよ。夕方の五時三十五分からの出走なので、いますぐ新幹線に乗れば間に合います」

と急《せ》かすように水樹の手を取る。

「向日町競輪場です。憶えてますよね?」

悠人の言葉の意味に気づき、水樹が驚いていると眼鏡の奥の目が細くなった。強い願い事がある時に見せるその表情は見覚えのあるものだった。

「名古屋からだと京都まで一時間もかからないし。そうだ、これ渡しておきます」

と慌てた様子でジャンパーのポケットに手を入れると、封筒を取り出す。

「手紙?」

宛名《あてな》に、瀬尾水樹様と書いてある。郵便局の転居先不明のスタンプが封筒の右上に押してあった。

「兄が書いていた手紙、ぼくがずっと持っていました。もうずいぶん昔のものですけ

ど」

封筒を裏返すと、森嶋信也と書いてある。懐かしい字で。

「これ……私が前に住んでいたマンションの住所」

「届かなかったんです。勇気を出して書いただろうに、届かなかったから……」

ずっと水樹に連絡を取れないでいた兄が、やっと出せた手紙だった。なのにその手紙は水樹の手に届くことなく戻ってきて。兄は戻ってきた手紙を、何も言わずにゴミ箱に捨てた。自分は兄に黙って手紙を拾い上げてずっと手元に置いていたのだという。封も開けられないまま捨てられるなんて、手紙が……兄の想いがあまりに不憫《ふびん》だから。

「やっと水樹ちゃんに届いた」

悠人は言うと、そろそろ昼休みが終わる頃だと、立ち上がる。

「兄はきっと、水樹ちゃんが自分のことを怒っていると思ってます」

「怒ってる?」

「水樹ちゃんとの約束を守らなかったから」

「そんなこと」

水樹が呟くと、悠人は頭を下げて行こうとする。

水樹は「会ってくれてありがとう」と彼の背中に向かって声をかけた。悠人は振り返り、ぎごちない仕草で手を振る。特徴ある歩き方は子供の頃そのままだ。月面を歩く宇宙飛行士のような、どこか空を踏む不器用なその歩き方で彼はここまで生きてきたのかと思い、その道程にどれほどの苦難と努力があったかと思い、その背が見えなくなるまで見つめていた。

まだたっぷり時間はあるから、ちゃんと考えとき。大人はさ、あっという間に歳取《とし》った、ってよく言うやろ？　でもそれは違うと思う。人は急に歳を取るわけやないんや。おれら子供はゆっくりと、歳を取っていくんや——。

正浩ちゃんの言葉が蘇《よみがえ》る。ドはどりょくのド、レはれんしゅうのレ……意味もはっきりとはわからないのに歌っていた悠人の澄んだ高い声。最後のフレーズはオリジナルのままの、シはしあわせよ……さあ歌いましょう、だったことを思い出した。

19

水樹へ

お久しぶりです。

どうしても報告したいことがあって、手紙を書きました。水樹に手紙を書くのは初めてです。そもそも手紙を書くということをしたことがないので、うまく書けないと思います。はじめに謝っておきます。すいません。

報告は二つあります。

一つ目の報告は、自分が競輪選手になったということ。といっても二十五歳でなったから十年近く前のことです。

自分が競輪選手になろうと思ったのは、二十三歳の時でした。事情があって向日市を去り、愛知の半田という土地に移り住んで五年が経った頃です。溶接工として働いていた製作所の社長が、業務が終わった後、自分を呼び出して、「おまえ、なにかやりたいことはないのか？」と訊いてきました。社長といっても、社長を含めて二十人ほどの小さな工場でした。かたっくるしい上下関係はなくて、社長も自分と同じように作業服を着て首にタオルをかけ、親しみやすい親方という感じの人でした。「やりたいことですか？ 溶接以外でですか？」と自分は訊き返しました。それ以外といえば経理の仕事になり、経理にはもう勤務三十年以上の角田《つのだ》さんという敏腕の社員がいて、彼女さえいれば安泰という感じでした。

「角田さん、やめはるんですか？」と社長に訊いたら「バカいえ。角ちゃんはやめないよ。ちがうんだ、うちの職場でということじゃない」と社長は言って「実はうちの製作所、近いうちに閉めることになってな」と教えてくれました。任意整理を弁護士のほうでしてもらうことになる。おかしな景気に乗って、銀行に勧められるまま新しい工場作って、小さい会社なのに大きなとこに負けじと調子に乗ってたからだと、社長の声は震えていました。従業員には本当にすまないことをしたと、何度も何度も頭を下げました。焚《た》いていたストーブが暑すぎて、社長がおでこから流れるような汗をかいていたのが忘れられません。

一九九一年の十二月でした。憶えてますか？　この頃からそれまでの狂ったような好景気が瞬《また》く間に崩壊していったこと……。自分がいた会社もまた、舵《かじ》取りを失った船みたいに、みるみるうちに沈んでしまった。たくさんの小さな会社が潰《つぶ》れて、自分にはまるで、うちみたいな会社を吸い尽くして潰すために、あんなまやかしの好景気があったのかとさえ感じられました。もちろん会社に残りたかったら残ってくれたらいい。でも若い奴《やつ》はこれから新しいことができる。財産を裁判所に押さえられる前に、おまえらにたくさん退職金出してやりたいと思ってるんだ。社長はそう言ってくれました。

新しいこと見つけてくれという社長の言葉に、自分は従いました。今考えると、自分を含めた数人の退職者に社長が渡したあの退職金があれば、あの会社は規模を小さくしてささやかにでも運営できたのではないかと、残念に思うことがあります。会社のあった場所は一年後には更地になり、社長は奥さんの実家がある宮崎県に、その後家族とともに引越してしまいました。

それからすぐに競輪選手になろうと考えついたわけではなかったです。でもいくら考えても結局はそれしかないなと思っている自分がいて。でもそれは仕方なしということではなく、ずっとそうしたいと願っていたことだというのも、わかってきました。調べてみると、競輪学校に入るには、現役の競輪選手に弟子入りしたり、学生時代に自転車部などで経験を積むことが望ましいということが書いてありました。そんなこと自分にはとうてい無理なことで、年に二回行われる試験で、その年の一回目の合格者は、千人近い受験者の中でたったの七十五名でした。当時の受験条件には年齢制限もあって、二十四歳という上限まで、自分にはわずかしか残されてない。だから、悠人が本の中からあの一行を発見してくれた時は本当にうれしかった。あの体が痺《しび》れるようなうれしさを、今でも憶えています。アパートで、自分が本屋で買ってきた競輪学校受験の手引きを読んでいた悠人が「信ちゃんはこの線で受験したらいいんちゃうの?」と言ってきました。「この線ってなんや」と訊くと、「ほらここ読んでみ。『適性試験』のとこ。自転車の経験がなくても、身体能力の高い人は入れるみたいや。

……一次テストが百メートル走と千五百メートル走と立ち幅跳び。二次テストが学科と身体検査とエルゴメーターでの測定……エルゴメーター？ってなんやろ。これだけがわからんな。でも競技用の自転車に乗ったことのない者でも受験できるって書いてあるし、いけるんちゃうかな」

自分は、この時ほど弟に感謝したことはなかったです。

そうだ。水樹が東京に行ってから、自分は二回電話しました。おれが知ってたのは寮の電話番号だけだったから、悠人が水樹の実家に電話をかけて新しい連絡先を聞いてくれました。

その番号に電話をかけると男の人が出て、おれはそのまま何も言わないで受話器を置いてしまいました。競輪学校にいる間、二十四歳の時です。その日、二回目もかけたけど、同じ人が出て。また無言で切ってしまって。それでもう、かけるのやめました。

なんで急に電話をかけたかというと、その時どうしても伝えたくなったことがあったからです。

競輪学校で、練習の時にヘルメットキャップっていうのを被《かぶ》るんです。ヘルメットの上から被せるもんだけど、それに色分けがあって。白、黒、赤、青という色に分かれています。あとゴールデンキャップというのもあるけど、それは競輪学校の歴史の中でずばぬけた力を持つ人間に与えられるもので、めったに被れるものではなく、自分の年次にはひとりもいなかった。

キャップの色は生徒の現段階の実力です。白はダッシュカ、持久力ともに優れている者。黒はダッシュカが優れている者。赤は持久力が優れている者。青はダッシュカにおいても持久力においても他の生徒たちより劣っている者。初めての記録会の成績の結果、自分は青色のヘルメットキャップを教官から渡されました。まあ当然で。他の合格者は本当に速くて、初めての記録会で白色のヘルメットキャップを渡された生徒と比べたら、タイムで半周は軽く離されていたから。競輪という競技は身体能力も当然高くなくてはだめだけど、独特の、自分の力を自転車に伝える才能が必要です。やみくもに力を入れるのではなく、自転車と呼応するように力を伝えていく能力が絶対的に求められるのです。自分に才能があるかどうかなんて、わからなかった。それまで競技用の自転車になんて乗ったこともなかったから。

自分と同じように適性試験で合格した人の中には、百メートルを十秒台で走る十九歳もいました。陸上選手として全国レベルの速さです。でもその生徒はいっこうに成績を伸ばすことができなかった。自転車という乗り物が合わなかったんです。でも自分は合っていると確信していました。厳しい練習の中、何度か父親に感謝したことがあります。

最低レベルの青色のヘルメットキャップが数ヶ月後の記録会の時には黒色になって……。卒業する前の、最後の記録会では白色のキャップをもらいました。

それで思わず、寮の電話から水樹に電話してしまいました。水樹がもし電話に出てきても、なんて説明すればいいのかわからなかった。でもそんなことを考えるよりも、伝えたかったんです。

関係のない話まで長く書いてしまった。すいません。

二つ目の報告。こっちのほうが大事なのに。先にこれを書けばよかったです。それは、悠人が大学院を卒業して、博士号というやつをもらったということです。

就職も決まりました。企業の研究所です。自分にはよくわからないけど、新しいエネルギーの開発などをするようです。

世間の人が大学を卒業するような歳から大学に入った悠人ですが、あいつがやり遂げたということを水樹に報告したかったんです。もうずいぶん長い間自分たち兄弟に関心を失《な》くしていた母親さえも、博士号の報告をした時には涙を流しました。大学の入学式と卒業式には、自分もついて行きました。でももうそれで自分が悠人に付き添って歩くのは最後だと思いました。そして本当にそれが最後になりました。その卒業式に、水樹も一緒だったらどれほどよかっただろうと、心底思いました。水樹や徹ちゃんも一緒だったらと。

報告は以上の二つです。よけいなことも書いてしまいすいません。

ここからは、読まなくてもいいです。でも書いておこうと決めたので書きます。

自分は何度も水樹に会いに行こうと思いました。水樹が東京の専門学校に行ったすぐ後、競輪学校に入る前、それから悠人が大学の試験に受かった時。いつも水樹と話したくなった。

でも、迷惑だろうなと思うと、できなくなりました。迷惑かもしれないという気持ちは、不思議なもので、一年ごとに大きくなっていきます。二十の時より二十五の時のほうが会うのがこわくなりました。二十五の時より三十のほうが……。水樹は変わっただろうなと考えると、自分のことが迷惑な存在にしか思えなくなりました。自分は変わろうとして、変われなかった。でも今はもうそんな自分でいいと思っています。

ずっと水樹のことを好きだったということだけ書いておきます。今でも変わらず好きです。そんな分別のない人間がいても、いいんじゃないかと思っています。今よりずっと小さかった頃、本当にありがとう。水樹がいたから子供の自分は生きてこれました。本当に、ありがとう。水樹が幸せになっていることを願っています。

二〇〇一年 四月

信也より

20

名古屋駅から新幹線にとび乗り、京都に向かった。何度も見慣れた風景なのに、初めて訪れる場所に行く時のように緊張していた。

新幹線の中で、悠人に教わった競輪選手の名鑑のサイトにアクセスすると、信也の名前は、すぐに手の中に入ってきた。世界にその一点しかなくなったみたいに、大人になった顔写真に視線が吸い込まれる。ああ……こんな顔をしていたと、手のひらが熱くなる。目も鼻も唇も、その意志の強さを象徴しているみたいに鋭く切り込んでいる。なのに言葉はいつも少なくて。画面にあるほんの小指の爪ほどの大きさをした顔写真と、十二年前に届くはずだった手紙が、信也の体温を思い出させた。父親の遺影を胸に虚空《こくう》を見つめていた目が、シューズバッグの青い星を指でなぞりながら「バスケ続けよっかな」と呟《つぶや》いた唇が、サドルのない自転車に跨《また》がって平気で坂道を上っていく背中が、長い時間にかき消されることなく水樹の中に残っていた。

田川信也　四十五歳　S級一班　中部地区　愛知県　家族構成は父母・弟――

画面の中の信也は、水樹の知らない人になっているけれど、そんなことに怯《ひる》む余裕もないくらい、会いたかった。

向日町競輪場に着いた時には夕方の四時を過ぎていた。夏の日差しはまだまだ高く、日陰に入っても汗が出てくる中で、ほとんど駈《か》け足になっていた。

信也のレースが始まるまで、観客席の一番端、一番後ろの席に座った。昔、この場所で信也の背中を見ていた。たまにたった一人で競輪場にやって来て、試合もないのにバンクを眺めている彼の背中を、この場所からひっそりと見ていた。

見上げると、澄んだ水色の空がきれいだ。水色の空の先、遥《はる》か向こうに宇治や伏見といった街並みがおぼろげに浮かぶ。この景色だけは変わらない。

信也は競輪選手になりたかったんだ。そのことを遠い昔、自分は正浩から聞いていたのに、そんな大切なことを忘れていたなんて――。

「あ……」

叫びそうになり、手のひらで押さえる。鼓動が急速に早くなっていくのがわかる。信也がバンクの向こう側、敢闘門に現われたのが見えた。数人いる選手の中で、信也の姿はすぐにわかる。一瞬にして、わかった。

敢闘門から入場した信也が一礼をして自転車に跨り、睨《にら》むような目つきでペダルを踏んでいた。水樹は思わず立ち上がり、階段を駆け降りた。バンクの周回に張り巡らされた金網を両手の指で握りしめ、信也のいる空間に顔を近づける。数センチでも近くで、その姿を目に入れたかった。大きな声で名前を呼びたい衝動を必死でこらえながら、その姿を目で追った。

スタートの合図とともに、信也がスピードを上げていく。目の前を通り過ぎていく横顔に、心の中で語りかける。周回する車体のスピードに目が慣れてくると、その表情の細かなところまで把握できる。ヘルメットの下にある信也の目は相変わらずどこか暗くて、でも昔とはまったく異質なものに感じられた。その違和感が何なのか水樹はしばらく考え、それが何かわかった時、二人の間に流れた歳月を思い知る。子供の頃は何も映さない、空っぽに見えたその目に、折れることなく生きてきた自信が満ちていた。小さな子供が、長い時間をかけて強い大人になったのだと、胸が熱くなった。信也は四着でゴールに入り、自転車の速度を緩めるためにバンクを回っている間、一瞬水樹に視線を向けたような気がした。

水樹は「あ」と中途半端に口を開き、思わず手を振ろうとしたけれど、すぐに背を向けて退場していく信也の姿に膝《ひざ》の力が抜ける。心臓の音しか聞こえていなかった。そしてとても単純なことに気づいた。

これまで私は、誰も好きになれなかったんじゃない。ずっと信也が好きだったんだ。

競輪場を出ると、水樹は商店街が並ぶアストロ通りを歩いた。旧《ふる》くは西国街道と呼ばれた幅の狭い道を歩いていると、車がすぐ側をすり抜けていく。中学や高校の通学路にもなっていて、競輪場へも続くこの道を、自分たちの間ではバイスクールロードと言っていた。この道を自転車で、いつも走っていた。

道の途中には向日神社に続く参道への入り口があり、水樹はそこへ向かうために曲がった。

長い参道を、水樹は見上げる。

参道の両側に生えるケヤキを眺めながら、坂道を歩いた。息が上がることも途中で立ち止まるほど疲れることもない。とてつもなく長く思えた距離すらも、歩き始めると難なく進んでいくことができる。

ここにいれば、誰かが迎えに来てくれた。ここに来れば、誰かが自分を待っていてくれた。お母さん、お父さん、お兄ちゃん。正浩ちゃん、悠ちゃん、信也――。この参道を上りきれば誰かに会えるはずだと、信じていた。春には桜のピンクを踏み、暑い夏は樹木の陰に逃げ込んだ。秋になると紅葉と夕陽のオレンジの光を浴びにやって来て、雪が積もった冬は尻を濡《ぬ》らしながら段ボールに乗って滑り降りた。団地裏から続く裏参道と、この真正面にある表参道。どちらの道も、大切な誰かと繋がっていた。

参道を上りきると階段があって、水樹は下から三段目のところに腰を下ろす。大きな樹《き》の陰になっていたので、石段はひんやりと冷たかった。

バッグに入れておいた手紙を、こわばった指でつかみ膝の上に置く。「ここからは読まなくてもいい」と信也が書いた辺りからまた読み返す。この長い手紙が十二年の歳月を経て自分のもとに届いたことに感謝したかった。

独りで生きるのは平気だけれど、時々はだれかと触れ合いたいと思った。同じ景色を見て、一緒に笑ったり泣いたり、幸せを感じたり。手を握り、体の重みを感じたかった。でもそのだれかはあなたとしか考えられなくて、不器用で救いようがないと思いながら、自分らしいと思って生きてきた。

ひとり、ふたりと参拝客が坂道を上ってきては石段に腰掛ける水樹の方に視線を向ける。幼い子供が腰掛けているのならともかく、いい大人がこんな場所に座りこんでいることが珍しいのだろうか。信也がこの場所にいつも座っていた理由がわかる。ここからだと参道を上がってくる人の顔が、稜線《りょうせん》から出てくる朝陽のようによく見えた。

他にも、今ならわかることがたくさんある。自分も周りの大人たちも、信也に「頑張れ」としか言えてなかったのではないか。正浩ちゃんのぶんまで頑張れ。そんな言葉が、信也を追い込んでしまった。信也に頑張れを押しつけることで、自分の中の悲しさや虚《むな》しさを、軽くしたかったのかもしれない。

風が葉を揺らす音が強くなり、水樹は視線を周囲の樹々に移す。神社の中に在る樹木はきっと、自分が小さかった頃を知っている。あの頃もこの樹木たちはここに在り、あの日の水樹や信也を取り囲んでいた。みんなで祭りにやって来た時も。学童を脱走した悠ちゃんを探し回った時も。正浩ちゃんが亡《な》くなった日に信也が泣いていた時も。陽の光を吸って雨を飲み、風に磨かれながら樹木はこの場所でゆっくりと生きていたのだ。樹木にしてみれば水樹の人生なんて短いものだ。人なんてわずかな時間を生きているのだから、いまこの瞬間にある本当の心を大切にしなければ、なんのために生きているのかわからなくなってしまう。

「ああ……」

水樹は小さく叫んで立ち上がる。参道をゆっくりと上ってくる信也の顔が視線の先に見えた。

自分が過ごしてきた東京での時間は夢だったのかと思えるくらいに、目の前の信也は変わっていない。

でも、と思う。見かけは変わっていなくても、もしかするととてつもなく変わっているのかもしれない。なにしろ自分たちはもうずいぶんと長く会わなかったのだから。悠人があんなふうに目を見張るくらい立派になったのだ。自分たちの家だった団地にももう、知らない人が暮らしている。競輪場だって老朽化を理由に、そう遠くない先に閉鎖されると聞いている。自分たちが子供だった頃、場内の施設が次々に建設されて、どこよりも真新しくて大きな場所だった競輪場が、なくなるというのだから……。

水樹は目を細めて信也の姿を見る。でもやっぱり何も変わっていない。

止まっていた甘やかな時間が流れ出す。きっちりと時を刻み始める。

信也が右手を上げて笑ったので、水樹は走り出した。パンプスのかかとが石畳を打つ冷たく硬い音が、水樹の全身に響いていた。

「信也」

ずっと凍らせておいた想《おも》いが溶け始める。冷たすぎて熱すぎて、痺れるような感覚が胸と頭の中を満たし、体から流れ出るようだった。

「信也」

参道を駆け下り、彼の前に立ちその顔を見つめる。

ああ会えたのだと、水樹は思う。長い長い、とても長い時間がかかったけれど、私はこの想いをやっと解き放つことができる。

21

「お。なんかわくわくしてきたな」

入場券の自動販売機の前で、憲吾が珍しくはしゃいでいる。

「さすが記念レースだけあるね。入り口に列ができてる」

水樹は言いながら時計を見る。信也が出場する「春日《かすが》賞争覇戦」決勝レースまで、あと三十分を切っていた。

二月に入ると日中でも吐く息が白く、スタンドの椅子《いす》も氷みたいに冷たい。水樹も憲吾も、奈良にあるこの競輪場を訪れるのは初めてだった。憲吾はマフラーの代わりなのか明るいきみどり色のスカーフを巻いている。オーガンジー素材のふわりとした美しいスカーフは、遠子先生のものだ。

観客席の前方に座ると、水樹と憲吾はバンクを見つめる。肌に感じる気温は冬なのに日差しだけは明るくて、空も雲も美しかった。旗が激しくはためいているので風が強く吹いているのだとわかる。

「逆風だな」

憲吾が言った。

「そうね。大丈夫かな、信也」

信也が出場するレースは、実力と実績のある選抜選手が出るらしく、そのメンバーの中では最年長だった。

「今日の信也は勝つよ」

憲吾は自信に満ちた口調でスカーフに触れる。

先生の最期《さいご》は、憲吾と二人で見送った。十一月の末のことだ。昏睡《こんすい》状態に陥る直前、先生はゆっくりと顔をこちらに向けると、

「私を幸せな教師だったと思わせてくれて、本当にありがとう」

と微《かす》かな笑顔を見せてくれた。ずいぶんと衰弱していて、少し体を動かすだけでも

辛《つら》いような状態で、先生は「あと二十年、生きたかったなあ。あなたたちがこれからをどう生きるかを見たかった」と嘆くように呟いた後、水樹たちの目をしっかりと見て無言のエールを送ってくれた。遠征続きだった信也が、意識がしっかりしている先生に会えたのは結局二度だけで、先生が亡くなった日もレースの最中だった。

「そろそろ車券買ってくるよ」

決勝レースまでまだ時間はありそうなのに、憲吾がそわそわと立ち上がる。

「出走までまだ余裕あるんじゃない？」

「買う車券も決まってるから、この手に車券を持って念を送ろうと思って。今日はなんかおれ霊的な力があるような気がする」

憲吾は笑いながら、車券売り場に向かって歩いて行く。先生が亡くなってからずっと沈み込んでいた彼の、久しぶりに明るい背中を見送る。

そういえば、と水樹は思う。正浩ちゃんもこの場所にいるかもしれないと、バンクを囲っている金網に視線を移す。正浩ちゃんのことだ。信也のことをきっといつも見守っていて、信也もそれを感じてきたのかもしれない。家族ってそうなんだ。その形がなくなったとしても心から離れることはなく、それは憲吾の首に巻かれたきみどり色のスカーフのように明るい色を持って心のすぐ側《そば》にいる。信也は自分の夢を叶《かな》えただけではなく正浩ちゃんの想いも一緒に抱えて走ってきたのだろう。

憲吾が嬉《うれ》しそうな顔で戻ってくると、隣に座った。

「そうだ堂林くん。こんな時に仕事の話をして申し訳ないんだけど」

その横顔に向かって話しかけた。水樹の企画はまだ会社に残る同僚たちの協力で、上司の許可を得られた。憲吾が所有する店舗を無償で使えることや、京都市の協賛で展示会費や開発費がほとんどかからないことなどの提示が、社長に認められたのだ。水樹は、憲吾や京都の職人たちと何度も打ち合わせを重ね、見本のサンプルを商品化するため工場に足を運んだ。

憲吾の立ち上げたブランドは想像以上の反響を呼び、新聞や雑誌にも取り上げられ、在阪《ざいはん》のテレビ局から取材も受けた。夕方のニュースで職人たちの丁寧な仕事ぶりが紹介され、憲吾の熱心なコメントも——そのほとんどがカットされていたらしいけれど、十数秒は放映された。大勢の人が国内でのもの作りを応援してくれている。そのことがわかっただけでも、嬉しかった。十月に立ち上げたブランドは順調に売り上げを伸ばし、三月末に服飾から撤退するという会社の決定事項もしばらくの期間先送りになり、水樹たちにも新たな気運が高まっていた。だがその矢先、売り上げの伸びにストップがかかったのだ。

「一月の売り上げが二割近く落ち込んだって聞いたけど？」

水樹が切り出すと、憲吾は表情を硬くする。

「コピー品が出回ったからね」

バンクを見つめたまま、憲吾は答えた。

水樹たちが作った服とそっくりなコピー商品が市場に出たのは、今年に入ってすぐのことで、オリジナルの値段の六割程度の価格だった。外国産の安いコピー商品に苦戦させられるのはいつものことだが、今回ばかりはかなりの衝撃だった。デザインやアイデアには特許のようなものはなく、守れるのは商標くらいだ。

「しかたないよ。コピー品が出てくるのは予想していたことでもあるし」

「でも、ここまで似せられたんじゃ」

納得がいかなかった。京都にとどまらず、外国からの観光客が多い地方都市からの発注も好調だったのに。

「コピー品が売れるのは、うちの製品がいいからだよ。コピーと本物の違いに気づいてくれる人はちゃんといるよ」

憲吾は休むことなく事業の展開に力を注いできた。水樹にしても週末は京都に出て来て現場の状況を把握し、商品の改善に努めた。いまあるすべての力を懸けた、最後の仕事だと決めてやってきたのだ。

「これからだよ。まだ始まったばかりじゃないか」

憲吾の口調があまりに普通だったので、気持ちがふと軽くなる。

「そうだね。ほんと、これからだね」

そう口にすると、自分にもまだ、充分な力が残っていることに気づく。

「瀬尾、じっくりいこうよ」

憲吾の言葉に素直に頷《うなず》けた。

「とりあえずおれは今、信也の勝利に全《すべ》てを賭《か》けるよ。ちょっと念を送るから静かにしててね」

目を閉じてぶつぶつといい始める憲吾の横顔に、

「車券買いに行ってくるね」

と告げて席を立った。

少し離れたところから振り返ると憲吾はまだ何かを唱えていて、怪しい人に見える。憲吾の斜め上の席に座っているおじいさんなんかは、見てはいけないものを見るような顔でちらちらと憲吾に視線を向けていた。

水樹は含み笑いをしながら、券売場に足を踏み入れて、投票カードと鉛筆を手に取った。

やがて敢闘門から選手たちが入場してきた。三番車の信也は赤色のユニホームを着て、門のところで頭を深々と下げた。自転車に跨《また》りスタートラインの位置まで滑るようにして彼が来ると、

「信也、絶対勝てよっ」

と憲吾が大きな声で叫んだ。

真剣な信也の表情が、周囲の物音を無にしていく。射るような視線で前方を見据えていて、全身のどこにも隙《すき》はなかった。

生まれた家がどんなだとか。親が何をしているかとか。学歴はとか。恵まれているとかいないとか。そんなことはいっさい関係のない場所に、信也は立っている。

小さかった頃、競輪場をただギャンブル好きの男たちが集まる所だと思っていた。でも今はここに集まる人たちが、金だけではない何かを懸けに来ているのではないかと思うようになった。ブレーキのない自転車に跨り、強い目をしてゴールを目指す選手の走りに、不平等な世の中でくすぶる自身の熱を託しているのかもしれないと。

そんなことを洋二に言ったら「なに言うてんねん。ただギャンブルしてるだけや」と笑い飛ばされるだろうか。

スタートの合図で、選手たちが静かに列を作り始めた。一番人気の二番車が後方七番目に位置し、信也は先頭から九番目のところにつけている。ペダルを漕《こ》ぐ足はどこか余裕があり、獲物《えもの》を狙《ねら》う野生動物のような殺気が全身から立ちのぼっている。一周三百三十三メートルという長いような短いような距離を、選手たちがそれぞれの思惑を胸に流れていく。車輪の回る音、自転車が空気を裂く音が、観客から漏れ出る声の中に聞こえてくる。

三周を回り終えた辺りで、二番車のスピードが上がり始め、それに続くようにして信也が前方に出てくる。ふと気になって憲吾に訊《き》いた。

「堂林くんは、いくら買ったの？」

身を乗り出してレースを目で追っていた憲吾は、視線を信也に固定したままスカーフに挟んでいた車券を取り出して、水樹に渡す。一という数字の下に〇が六つ――。

「百……万円？　えええっ」

水樹は悲鳴に近い声を上げ、憲吾の顔を見つめた。

「遠子先生から預かってたんだ。信也に賭けてくれって。車番二連勝単式。このレースは一着の三番車と二着の二番車で決まりだよ。赤の信也と黒の一番人気。現オッズは二〇・五倍だ」

呆気《あっけ》にとられて言葉を失くしている水樹をちらりと見て憲吾は不敵な笑みを浮かべた。

信也はまだ三番目につけていた。ラスト一周半を告げるジャンが大きく鳴り響く。それまでどこか秩序を保っていた集団が、潜ませていた力を全開にして疾走し始め、信也もまた腰を浮かしこれまでより遥かに大きな力でペダルを踏んでいく。

トップを走るのは黒色のユニホームを着た二番車。二番目を走るのはピンク色のユニホームを着た八番車。そしてそれに続く三番目が信也だ。

信也が二番目の選手を外から抜こうと、列を離れる。冷静さを持って試合を見ていた観客も、いよいよ興奮して大声を上げてくる。

「いけ、信也。いけるぞ、走れ。もっとだ、もっと力を出せ」

憲吾も大きな声で叫びながら、もう座っていられないのか立ち上がっている。

「いけえぇっ」

「気合いれんかいっ」

「気い抜くなぁ」

見知らぬ男たちが絶叫に近い声援を送る中、水樹は祈るような思いで信也を見ていた。

信也がゴール前でスピードを上げ、二番手を抜いて、そのまま速度を落とすことなくトップを追っていく。烈《はげ》しい競り合いが、その息遣いまで感じられる。

「いけっ信也、ぶっちぎれ」

信也がトップの選手と並び、憲吾がその場で大きく叫ぶ。

水樹は思わず立ち上がり、両手をきつく胸の前で組む。そして、深く息を吸い込み、高く青い空を見上げた。

解説

北上次郎

当文庫に藤岡陽子の本が入るのは本書が初めてなので、まず簡単な略歴を書いておく。1971年京都生まれ。同志社大文学部を卒業後、報知新聞社を経て、タンザニア・ダルエスサラーム大留学。帰国後、法律事務所の事務職員などを経て、結婚を機に上京。慈恵看護専門学校を卒業して看護師として働きながら小説を書き始め、2006年、「結い言」で北日本文学賞選奨を受賞。2009年、『いつまでも白い羽根』でデビュー、というのがこの作者の略歴だが、第一作『いつまでも白い羽根』が刊行されたとき、新刊評で私は次のように書いた。

「こちらは看護学校の青春を描く長編で、妙なリアリティが充満している。新鮮さと驚きをいかに獲得していくか、という今後の課題は残されているが、ここまで読ませる筆力は貴重といっていい」

藤岡陽子は、第一作からこのように読ませる作品を書いていた作家なのである。第二作『海路』は、「死様」というテーマで六人の作家が競作する企画のなかの一冊で、デビューしたばかりの藤岡陽子が選ばれたところに、この作家に対する編集者の期待を感じることが出来る。なにしろ他の五人が、佐藤正午、白石一文、荻原浩、盛田隆二、土居伸光なのだ。そこに、たった一作しか書いていない作家が入ったのだから、すごかった。

しかし真に驚いたのは次の第三作である。というのは、看護学校の青春を描いた第一作『いつまでも白い羽根』に続いて、第二作『海路』は男運の悪いアラフォーの看護師が姿を消した老医師を追って南の島まで行く話なので、こういうふうに医学を物語の背景にした小説を書く作家なのかと思っていた。ところが第三作『トライアウト』の主人公は一転して新聞記者。これは、父親の名前を明かさないまま息子を育てるシングルマザーの物語である。幼い息子を実家に預け、新聞記者として久平可南子は東奔西走している。いつか息子と一緒に暮らす日を夢見て。この長編の冒頭、トライアウト（戦力外通告を受けた選手がもう一度どこかの球団に入団するためのテスト）を取材しに行くくだりがあり、そこでヒロインがプロ野球投手・深澤翔介を見るシーンに留意。彼女が駆け出し記者だった十五年前、十八歳の深澤翔介は甲子園のマウンドにいた。その彼がいまトライアウトの会場にいる。どうして彼のことを忘れていたんだろうと可南子は思い出す。そのとき、翔介のことが気になるのは、十八歳の彼を見ていたあのころの自分を、しっかりと見つめなおしたいからだ。だから、ここから始まるのは恋ではない。このあと、何度も翔介と会い、濃密に絡んでいくので、恋物語のようにも思えてくる。この二人は最後まで恋心を口にせず、だから物語の表面上では恋物語が進行しないけれど、とても自然で、いい関係なので、恋が始まっても不思議ではないのだ。しかし何度も会うのに気持ちは寄り添わないというのがこの長編のキモ。ここにきて、この作家のキーワードが「家族」であることが見えてくる。そして、第一作『いつまでも白い羽根』にも、第二作『海路』にも、そのキーワードが隠されていたことに気がつく。『海路』は長編というよりも中編といったほうがよく、つまりやや駆け足であることは否めず、キーワードが見えにくいのはそのためか。しかし『トライアウト』でこのキーワードが俄然《がぜん》浮上してきたことをここでは確認しておきたい。

これまでの藤岡陽子の作品リストを掲げておく。

①『いつまでも白い羽根』（光文社）２００９年６月
②『海路』（光文社）２０１１年６月

③『トライアウト』（光文社）２０１２年１月
④『ホイッスル』（光文社）２０１２年９月
⑤『手のひらの音符』（新潮社）２０１４年１月
⑥『波風』（光文社）２０１４年７月
⑦『闇《やみ》から届く命』（実業之日本社）２０１５年２月
⑧『晴れたらいいね』（光文社）２０１５年７月
⑨『おしょりん』（ポプラ社）２０１６年２月
⑩『テミスの休息』（祥伝社）２０１６年４月

まだ第三作までしか紹介していないが、このペースではいくら枚数があっても足りないのであとは駆け足だ。藤岡陽子は意外に器用な作家で、⑦は病院を舞台にしてミステリー仕立てで描く長編。⑧は現代の看護師が１９４４年のマニラの日赤救護班にタイムスリップする長編。⑨は福井の眼鏡産業の創始者増永五左衛門（実在の人）の一代記。このようにさまざまな傾向の作品を書いている。⑩は法律事務所を舞台にした連作で、この芳川法律事務所と事務員の沢井涼子は、④にも登場している。つまり④ではわき役であった芳川と涼子を主役に抜擢《ばってき》したのが⑩なのである。⑥は短編集で、収録の「月夜のディナー」が絶品だ。それでは、ここまでの10作のうち、ベスト1は何か。第一作『いつまでも白い羽根』、第三作『トライアウト』、作品集『波風』、安定した雰囲気を持つ『テミスの休息』と、読者によって異なるだろうが（こういうことを考えるのが愉《たの》しい）、私が選ぶなら断然、第五作の本書『手のひらの音符』だ。

前置きが長くてすみません。ようやく、『手のひらの音符』である。主人公は、服飾デザイナーの水樹四十五歳。独身である。恋人がいなかったわけではないが、仕事が面白く、結局はいつも仕事を選んできた。ところが、勤める会社がアパレル業界から撤退することになる、というのがこの物語の冒頭だ。倒産ではないから、会社がなくなるわけではない。しかし服飾デザイナーとしての自分の仕事はなくなってしまう。それでもいいのか。転職するべきか――と展開していくので、昨今流行《はや》りの「お仕事小説」、あるいは「生き甲斐《い がい》探し小説」かと思うところだが、そうはならない。では、どうなるか。

物語は、過去にどんどん遡《さかのぼ》っていく。高校最後の体育祭で、信也からバトンをうけて走ったリレーの高揚を思い出すと、回想はもう止まらない。同じ団地に住んでいた信也とは保育園も一緒の幼なじみだった。信也は兄正浩、弟悠人の三人兄弟で、働いている母親の帰りが遅いときはいつも水樹の家にいた。悠人は少し変わった子で、人の言うことをまったく受け付けないところや強すぎるこだわりを持っていて、みんなで出掛けたお祭りの日も「ピンクのヒヨコが欲しい」としゃがみこむ。それを優しくなだめるのは兄正浩だ。きらきらした、そういう回想が次々に蘇《よみがえ》る。そして――、おお、この先は書けない。

高校を卒業して服飾の学校に行ったこと。そのとき将来の道を示唆《しさ》してくれた先生がいま病床にあり、見舞いにいくこと。回想の合間を縫うように、そういう現在進行形の日々（それは職探しの日々でもある）が語られていく。現在の合間を縫って回想が挿入されるのではなく、その逆である。この圧倒的な量の差は、遡れば遡るほど、家族というキーワードが濃厚になるからだ。大人になって、一人で生きているような顔をしているが、水樹も信也もそしてみんなも、幼いときは家族のそばにいた。その光景が、次々に立ち上がってくる。その意味で本書はもっとも藤岡陽子らしい作品とも言えるのである。回想の最後は、翌日には東京に発《た》つという三月末の夜。それが信也と最後に会った日だ。それから二十七年。信也はどこにいるのか。水樹は会いにいくのか。

独りで生きるのは平気だけれど、時々はだれかと触れ合いたい――では、だれと触れ合いたいのか。だれでもいいわけではない。しかし二十七年だ。その間、連絡も取り合っていないのだ。生きているのか死んでいるのかもわからない。たとえ生きていても、年齢からいって結婚している可能性が高い。いま会ったとしても、どうなるわけでもない。それでも水樹は、信也を探しにいく。会えるのか、本当に会えるのか。このあとの展開を、固唾《かたず》を呑《の》むように見守るのである。

（平成二十八年七月、文芸評論家）

この作品は平成二十六年一月新潮社より刊行された。

高野悦子著　二十歳の原点

独りであること、未熟であることを認識の基点に、青春を駆けぬけた一女子大生の愛と死のノート。自ら命を絶った悲痛な魂の証言。

三浦綾子著　塩　狩　峠

大勢の乗客の命を救うため、雪の塩狩峠で自らの命を犠牲にした若き鉄道員の愛と信仰に貫かれた生涯を描き、人間存在の意味を問う。

吉本ばなな著　キ　ッ　チ　ン
海燕新人文学賞受賞

淋しさと優しさの交錯の中で、世界が不思議な調和にみちている——〈世界の吉本ばなな〉のすべてはここから始まった。定本決定版！

山田詠美著　ベッドタイムアイズ・指の戯れ・ジェシーの背骨
文藝賞受賞

視線が交り、愛が始まった。クラブ歌手キムと黒人兵スプーン。狂おしい愛のかたちを描くデビュー作など、著者初期の輝かしい三編。

江國香織著　きらきらひかる

二人は全てを許し合って結婚した、筈だった……。妻はアル中、夫はホモ。セックスレスの奇妙な新婚夫婦を軸に描く、素敵な愛の物語。

水村美苗著　本　格　小　説
読売文学賞受賞（上・下）

優雅な階級社会がまだ残っていた昭和の軽井沢。孤児から身を立てた謎の男。四十年にわたる至高の恋愛と恩讐を描く大ロマン小説。

沢木耕太郎著
深夜特急 1
―香港・マカオ―
デリーからロンドンまで、乗合いバスで行こう――。26歳の〈私〉の、ユーラシア放浪が今始まった。いざ、遠路二万キロの彼方へ！

宮本輝著
優駿
吉川英治文学賞受賞（上・下）
人びとの愛と祈り、ついには運命そのものを担って走りぬける名馬オラシオン。圧倒的な感動を呼ぶサラブレッド・ロマン！

荻原浩著
月の上の観覧車
閉園後の遊園地、観覧車の中で過去と向き合う男――彼が目にした一瞬の奇跡とは。過去／現在を自在に操る魔術師が贈る極上の八篇。

小川洋子著
博士の愛した数式
本屋大賞・読売文学賞受賞
80分しか記憶が続かない数学者と、家政婦とその息子――第1回本屋大賞に輝く、あまりに切なく暖かい奇跡の物語。待望の文庫化！

朝井リョウ著
何者
直木賞受賞
就活対策のため、拓人は同居人の光太郎や留学帰りの瑞月らと集まるようになるが――。戦後最年少の直木賞受賞作、遂に文庫化！

道尾秀介著
龍神の雨
血のつながらない父を憎む蓮。実母を殺したのは自分だと秘かに苦しむ圭介。降りやまぬ雨、ひとつの死が幾重にも波紋を広げてゆく。

安部公房著　壁
戦後文学賞・芥川賞受賞

突然、自分の名前を紛失した男。以来彼は他人との接触に支障を来し、人形やラクダに奇妙な友情を抱く。独特の寓意にみちた野心作。

夏目漱石著　吾輩は猫である

明治の俗物紳士たちの語る珍談・奇譚、小事件の数かずを、迷いこんで飼われている猫の眼から風刺的に描いた漱石最初の長編小説。

三島由紀夫著　仮面の告白

女を愛することのできない青年が、幼年時代からの自己の宿命を凝視しつつ述べる告白体小説。三島文学の出発点をなす代表的名作。

森　茉莉　著　恋人たちの森

頽廃と純真の綾なす官能的な恋の火を、言葉の贅を尽して描いた表題作、禁じられた恋の光輝と悲傷を綴る「枯葉の寝床」など4編。

白石一文著　心に龍をちりばめて

かつて「お前のためなら死んでやる」という謎の言葉を残した幼馴染との再会。恋より底深く、運命の相手の存在を確かに感じる傑作。

J・アーヴィング
中野圭二訳　ホテル・ニューハンプシャー（上・下）

家族で経営するホテルという夢に憑かれた男と五人の家族をめぐる、美しくも悲しい愛のおとぎ話——現代アメリカ文学の金字塔。

新潮文庫最新刊

つんく♂著
「だから、生きる。」
音楽の天才は人生の天才でもあった。芸能界での大成功から突然の癌宣告、声帯摘出――。生きることの素晴らしさに涙する希望の歌。

尾崎真理子著
ひみつの王国
―評伝 石井桃子―
新田次郎文学賞、芸術選奨受賞
『ノンちゃん雲に乗る』『クマのプーさん』など、百一年の生涯を子どもの本のために捧げた児童文学者の実像に迫る。初の本格評伝！

橘 玲著
言ってはいけない中国の真実
巨大ゴーストタウン「鬼城」を知らずして中国を語るなかれ！ 日本と全く異なる国家体制、社会の仕組、国民性を読み解く新中国論。

河江肖剰著
ピラミッド
―最新科学で古代遺跡の謎を解く―
「誰が」「なぜ」「どのように」巨大建築を作ったのか？ 気鋭の考古学者が発掘資料、科学技術を元に古代エジプトの秘密を明かす！

パラダイス山元著
パラダイス山元の飛行機の乗り方
東京から名古屋に行くのについフランクフルトを経由してしまう。天国に一番近い著者が贈る搭乗愛150％の〝空の旅〟エッセイ。

徳川夢声著
話術
会議、プレゼン、雑談、スピーチ……。人生のあらゆる場面で役に立つ話し方の教科書。〝話術の神様〟が書き残した歴史的名著。

手《て》のひらの音符《おんぷ》

新潮文庫　ふ-53-1

平成二十八年九月一日発行
平成三十年四月五日四刷

著者　藤《ふじ》岡《おか》陽《よう》子《こ》
発行者　佐藤隆信
発行所　株式会社 新潮社

郵便番号　一六二―八七一一
東京都新宿区矢来町七一
電話　編集部(〇三)三二六六―五四四〇
　　　読者係(〇三)三二六六―五一一一
http://www.shinchosha.co.jp

価格はカバーに表示してあります。

乱丁・落丁本は、ご面倒ですが小社読者係宛ご送付ください。送料小社負担にてお取替えいたします。

印刷・錦明印刷株式会社　製本・加藤製本株式会社

ISBN978-4-10-120561-8 C0193